1724

DAS BUCH

Einmal in ihrem Leben hat Laura alles riskiert. Sie folgte Fabio, ihrer italienischen Liebe, nach Rom. Sein plötzlicher Tod stürzt sie in ungekannte Abgründe. Bis mitten in der Nacht die neue Nachbarin klingelt. Ein Wasserrohrbruch. Sie übernachtet auf dem Sofa – und bleibt. Bis der Schaden behoben ist, das kann dauern. Und dann taucht auch noch eine Studentin auf, die in Lauras Wohnung einziehen will.
Unterschiedlicher könnten die drei Frauen nicht sein. Laura will ihre neuen Mitbewohnerinnen so schnell wie möglich wieder loswerden, aber zu spät: Die beiden machen keine Anstalten, wieder auszuziehen.
Ein wundervoller Roman über Neuanfänge wider Willen, den Mut, im richtigen Moment zu lieben, und Musik, die wie das Leben spielt.

DIE AUTORIN

Kirsten Wulf, geboren 1963 in Hamburg, arbeitete als Journalistin in Mittel- und Südamerika, Portugal und Israel. Seit 2003 lebt und arbeitet sie in Italien. Ihre Apulien-Krimis über die Abgründe der süditalienischen Provinz sind »fein und sprachlich überdurchschnittlich hochwertig« erzählt (Saarländischer Rundfunk, SR3). Und über ihren Portugal-Roman »Sommer unseres Lebens« schrieb Monika Peetz: »Nach der Lektüre will man sofort seine Freundinnen anrufen und mit ihnen in den Urlaub fahren.«

www.kirstenwulf.com

Kirsten Wulf

SIGNORA SOMMER TANZT DEN BLUES

Roman

Kiepenheuer & Witsch

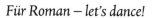

Für Roman – let's dance!

THE BLUES IS IN EVERYTHING
Wynton Marsalis

PROLOG

Sie waren wieder da. Tipp-tapp tipp-tipp-tapp, mit offenen Augen lag ich in der Dunkelheit und hörte sie über meinem Bett tanzen. Die aufgeregten Schritte von zwei Menschen, die swingenden Rhythmen, Trompeten, Klavierläufe.

Wer schlich sich nachts in die riesige, leer stehende Wohnung im oberen Stockwerk und tanzte heimlich zu der Musik, die die amerikanischen Soldaten mitgebracht hatten? Der Atem der Sommernacht strich durch das schmale Fenster meiner Kammer und erfüllte mich mit fiebriger Neugierde.

Irgendwann wurden die Melodien sanfter, zu gedehnten Phrasen schurrten die Schritte über den Boden. Die Musik wisperte nur noch und verschwand in einer sirrenden Stille.

In diesem schlaflosen Sommer 1945 wurde ich 16 Jahre alt. Aus Rom waren die deutschen Soldaten schon im Jahr zuvor verschwunden. Einfach so, still und heimlich, plötzlich waren sie weg. Wir rieben uns noch die Augen, da kurvten schon amerikanische Jeeps, Panzer und Militärfahrzeuge zwischen Forum Romanum, Kolosseum und Piazza Venezia herum. Wir jubelten wie verrückt unseren Befreiern zu, italienische Flaggen flatterten vor den Fens-

tern, während im Norden des Landes und im Rest von Europa noch gekämpft, gehungert und gestorben wurde. Die römischen Mädchen holten ihre hübschesten Kleider aus den Schränken und eilten auf die Straßen, ergriffen die Hände der schmucken Soldaten, ließen sich in die offenen Jeeps ziehen und brausten lachend durch die Stadt.

Die Amerikaner hatten Rom kampflos erobert und besetzt, danach wurden aus Soldaten die ersten Nachkriegstouristen. Sie bewunderten die Monumente, genossen unsere Sonne und unser Essen. Wir hingegen wurden von ihrer Musik infiziert: Swing, Jazz und Blues schepperte aus den Trümmern und durch die Gassen. »Die Musik der Freiheit!«, hatte mein Vater gerufen, Mammas Taille umfasst und sie herumgewirbelt. Was für ein Sommerfest!

Wir wohnten 1945 schon in Trastevere, eine Bombe hatte zwei Jahre zuvor unsere Wohnung im Arbeiterviertel San Lorenzo getroffen und das Haus halbiert, während wir in einem Keller hockten. Das Letzte, was ich von unserer kleinen Wohnung erinnere, war der Blick in ein offenes Puppenhaus. Ich stand auf einem Trümmerhaufen und sah, wie die Deckenlampe über unserem Esstisch im Wind schaukelte.

Wir hatten Glück. Irgendein Cousin meines Vaters hatte von dem leer stehenden Palazzo eines Tabakfabrikanten in Trastevere gehört. Der Tiber trennt dieses Viertel von den zentralen Stadtteilen Roms, auf dieser Seite liegt auch der Vatikan, und meine Mutter hoffte, dass die Nähe zum Heiligen Vater uns vor weiteren Bomben schützen möge.

Wir richteten uns in der Dienstbotenwohnung im hoch gelegenen ersten Stock ein. Unten befanden sich Lagerräume. Und über uns? Ich schlich manchmal die breite Treppe hinauf, legte mein

Ohr an die Flügeltür des Portals – nichts zu hören. Aber ich hatte nicht geträumt: Ein einsames Paar tanzte in den Sommernächten über meinem Bett zu amerikanischer Musik.

»Die Geschichte da oben geht nicht gut aus«, raunte meine Mutter eines Morgen meinem Vater zu. »Gott, wenn das die Eltern wüssten ...«, dann bemerkte sie mich im Türrahmen. Ich öffnete den Mund, »Schht!«, zischte meine Mutter, und ihr drohender Zeigefinger verbot mir jede Neugierde. »Da ist nichts. Wir dürfen in dieser Wohnung bleiben, der Rest interessiert uns nicht.«

Aber natürlich stand meine Mutter mit den Nachbarinnen auf der Piazza und wusste von den Gerüchten. Dass der elegante Sohn des Tabakfabrikanten und seine zukünftige Frau den Palazzo bewohnen sollten. Sie sei eine gewisse Guendalina, bildschön und aus allerbester Familie. Doch der Krieg war ihrer Hochzeit zuvorgekommen, so ein traumhaftes Paar, seufzten die Nachbarinnen. Der Bräutigam hatte bis Kriegsende irgendwo im Norden gekämpft, erst mit den Deutschen, dann gegen sie, wer sollte das noch verstehen? Auch im Sommer 1945 war er noch nicht wieder aufgetaucht, kein gutes Zeichen. Das arme Mädchen, so eine Schönheit, wahrhaftig. Zu schade, nun saß sie im Palazzo ihrer feinen Familie irgendwo hinter der Villa Borghese und sehnte sich nach ihm, ach, es war furchtbar. Meine Mutter hielt sich mit ihren Kommentaren zurück, nickte aber mitfühlend. Alle wussten natürlich, dass wir froh sein konnten. Wir wurden in der hübschen kleinen Dienstbotenwohnung geduldet, aber was, wenn der Verlobte zurückkehrte?

Dann sah ich sie zum ersten Mal. Eines frühen Morgens trat sie mit dem ersten Sonnenstrahl aus dem Palazzo. Ich stand am Fenster, sie drehte sich um, warf einen Blick nach oben und lächelte ihr samtiges, ein bisschen schelmisches Lächeln – umwerfend! Das konnte nur die Braut sein, Guendalina. Für einen Moment trafen sich unsere Blicke. Ich hob schüchtern die Hand. Sie zwinkerte – meinte sie mich? Sie war voller Sonne. Eine verliebte junge Frau.

Es dauerte eine Weile, bis Guenda und ich Freundinnen wurden. Aber sie brauchte eine Komplizin.

Die Geschichte da oben konnte nicht gut ausgehen.

1

Es hatte sich alles richtig angefühlt und war auf ein wundervolles Finish der Nacht hinausgelaufen. Doch Fra hätte die letzten zwei oder drei Whiskey stehen lassen sollen. Dann wäre sie mit Antoine auch im richtigen Stockwerk gelandet.

Nach der Jam Session im BluNight hatte Fra zunächst mit dem neuen Mundharmonikaspieler aus London geliebäugelt, Erics Soli zu ihrer Stimme – zum Heulen schön, aber dann stand Antoine hinter dem Tresen, aufgeräumt und charmant wie schon lange nicht mehr, und Fra setzte ihre Prioritäten neu. Sie sollten es mal wieder versuchen.

Während Antoine die letzten Gäste abkassierte, Fra den herben Duft seiner Zigarillos witterte, schenkte sie sich noch einen letzten und einen allerletzten Whiskey ein, erfreute sich am Anblick seiner schmalen, vielversprechenden Hände und verlor die Orientierung über ihren Alkoholpegel.

An Antoines Arm taumelte Fra durch die Nacht zu ihrer neuen Wohnung, schmetterte »I love the life I live« und Antoine führte sie summend mit einigen Tanzschritten durch den Innenhof, »and I live the life I love!« Sie stolperten die Treppe hinauf, aus purer Gewohnheit bis ganz nach oben.

Endlich war da die Haustür. Fra spürte Antoines warmen Atem in ihrem Nacken, fingerte den Schlüsselbund aus der Handtasche – wie zufällig glitt seine Hand von hinten durch ihren Schal, in den Mantel und unter ihre Korsage. Alles drehte sich, und welches war der richtige Schlüssel? Keiner passte, verdammt. Fra war erst vor ein paar Tagen eingezogen – ihr dämmerte, dass sie nicht mehr im Dachgeschoss wohnte, sondern im ersten Stock! Antoines Zunge kitzelte unter ihrem Ohrläppchen. Fra drehte sich zu ihm, und im gleichen Moment öffnete sich hinter ihr die Haustür. Sie verlor das Gleichgewicht, rutschte aus, fiel – und sah von unten kuhäugige Dalmatiner, die sich auf einem ausgeleierten Pyjama herumtrieben – was war das denn für ein unschlagbar schlampiger Fummel? Dazu dieses verknitterte Gesicht, das oben herausguckte und sie entgeistert anstarrte. War diese Dalmatiner-Lady aus einem Sack der Kleiderspende gekrabbelt? Wie auch immer, die glotzte, als ob ihr eine Außerirdische vor die Füße gefallen wäre. Okay, es war mitten in der Nacht – oder schon früher Morgen?

Allerdings gab es zu jeder Tages- und Nachtzeit genug Gründe, Fra mehr oder weniger erstaunt zu betrachten. Die bunten Tattoos an Armen und Beinen, der pralle Busen, ihre auch sonst üppige Körperfülle und natürlich die Haare, der messerscharf geschnittene Bob mit Pony exakt zwischen Haaransatz und Augenbrauen, stets in unterschiedlichen Tönen des Regenbogens gefärbt. In dieser Nacht frisch waldgrün, das zu den Spitzen metallicblau verlief. Eine gewagte Kreation, sogar für Fras Verhältnisse. Für normal gestrickte Seelen mit normalen Jobs, in normalen Wohnungen, mit normalem Fernsehprogramm war Fras buntes Ganzkörper-Design ein schriller Anschlag auf den gewöhnlich guten Geschmack. Offensichtlich auch für die Lady in der Dalmatiner-Klamotte.

Antoine lächelte dünn, reichte Fra seine elegante Hand und zerrte sie hoch. »Sorry.« Fra stand wieder und grinste die erstarrte Frau im Türrahmen an. Das Treppenhaus wankte, aber Antoine hakte sie unter. »Falsches Stockwerk«, entschuldigte sich Fra und winkte den Dalmatinern zu, streifte mit einem kurzen Blick die Augen dieser Frau im Pyjama – und erschrak. Fra verstand, zumindest in diesem kurzen lichten Moment: Die war im schwarzen Loch. Tiefschwarz. Davon verstand Fra etwas.

Laura war schaudernd in der Badewanne erwacht – das Wasser war kalt. Wie spät mochte es sein? Sie zog den Stöpsel, betrachtete den Wasserstrudel, der um den Abfluss kreiselte, immer schneller und schließlich verschwand. Wie lang dauerte diese Nacht noch? Sie drückte sich hoch, griff nach dem Badehandtuch, wickelte sich ein und tappte über den Flur ins dunkle Schlafzimmer. Knipste das Deckenlicht an. Das Bett war noch so zerwühlt, wie sie es mittags verlassen hatte, der Pyjama lag auf dem Teppich.

Sie machte das Licht wieder aus, zog den Pyjama an und kroch unter das Laken mit den drei Wolldecken. Es war eisig in den letzten Januartagen, hatte vor einigen Tagen sogar geschneit, in Rom! Die schneebedeckten Dächer am Morgen, die Stille der eingehüllten Stadt, das gedämpfte Licht – für einen Augenblick hatte Laura kindliche Freude gespürt. Ein kurzes Glimmen nur.

Laura wartete auf den Schlaf. Warum blieb sie in dieser Stadt? In dieser Wohnung, in der sie sich verlor? Schlief in diesem Bett, das zu groß geworden war? Fabio war gegangen, einfach so. Dann war Lauras Leben auseinandergeflogen, auch einfach so.

Schrilles Lachen einer Frau, eine raue Männerstimme posaunte: »O Schöne der Nacht!« Sie waren im Innenhof. Laura öffnete die Augen. Das flackernde Licht drang durch die Lamellen und malte feine Streifen in die Dunkelheit des Schlafzimmers. Wieder dieses Lachen, dann sang die Frau dunkel dröhnend, »I live the life I love«. Laura verschwand unter den Decken.

Schritte kamen die Treppe herauf. Ein Schlüssel rumorte an ihrer Haustür – Fabio! Laura stolperte aus dem Bett, taumelte barfuß über den langen Flur – tatsächlich, ein Schlüssel klimperte! Sie riss die Tür auf.

Mit einem Juchzer fiel ihr etwas Schweres, Weiches, Warmes entgegen – eine massige Frau, die nach Rauch und Alkohol stank und auf den Boden plumpste. Laura zog ihre Füße zurück. Wer – war – das? Mitten in der Nacht? Laura sah von oben in ein Käthe-Kruse-Gesicht mit himbeerroten Lippen und verschmierter Wimperntusche, umgeben von blaugrün gefärbten Haaren. Und dann begann diese Erscheinung dröhnend zu lachen. Dahinter grinste ein dürrer Kerl in weiten Hosen und Trenchcoat, die Augen dunkel umrandet, der Schnurrbart ein Pinselstrich, die Haare zurückgekämmt und triefend vor Brillantine. Lehnte sich an den Türrahmen, reichte den Wurstfingern dieser Frau seine schlanke Hand. Alles an ihr schwabbelte vor Lachen. Laura öffnete den Mund, wollte sagen, dass ... – und blieb stumm. Spürte das innere Zittern wieder. Sie warf die Tür zu, ließ sich auf den Boden sinken und schnappte nach Luft. Schritte entfernten sich, treppab, Stufe für Stufe, das glucksende Lachen wurde leiser. Nach einer Weile stand Laura auf und öffnete die Tür einen Spalt, hörte, wie sich die beiden unten im ersten Stock verabschiedeten.

»Ciao, amore! Ciao!«
»Doch nicht jetzt! Bleib!«
»Zu spät, du weißt ...«
»Nur kurz!«
Stille. Flüstern. »Ciao!«
»Ciaociaociao«, dann fiel die Eingangstür ins Schloss, mit diesem Quietschen, über das sich Fabio schon im letzten Winter geärgert hatte. Es war wieder Januar, und die Tür quietschte immer noch.

Wohnte diese betrunkene Nudel tatsächlich unter ihr? War das etwa ihre Nachbarin?

Im ersten Stock passte gleich der erste Schlüssel, doch auf der Fußmatte schaute Antoine auf die Uhr. Zu spät. Viertel nach vier, kurze Knutscherei im Türrahmen, dann war Antoine weg. Der war doch eben noch rattenscharf gewesen – oder hatte Fra das mal wieder alles falsch interpretiert? Nein, sie wusste doch, dass Antoine nie bis zum Sonnenaufgang blieb.

Der Whisky warf immer noch Nebelschwaden in ihrem Kopf. Fra torkelte in den kurzen Flur voller Kartons, ließ auf dem Weg ins Schlafzimmer ihren Mantel fallen, schleuderte die Pumps von den Füßen – und spürte das Desaster, noch bevor ihre Hand den Lichtschalter gefunden hatte. Sie stand in einer Pfütze, nein, in einem See! Fra ließ sich aufs Bett fallen und sprang sofort wieder hoch: klatschnass. Ein Blick zur Decke: Dort hatte sich ein riesiger Wasserfleck ausgebreitet. Plitsch-platsch, das Schlafzimmer glich einer Tropfsteinhöhle.

Fra war hundemüde, betrunken, und sie hatte kein Sofa in der neuen Wohnung. Nur ihr nasses Bett – wo bitte sollte sie schlafen? Mal wieder zu Mario? Auf keinen Fall. Fra überlegte nicht lange. Das Wasser kam von oben.

Laura kauerte noch immer hinter der Haustür. Ausgerechnet dieses unsägliche Paar hatte das Schleusentor aufgerissen. Erinnerungen an Fabio umzingelten sie, seitdem der Typ seiner schrillen Freundin am Boden galant seine Hand gereicht hatte, und dazu noch dieses gurrende, samtweiche Italienisch zum Abschied, bevor die Haustür zufiel.

Absätze klickerten auf den Treppenstufen, blieben vor der Haustür stehen. Waren die beiden etwa zurückgekommen? Laura erhob sich vorsichtig, schaute durch den Spion – sie war's! Allein, ohne den Kerl. Die blau-grünen Haare verstrubbelt, den samtroten Mantel mit Leopardenfellkragen eng um sich geschlungen, stand sie vor der Tür. Laura zuckte beim Klang der melodischen Glocke zusammen. Sie wollte wegrennen, doch diese Frau klingelte Sturm. Laura zog die Tür einen Spalt auf und hörte eine bemüht freundliche, aber sehr entschlossene Stimme sagen: »Ich muss bei dir übernachten.« Ein hochhackiger Schuh hatte sich bereits in den Türrahmen geschoben.

Warum sagte diese Frau nichts? Fra hatte sich an der dürren Dalmatiner-Lady vorbei in den Flur gedrängt. War doch eine klare Frage: »Wo ist dein Sofa?« Keine Antwort, nur dieser irre Blick. »Hör mal, du solltest deine Rohre kontrollieren, den Abfluss der Waschmaschine, oder hast du eine Badewanne?« Der Flur bog um eine Ecke, Fra wankte an Zimmertüren und Gemälden vorbei – war ja riesig hier! »Bei mir unten schwimmt nämlich alles.« Wohnte die tatsächlich allein in diesem Palast? »Entschuldige, aber ich muss echt schlafen, sonst sehe ich morgen unmöglich aus, von meiner Stimme gar nicht zu reden. Willst du das? Nein, sicher nicht.«

Fra palaverte und palaverte, das würde die Signora von Dummheiten abhalten, zum Beispiel die Polizei anzurufen. »Habe mittags ein Interview, netter kleiner Journalist, hat mich heute Abend singen gehört, will was schreiben über mich, den Club und so weiter.« Wo war das Wohnzimmer? Fra blieb stehen, drehte sich um und hörte plötzlich eine dünne Stimme: »Was wollen Sie …?«

»Schlafen, Schätzchen«, Fra mühte sich um Geduld und ein Lächeln, »aber mein Schlafzimmer steht unter Wasser, und das Wasser kommt von oben. Hier, bei dir, ist also die Quelle, sozusagen.« Diesen Gedankengang mit der Quelle fand Fra überzeugend und irgendwie auch witzig. »Also bitte, wo ist dein Sofa?« Sie blickte in ein ausdrucksloses Gesicht. »Mach doch mal bitte Licht an.« Fra zeigte ins Dunkel vor sich. Sie konnte sich kaum noch auf den Stöckelschuhen halten, wollte bitte endlich schlafen. Eine Deckenlampe erleuchtete plötzlich den Flur. Du liebe Güte, diese Frau sah wirklich erbärmlich aus. »Du solltest auch besser mal schlafen gehen«, sagte Fra.

Sie standen an der Schwelle zum Wohnzimmer. Bücherwände, gediegene Sessel und – jaaaah! – ein wahrhaftiger Diwan, lang und breit und in einer gewagten Schlangenlinie zog Fra darauf zu, warf Mantel und Schuhe von sich und versank mit einem wohligen Seufzer in den dicken Polstern. Die Dalmatiner-Lady schaute stumm und schockgefroren – wollte Fra tatsächlich bei einer Verrückten schlafen? Die Augen fielen ihr zu, doch dann hörte sie noch ein »Hier …«, sie schaute auf – die Verrückte hielt ihr tatsächlich eine Wolldecke hin.

Eins war sicher: Guendalina tanzte da oben nicht allein. Wer also war der andere, wenn ihr Verlobter doch vermisst war? Niemand in der Nachbarschaft sprach darüber und schon gar nicht meine Mutter.

Also setzte ich mich nachts ans Fenster meiner dunklen Kammer und wartete. Ich überblickte die Gasse und eine Ecke von der Piazza, und wenn ich nur wach bliebe, konnte ich sie nicht verpassen.

Nacht für Nacht verging, ich wartete umsonst. Entweder kamen sie nicht, ich war auf dem Stuhl eingenickt oder schon enttäuscht in mein Bett gekrochen, um dann doch vom Tappen und Klopfen und den Tönen der Musik über meinem Kopf zu erwachen.

Es waren die letzten Schultage vor den langen Sommerferien. Morgens rüttelte mich meine Mutter wach, schon wieder zu spät, dabei sollte ich dankbar sein, dass die Nonnen in der Klosterschule mich unterrichteten, mir sogar ein Mittagessen gäben, also »Los! Los! Los!«, schimpfte sie und scheuchte mich aus dem Haus. Ich stolperte verschlafen über das Pflaster, während die Kirchturmuhr acht silbrige Schläge hören ließ.

Am Morgen nach einer der getanzten Nächte verließ ich unsere

Wohnung wie üblich zu spät und noch im Halbschlaf, trotzdem sah ich das rosé schimmernde Seidentuch. Es lag auf dem Treppenabsatz zum zweiten Stock. Ich hob es auf, ließ den kühlen Stoff über meine Finger gleiten. Es musste Guendalina gehören. Ich schlich mich ins Obergeschoss. Blieb reglos vor der herrschaftlichen Wohnungstür stehen. Kein Ton drang nach außen. Stille. Nur mein Herz wummerte, als wollte es aus der Brust springen. Gerade legte ich das Tuch über den Knauf, als sich die Wohnungstür öffnete. Guenda. Wir erschraken alle beide. »Oh!«, kiekste ich, hielt ihr das Tuch hin und stammelte, »auf der Treppe, wollte nur fragen ...« Ich versuchte irgendwie zu lächeln.

Sie nahm das Tuch. »Grazie« sagte sie leise und zog die Tür hinter sich zu, bevor ich irgendetwas hinter ihr in der Wohnung hätte entdecken können. Ich drehte mich um und stolperte die Treppe hinunter. Draußen hörte ich nicht einmal mehr die Kirchturmuhr, das würde Ärger geben.

Aber eines Nachts schließlich sah ich ihn. Und sah ihn doch nicht. Im dunklen Hauseingang gegenüber, etwas bewegte sich, in einem Streifen Licht der Straßenlaterne baumelte ein Fuß neben dem Treppenabsatz. Lautlos und unsichtbar war er gekommen und drückte sich in den Schatten.

Ich hörte eilige Schritte, Absätze klackerten auf dem Pflaster, ein Sommerkleid wehte durch die Nacht, gewellte braune Haare hüpften auf den Schultern – Guenda blieb unter der Straßenlaterne stehen, schaute. Ein leiser Pfiff aus dem Hauseingang, dann trat er heraus, ein amerikanischer Soldat.

Sie umarmten sich einen ungeduldigen Atemzug lang, Guenda fingerte nach dem Schlüssel in ihrer Handtasche, sie verschwanden im Palazzo. Kurz darauf hörte ich oben Musik.

Sie hatte tatsächlich eine Affäre. Mit einem amerikanischen Soldaten. Nein, mit einem schwarzen amerikanischen Soldaten – unfassbar. Meine Fantasie ließ mich schwindeln. Nein, nein, ich traute mich nicht, mir mehr vorzustellen.

2

Sie war immer noch da. Laura hörte ihre leise schnorchelnden Atemzüge, der Berg unter der karierten Wolldecke hob und senkte sich, die grün-blauen Haare glänzten auf dem dunkelroten Samtkissen. Laura trat zögernd näher, betrachtete den nackten Arm auf der Decke und las das Tattoo wie eine Postkarte, die nicht an sie adressiert war. Um eine knapp bekleidete Tänzerin rankte sich die Schrift und schlängelte sich hinunter auf den Handrücken: »Wild women don't have the Blues«.

Wer um Himmels willen war diese Frau, die wie eine Dampfwalze in ihre Wohnung eingedrungen war? Wie alt mochte sie sein? Ende dreißig, Anfang vierzig? Egal, sie sollte verschwinden. Einfach weg sein.

Laura wollte sie wachrütteln, aber ihre Hände weigerten sich, hingen schlaff an ihren Armen. Wäre diese Trulla wach, müsste Laura reden, erklären oder würde wieder in dem Sturzbach ihres Gequatsches ertrinken. Zitternd drehte Laura sich weg, ging zurück in ihr Schlafzimmer und schloss die Tür hinter sich.

Was sollte sie tun? Sie begann hin- und herzulaufen, zwischen Bett und Tür, hin und her, Tür und Bett – wehrte sich gegen die innere Erstarrung, die sich in ihr festkrallte, hin und her. Sie öffnete das Fenster und die Lamellen zur Gasse. Sonnenlicht stach ihr in die Augen. Auf der Dachterrasse gegenüber hängte Signora Luisa Bettlaken auf. Sie war es gewesen, die Laura damals schreien gehört, Fabio auf der Terrasse gesehen und die Ambulanz gerufen hatte. Laura schloss das Fenster wieder, bloß keine Fragen beantworten.

Laura ließ sich auf das Bett fallen, schaute an die Decke, die Stuckrosette, den gläsernen Leuchter, die Spinnweben zwischen den Birnen. Sie könnte einen Spaziergang machen. Weggehen, wiederkommen, Erscheinung verschwunden, alles gut. Auch ihre Ärztin hatte neulich Bewegung empfohlen, frische Luft, Licht – das würde ihr guttun. Vielleicht könnte ein kleiner Hund sie aufmuntern? Spaziergänge hätten noch niemandem geschadet, ob mit oder ohne Hund, und könnten nebenbei auch manche Tablette ersetzen. Laura hatte nicht reagiert. Die Gute-Laune-Pillen nahm sie sowieso nicht. Von den Rezepten löste sie nur die Schlaftabletten ein.

Laura sammelte Hose, Pullover, Socken vom Boden ein. Verließ das Schlafzimmer durch die zweite Tür, die sich auf den Flur neben der Haustür öffnete. Griff Wintermantel, Tasche, Strickmütze, Schal und flüchtete aus der Wohnung.

Leichtes Brummen im Kopf – Fra öffnete vorsichtig die Augen. Fremdes Sofa in fremder Wohnung – wo verdammt war sie schon wieder gelandet? Hohe Decke, Bücher, überall Bücher an den Wänden, auf kleinen Tischen. Ein Kamin, behäbige Sessel, schwere Vorhänge, durch die sich ein Sonnenstrahl zwängte. Gediegenes Ambiente, das Sofa war bequem, die Wolldecke kratzte. Sie befühlte den Zustand ihrer Bekleidung – Bluse, Bleistiftrock, Netzstrümpfe, Wäsche –, alles verrutscht, aber vollständig. Sie war angezogen, dann konnte es so schlimm nicht gewesen sein. Fra schloss noch einmal die Augen. Aus dem Nebel tauchten die Bilder der Nacht auf, sie sortierte die Teile, und als sie das Puzzle zusammengesetzt hatte, war klar: Fra hatte ein Problem.

Sie langte nach ihrem Mantel auf dem Teppich, dem Telefon in der Tasche. Mario anrufen. Mario würde helfen. Trotz allem. Mario antwortete nicht. Welcher Tag? Wie viel Uhr? Montag, kurz nach elf, sagte das Handy. Okay, keine Chance, er saß an seinem Postschalter. Fra hinterließ ihm eine Sprachnachricht. Ihre Stimme klang erbärmlich. Aber Mario würde sich melden, sobald er am Nachmittag das Postamt abschloss. Sicher würde er das tun. Seine Hoffnung war unsterblich.

Trotz der ungezählten Nächte, die Fra auf Marios Sofa – und nicht in seinem Bett – geschlafen hatte. Trotz der ungezählten allerletzten Nächte. Mario blieb der ewig beste Freund aus Schultagen. Ein Sanitäter mit dem untrüglichen Gespür, auch ohne Notruf im richtigen Moment in Fras Leben zu landen. Nach Jahren ohne Kontakt war er wie aus dem Himmel in die Schlange an der Supermarktkasse gefallen – Ciao, bella, so eine Überraschung! Wie geht's? Damals ging es gerade gar nicht gut, aber Mario tanzte neuerdings Swing. Er war zwar kein Tiger auf der Tanzfläche, aber munterte das Leben seiner Schulfreundin auf. Damals war ihre Haut noch fast frei von Tattoos gewesen, ihre Haare lang und braun. Allerdings, an ihrem Knöchel leuchtete schon der kleine blaue Schmetterling. Der hätte Mario eine Warnung sein können, für das, was noch kommen sollte.

Sie versuchten eine Liebesbeziehung, aber Fra brach dieses Experiment nach zwei Monaten ab, verschwand eine Weile, kam zurück und pflegte fortan ihre Dankbarkeit für Marios Liebe und Güte und seine unendliche Geduld, ihr zuzuhören, ausschließlich auf seinem Sofa und nicht mehr in seinem Bett.

Mario hatte das ertragen und noch viel mehr. Ihre Verwandlung von der freundlichen, gut erzogenen jungen Frau in ein Gesamtkunstwerk. Die bunten Haare, die aufreizenden Klamotten, das laute Make-up und all die Tattoos – Rosen, verbogene Gitarristen und Ballerinen, geschwungene Schriften und düstere Symbole, die nach und nach ihren Körper bevölkerten. Bei jeder Rückkehr auf Marios Sofa war ein weiteres Stückchen ihrer blassen Haut verschwunden. Hin und wieder schüttelte er den Kopf und seufzte wie Eltern, die den pubertierenden Kindern hinterherschauen und wissen, dass sie nur noch das Schlimmste verhindern können, vielleicht.

Er war der perfekte Postangestellte. Der jahrelange Dienst am Schalter hatte ihn gelehrt, stoisch eins nach dem anderen zu erledigen und zeternde, ungeduldige oder gar unverschämte Kunden kühl wie ein Pokerspieler hinzunehmen. Sogar Fras Liebhaber.

Er hatte die anderen Männer nie gesehen, aber Fra wusste, dass Mario sie roch. Ein einziges Mal hatte er mit zusammengebissenen Zähnen »Du stinkst« gezischt, als sie am frühen Morgen in seiner kleinen Wohnung aufgekreuzt war. Er hatte gezittert und plötzlich mit erstaunlicher Wucht ein Loch in die Wohnzimmertür getreten. Es war Marios einziger Ausfall gewesen. Kurz darauf hatte Fra das kleine Pin-up-Girl unter ihr Schlüsselbein gesetzt, das sie seitdem morgens im Spiegel anblinzelte. Es war das Ende der braven Buchhalterin.

Fra mietete eine Mansarde. Sechster Stock ohne Aufzug, ein Zimmer mit Kochnische, schräger Decke und klappriger Dachluke. Sie wollte die Reste ihres biederen Lebens loswerden, inklusive Mario, damals, nach dem Loch in der Tür. Doch im Sommer war die Mansarde ein Backofen, im Winter zischelte der Wind feuchtkalt durch die Luke. Also schlich sich Fra in schlimmen Nächten wie eine streunende Katze wieder auf Marios Sofa. Mario hoffte weiter, dass Fra doch noch zur Besinnung kommen und eines Nachts unter sein Laken rutschen würde.

Wenn Fra sich in lichten Momenten selbst betrachtete, gestand sie sich ein, dass die schwindelerregenden Schlenker aus ihrem bürgerlichen in ein bluesiges Künstlerleben auch für abgebrühtere Typen kaum verständlich gewesen wären. Hätte, könnte, sollte, wollte – auch an diesem Morgen blieb Fra sich selbst treu, rief weder Klempner noch Vermieter an, sondern Mario. Wirklich schade, dass sie in Mario nicht verknallt war. Sie brauchte ihn, aber sie begehrte ihn nicht. So banal. Fra war Mario für all seine Einsätze dankbar, aber mit Mario war es wie mit dem Swing: Der guten Laune des Tanzes fehlte die Leidenschaft.

Die Rettung erschien ihr auf dem Heimweg in einer schmuddeligen Winternacht. Sie schlenderte über die versteckte kleine Piazza in Trastevere, die sich anfühlte wie ein offenes Wohnzimmer. Einige Bäume hatten überlebt, in ihrem Schatten saßen tagsüber alte Männer auf klapprigen Stühlen der Bar und spielten Karten, Mütter schaukelten Kinderwagen. In den Palazzi drum herum gab es ein paar alteingesessene Läden, die Bar Sport, eine Pizzeria. Die wenigen Touristen, die sich auf die Piazza verirrten, bemühten sich, möglichst nicht aufzufallen, oder verschwanden aus dem öffentlichen Wohnzimmer wieder in die üblichen pittoresken Gassen.

In dieser Nacht fiel der Lichtkegel einer Straßenlampe auf einen Zettel, der an eine von Efeu umrankte Haustür gepinnt war: »Zweizimmerwohnung zu vermieten«. Fra betrachtete den ehrwürdigen Palazzo. Die Loggia im Obergeschoss, das breite Eingangstor – das war keiner der einfachen Palazzi gewesen, in denen Arbeiter gewohnt hatten. Trotzdem fasste sie einen Entschluss, riss den Zettel ab und steckte ihn in die Tasche.

Am Morgen rief sie die Telefonnummer auf dem Zettel an. Immobilien-Agent, Fra ignorierte die schnöselige Stimme und präsentierte sich so seriös wie in alten Tagen: alleinstehend, Buchhalterin, keine Kinder, keinen Hund, sie suche eine Wohnung in der Nähe ihrer Arbeitsstelle – wobei sie die Arbeitsstelle nicht näher präzisierte – und fragte vorsichtshalber nicht nach der Höhe der Miete. Die würde sie vermutlich in ein finanzielles Desaster katapultieren. Sie bekam einen Besichtigungstermin.

Der Agent musterte Signora Francesca. Die Haare waren damals noch pink, aber sie hatte einen Hut aufgesetzt und den weiten Wintermantel mit dem breiten Kragen angezogen, um das Wildeste zu kaschieren. Zwei Zimmer und eine bessere Abstellkammer mit Fenster, kleine Küche, Bad mit Duschkabine, freundlich, aber verwohnt. Die Miete? Unerschwinglich. Fra hätte sofort gehen müssen.

Aber die Wohnung war trocken, größer als die feuchtkalte Mansarde, und sie lag an dieser hübschen Piazza. Sofort gehen, warnte die Buchhalterin in ihr. Nur noch einen Blick vom Balkon, widersprach Fra und trat hinaus, schaute in den begrünten Innenhof und hinauf zur oberen Wohnung. Geschlossene, aber frisch gestrichene Fensterläden reihten sich um den Innenhof. Fra hob den Arm, zeigte hinauf und fragte: »Wird diese Wohnung hier unten noch renoviert wie die dort oben?«

Der Agent stand hinter ihr, antwortete nicht. Sie spürte seinen Blick und ahnte schon, was los war. Ihr weiter Mantelärmel war hochgerutscht, hatte ihr neuestes Tattoo freigelegt: die frech grinsende Frau mit wüsten Haaren und der lang gezogenen Sprechblase, »Wild women don't have the Blues«, die auf ihrem Handrücken endete. Fra senkte den Arm, das Tattoo verschwand im Ärmel, und sah in das spitze Agenten-Gesicht: »Renovierungsarbeiten sind nicht geplant, aber ich habe weitere Bewerber, also ...«

»Zeigen Sie doch mal ...« Eine schmächtige Signora mit schlohweißen, zerzausten Haaren tauchte hinter dem Rücken des Agenten auf. Hatte der Wind sie hereingeweht?

»Oh, Signora Mattarella, buon giorno!« Der Agent deutete eine Verneigung an, wandte sich Francesca zu, »die Besitzerin dieser Wohnung.« Er nahm die runzlige Hand der alten Dame. »Ich wusste nicht, dass Sie hier sind.«

»Die Gewohnheit, mein Lieber, die Gewohnheit. Mein Sohn hat mich zwar in diese sogenannte Seniorenresidenz verfrachtet, aber ich pflege weiterhin meine Zeitung bei Virgilio auf der Piazza zu kaufen«, sie hustete mit einem Rasseln und fügte trotzig hinzu, »und auch meine Zigarillos. Außerdem kann man in meinem Alter sowieso nicht mehr schlafen. Ich bemühe mich, jede Minute, die mir auf diesem abgenutzten Planeten noch bleibt, angemessen zu nutzen.«

Sie fasste Fra an der Hand und schob deren Mantelärmel wieder hoch: »Zeigen Sie doch mal ...« Signora Mattarella zog den Arm dicht vor ihre dicken Brillengläser und entzifferte leise die geschwungene Schrift. Um ihre faltigen, rot gemalten Lippen schmolz ein Lächeln.

»Sie mögen Blues, ja?«

Fra nickte erstaunt.

»Habe ich Sie nicht schon mal gesehen …?« Die alte Dame betrachtete sie mit einem schelmischen Lächeln. Fra zuckte mit den Schultern, der Agent hüstelte. »Signora Mattarella, seien Sie unbesorgt, Ihr Herr Sohn und ich werden solide Mieter finden.«

»Mein Herr Sohn, mein Herr Sohn …«, grummelte Signora Mattarella unwirsch und wandte sich Fra zu, »wollen Sie hier einziehen?«

»Wollen schon, allerdings, die Miete …«

»Gehen Sie 100 oder 200 Euro runter«, raunzte die Signora den Makler an.

»Ich weiß nicht, ob das im Sinn Ihres Sohnes …« Die Signora wischte nur mit der Hand durch die Luft.

Die Miete wäre nun nicht mehr astronomisch, nur noch unbezahlbar. ›Sofort zurück in die Mansarde‹, befahl die innere Buchhalterin. Aber die hatte in Fras Leben nichts mehr zu melden. Eins der beiden Zimmer könnte sie an Touristen vermieten, überlegte Fra, gab ja genug Rom-Besucher, die in Trastevere das echte italienische Lebensgefühl witterten und die letzte Abstellkammer noch pittoresk fanden. Ein paar Eimer Farbe konnte sie sich noch leisten und – ›Geh!‹, befahl die innere Stimme.

»Machen Sie einen Vertrag mit der Künstlerin«, sagte die alte Dame, »ich erkläre das meinem Sohn, diesem Geizkragen. Solange ich auf dieser Erde herumkrabbele, ist es immer noch meine Wohnung.«

So war Fra in diesen Palazzo gestolpert. Mario hatte die Kaution bezahlt, das abgewetzte Parkett akribisch geschliffen und neu versiegelt, Putz an den Wänden erneuert, bevor Fra sie in Weiß und Gelb getüncht hatte. Mario liebte die Handwerkelei, als Nebenjob nach Feierabend, und erst recht, wenn er Fra damit glücklich machen konnte. Sie machte Fotos für das Internetportal, in dem sie ein »Zimmer im Rom deiner Träume« annoncierte, zumindest fotografierte sie Küche, Bad und ihr eigenes, shabby chic eingerichtetes Schlafzimmer. Ein zweites Bett für das andere kleine Zimmer würde sich finden, und notfalls, natürlich nur im absoluten Notfall, gab es ja immer noch Marios Sofa.

Fra räkelte sich auf dem Diwan der Dalmatiner-Lady, eine deutlich andere Preisklasse als Marios Gestell, wuchtete sich aus den Tiefen der wolkigen Polster und stand auf ihren Füßen. Zog sich den Rock zurecht. Ließ ihren Blick durch das stumme Wohnzimmer ziehen – behagliche Polstermöbel, kleine Tische, ein Kamin, ein paar bunte Gemälde – alles sehr gediegen. Hier atmete Wohlstand, Familientradition. Und all diese Bücher, unglaublich, wer las das alles? Wie passte dieses Ambiente zu dem schlampigen Pyjama? Wo war die überhaupt?

»Buongiorno!«, krächzte Fra, Madonna, sie hörte sich an wie ein Mülleimer. »Bist du da?« Stille.

Francesca schaute sich um, vier Türen, hohe Fenster an den Stirnseiten: zum Innenhof und gegenüber auf die Piazza. Fra öffnete eine breite Schiebetür und betrat die herrschaftliche Küche, groß genug zum Tanzen, in der Mitte ein Holztisch für eine Großfamilie, entlang halbhoher Wandkacheln rankten sich zarte Blumen, durch die nebligen Fenster der Balkontüren drang die Wintersonne. In der Spüle stapelten sich ein paar Teller und Tassen, auf dem Tisch eine Obstschale mit zwei dunklen Bananen und einem schrumpeligen Apfel.

Fra schlenderte weiter, durch zwei Arbeitszimmer, die miteinander verbunden waren, das hintere mit zwei enormen Schränken und noch mehr Bücherregalen bis unter die hohe Decke. Staub bedeckte die aufgeschlagenen Bücher, die den alten Schreibtisch überschwemmten, eine Espressotasse mit angetrockneten Kaffeeflecken, einige Zettel, einen Füller. Hier hatte jemand schon vor längerer Zeit seine Arbeit unterbrochen. Fra schloss betreten die Tür.

Nichts regte sich. Sie warf einen Blick in ein unordentliches Schlafzimmer, stieg eine schmale Treppe hinauf und fand eine verwilderte Dachterrasse. Zumindest hatte die Dalmatiner-Lady keinen übertriebenen Putz- und Ordnungsfimmel. Wohnte die in dieser riesigen, verstaubten Traumwohnung etwa allein?

Das große Badezimmer hatte Dusche und Badewanne, direkt daneben eine Waschküche mit Waschmaschine und Trockner, und wenn Fra nicht schwer die Orientierung zwischen all den Zimmern verloren hatte, lagen sie direkt über Fras Schlafzimmer. Viel Wasser für ein morsches Rohr. Zumindest hatte es gereicht, ihre frisch renovierte Wohnung hinzurichten, verdammter Mist.

Fra warf sich eine Handvoll Wasser ins Gesicht, wischte die Reste der Wimperntusche unter den Augen weg, blickte in den Spiegel. Diese Wohnung war wundervoll. So viel Platz. So viele Zimmer. Fra war allein. Warum diesen Palast nicht noch ein Stündchen genießen?

3

Laura war die Kälte nicht mehr gewohnt. Sie verkroch sich in ihrem Wintermantel, auch der war ihr in den letzten Monaten zu weit geworden. Schritt für Schritt ging sie auf dem knubbeligen Pflaster aus dunklen, quadratischen Steinchen, sah Stiefel und Hosenbeine, die an ihr vorbeieilten. Es war kurz nach neun Uhr morgens, keine Zeit, zu der Laura normalerweise die Wohnung verließ oder überhaupt aufstand. Zumindest nicht mehr seit ihrem Filmriss.

Sie erreichte die breite Viale Trastevere. Die Straßenbahn summte heran, Laura wartete, bis alle eingestiegen waren, dann schob sie sich als Letzte hinein und blieb nahe der Tür. Die Bahn glitt über den Tiber. Braungrün zog sich der Fluss zwischen den haushohen Betonmauern und teilte sich an der Tiberinsel mit dem Kloster, der Kirche – dem Krankenhaus, Gott, das Krankenhaus! Es war doch so nah an ihrer Wohnung.

Ruhig bleiben. Weiter atmen. Laura hielt sich an der Stange über ihrem Kopf fest. Einfach. Weiter. Atmen.

Dann verschluckte eine Häuserschlucht die Straßenbahn und die Aussicht auf den Fluss, die Insel und die Erinnerung.

An der nächsten Haltestelle wurde ein Sitzplatz frei, Laura drückte sich auf den Fensterplatz und ließ sich durch das Zentrum von Rom fahren. Schaufenster, Menschen, die aus den Bars und in ihre Büros und Läden eilten. Laura hatte sich einen unscharfen Blick angewöhnt. Sie ließ das Leben vorbeiziehen, als schaue sie durch eine zu starke Brille, ohne Details oder Gesichter zu fixieren. Wie oft war es ihr passiert, dass sie Fabios graugrüne Augen im Gesicht eines wildfremden Mannes entdeckt hatte? Ein kurzer Stromschlag, das Herz machte einen Satz, Kribbeln am ganzen Körper – dann kamen die Tränen.

Angefangen hatte alles am Abend nach Lauras freundschaftlicher Scheidung von Rolf. Sie saß mit ihrer Freundin Billy in der neu eröffneten Weinbar in Buxtehude, um auf Lauras neues Leben anzustoßen. Billy hatte darauf bestanden. Laura wäre auch, wie jeden zweiten Mittwoch, mit Billy ins Kino gegangen. Beim zweiten Glas Rotwein meinte Billy, Laura könnte wenigstens jetzt, nach der Scheidung, mal ein kleines bisschen unvernünftig sein. Irgendwas tun, das mit Rolf undenkbar gewesen wäre, sich einen kleinen Traum erfüllen. »Irgendwas Verrücktes, das dich auf ewig an diesen Neubeginn erinnert.«

»Aber so neu ist das doch alles nicht«, hatte Laura entgegnet, »wir waren vor der Scheidung gute Freunde und sind auch nach der Scheidung gute Freunde. Ich brauche keinen symbolischen Befreiungsschlag.«

Alles war so vernünftig abgelaufen, wie man es von vernünftigen Menschen erwarten konnte. Zwischen Laura und Rolf hatte sich das Leben vor allem um die beiden Söhne und die Organisation des Alltags gedreht. Als die Jungs zum Studium ausgezogen waren, war ihren Eltern leider der Gesprächsstoff ausgegangen. Den müden Schlussakkord ihrer Ehe hatte erstaunlicherweise Rolf gesetzt, als er eines Abends kleinlaut gestand, ihm wäre da was Dummes passiert, auf der letzten Tagung seiner Abteilung, die neue Kollegin … Laura beschloss kurzerhand, dass aus den ohnehin schon getrennten Schlafzimmern nun auch getrennte Wohnungen werden konnten. Kein Problem. Die verschwitzten Laufhemden und -hosen morgens und die beiden Bierflaschen vom Couchtisch abends konnte gerne die neue Kollegin wegräumen und sich im Sommer an den Wanderurlauben erfreuen, die Lauras Knie ruiniert hatten.

Laura war Deutschlehrerin, lebte für die Schönheit der Literatur, machte seit einiger Zeit Yoga und ging regelmäßig mit einer Freundin ins Theater und mit Billy ins Kino. Alles gut. Ihre Söhne fanden so ein Leben vermutlich voll öde, Leute wie Billy sicher auch, aber Laura hatte genug abenteuerliche Kapriolen und Abgründe mit ihren Eltern und Geschwistern überstanden, die reichten für zwei Leben. Sie pflegte ihre klaren Strukturen wie andere ihre manikürten Fingernägel, und ohne Rolf würde alles noch ein wenig übersichtlicher werden.

»Komm schon, irgendeinen Wunsch wirst du haben«, hatte Billy beharrt, »einen Ring von Tiffany, einen Segelflugschein, einen Besuch bei den Orang-Utans auf Borneo ...«, Laura musste lachen, »komm schon, wenigstens eine Reise ins Land deiner Kinderträume.«

Ach, du liebe Güte, bloß nicht zurück ins Land ihrer Kinderträume, Laura winkte ab, aber Billy blieb dran: »Also gut, etwas bescheidener. Italien, warst du schon mal in Italien? *Alle* lieben Italien – Venedig, Toskana, Rom ... klingelt da was?«

Es klingelte. »Rom!«, sagte Laura und musste lächeln. Billy hatte den richtigen Knopf gedrückt. Unangenehm, denn spontan und ungefiltert verband Laura Rom mit Film-Postkarten wie dem Spaghetti futternden »Amerikaner in Rom«, der klatschnassen und wohlgeformten Anita Ekberg im Trevi-Brunnen oder Audrey Hepburn mit wehendem Rock und Gregory Peck auf dem Motorroller am Kolosseum – du liebe Güte! Ganz großer Kitsch, sie hatte diese Filme geliebt! Aber Rolf, dem Wandersmann, hätte sie niemals in seinen kostbaren Urlaubstagen mit einer Städtereise nach Rom kommen können.

»Ich komme mit!«, jubelte Billy. Die Reise zur Scheidung, in die Ewige Stadt, wie passend.

Laura schob die Postkarten ihrer Mädchenträume zur Seite und bereitete sich gewissenhaft vor. Las Reiseführer, tüftelte an Tagesplänen, was wann wo zu besichtigen sei, und so flogen sie bestens präpariert tatsächlich nach Rom.

Dann kam alles anders. Billy legte sich am ersten Tag mit Fieber und Kopfschmerzen ins Hotelbett und bestand darauf, dass Laura alles allein besichtigen solle. Mit festen Schuhen, Wasserflasche und Reiseführern im Rucksack zog sie los, als ginge sie mit Rolf wandern. Bestens ausgerüstet mit ihren Tagesplänen.

Wie lächerlich! Als ob sie es in Schwimmweste mit einem Tsunami aufnehmen könnte. Rom überrollte sie einfach. Alles war riesig, mächtig und beeindruckend. Allein der Anblick des Kolosseums nahm Laura den Atem, die 2000 Jahre alten Mauern der Kampfarena schienen zu vibrieren. Nebenan stapelten sich im Forum Romanum vollkommen selbstverständlich die Jahrtausende übereinander, und Laura hätte allein dort Tage verbringen wollen. Nur dort – und all die anderen Monumente, Museen, Plätze, Kirchen, Paläste, die hinter jeder Ecke lauerten? Dazwischen wuselten überall irrsinnig viele Menschen herum, Autos und Mopeds dröhnten – Rom war ein gigantischer, uralter Ameisenhaufen, in dem Laura ihre Orientierung verlor.

Dann traf sie Fabio.

Laura hatte sich vorgestellt, in der Sixtinischen Kapelle einen Ort der Stille zu finden – ausgerechnet. In einem zähen Besucherstrom schob sie sich durch die unendlichen Säle der Vatikanischen Museen, die noch vor dem Eingang der Kapelle lagen. Mühte sich, zwischen Schultern und Köpfen hindurch Raffaels begnadete »Schule von Athen« zu entziffern, wenigstens dieses eine Gemälde, sie hatte sich zu Hause so gut vorbereitet, aber wo bitte war denn nun Platon, für den angeblich Leonardo da Vinci Modell gestanden hatte? Und welcher Gelehrte auf den Treppenstufen hatte das Gesicht Michelangelos? Laura resignierte, das Gedrängel war unerträglich. Zu Hause könnte sie alles noch einmal nachlesen, sie trottete weiter, nur noch die Ausstellung moderner Kunstwerke, die den letzten Päpsten geschenkt worden waren, dann erreichte sie vollkommen erledigt den Eingang der Sixtinischen Kapelle. Sie hörte die mahnenden Worte einer Touristenführerin, diesem heiligen Ort respektvoll und in aller Stille zu begegnen. Ein letztes »Silenzio!«, dann öffnete sich die Tür zur berühmtesten Kapelle der Welt.

Rauschendes Stimmengewirr schwappte Laura entgegen. Dicht an dicht drückten sich die Besucher unter dem zwanzig Meter hohen Deckengewölbe, fotografierten mit Smartphones und Tablets die wahrhaftig begnadeten Freskenmalereien, an denen Michelangelo bis zum Wahnsinn gearbeitet hatte, und quatschten. »Silenzio!« Die Stimme eines Wärters hallte durch ein Megafon und ließ das internationale Geplapper kurz abschwellen. Laura drängelte sich in die Mitte der Kapelle, verfluchte innerlich diese Horden, warum konnten Menschen im Angesicht dieser Schönheit nicht einfach mal die Klappe halten? Unerträglich. Laura versuchte die Stimmen auszublenden und Details zu erkennen, um sich in diesem heiligen Wimmelbild zurechtzufinden, den göttlichen Finger im Zentrum zu finden, der ... ein Russe brabbelte über ihren Kopf hinweg mit seinem Freund, es reichte! »Schhhht!«, zischte Laura. Der Russe verstummte, schaute irritiert, Laura drehte sich weg – und traf diese dunkelbraunen Augen.

Ein schmaler Italiener mit kräftigen, sichelförmigen Augenbrauen, in Anzug und ohne Krawatte, den Trenchcoat über seinem Arm. Nicht quatschend, kein Smartphone in der Hand, hatte er sie beobachtet? Er zwinkerte kurz, wandte sich dann einem älteren Paar zu und zeigte mit der Hand nach oben. Lauras Blick folgte seiner Bewegung – da war sie, die berühmte Postkarte: der göttliche Finger, der sich gerade von Adams Finger löst, nachdem er ihm Leben eingehaucht hat. Die Stimmen verschwanden, Laura begann in den himmlischen Bildern zu lesen.

Es war schon Mittag, als sie die Sixtinische Kapelle verließ. Sie setzte sich im Museumsgarten auf eine Bank und konnte bereits den nächsten Punkt ihres Tagesprogramms sehen: die Kuppel des Petersdoms. Erst mal sitzen. Der Signore, der ihr in der Kapelle zugezwinkert hatte, eilte vorbei, versuchte im Gehen umständlich seinen Trenchcoat anzuziehen. Hinter ihm segelte ein zusammengefalteter Zettel auf den Boden. Laura hob ihn auf.

So hatte die Geschichte von Laura und Fabio begonnen: Sie trug ihm seinen Strafzettel für Falschparken hinterher. Der Professor für Kunstgeschichte lächelte, als er sie wiedererkannte – die, die einen palavernden Russen, der mindestens einen Kopf größer und drei mal so breit wie sie war, mit einem couragierten »Schhhht!« zum Schweigen gebracht hatte. Bemerkenswert, fand er. Jahrelanger Unterricht mit Teenagern, erklärte sie und lächelte ihn an. Er bat, sich mit einem caffè für den Strafzettel bedanken zu dürfen, und so plauderten der

Professor und die Lehrerin am Tresen einer Bar über gelangweilte Studenten und ignorante Touristen und hatten schon ihren gemeinsamen Tonfall gefunden.

Fabio war so gar nicht der aufgedrehte Gute-Laune-Italiener. Zurückhaltend, höflich, mit feinem Witz. Es wäre ihm eine Freude, sie zum Mittagessen einzuladen. Er könne nicht zulassen, dass so eine gebildete, angenehme Signora irgendwo ein billiges Mittagessen von einem schlecht erzogenen römischen Kellner vorgesetzt bekäme. Die Römer, erklärte der Professor leise und fiel kurz aus dem gemeinsamen Englisch ins Italienische, seien »stronzi« – ihm fehle glücklicherweise die englische Übersetzung dafür. »Also, Signora, begleiten Sie mich?«

Laura war erstaunt, dass sie einfach nickte und »sehr gerne«, antwortete. Sie mochte seine freundliche Zurückhaltung und seinen unaufdringlichen Humor, war erleichtert, dass ihre römische Bekanntschaft keinen Motorroller fuhr, sondern gerne zu Fuß ging. Sie spazierten am Castello degli Angeli vorbei – eigentlich der übernächste Punkt auf ihrem Tagesplan – und weiter auf die Brücke mit den Engelsstatuen. Sie blieben einen Moment zwischen den Figuren an der Brüstung stehen, blickten dem Lauf des Tiber hinterher – hatte er dort nicht schon das erste Mal ihre Hand zufällig gestreift? – und schlenderten weiter in die Altstadt. Landeten irgendwann in einer hübschen Osteria, und er erlaubte sich, für sie mitzubestellen. Sie mochte diese altmodische Art an ihm, das schelmische Lächeln, sie fühlte sich bei Fabio gut aufgehoben.

Erstaunlich, das alles war so erstaunlich. Eigentlich

besuchte er die Sixtinische Kapelle nie während der offiziellen Öffnungszeiten. Er war Spezialist für Michelangelo und als junger Doktor bereits Berater gewesen, als die Fresken in den Neunzigerjahren restauriert worden waren. An diesem Tag hatte er seiner Mutter einen Gefallen getan und für ihre Bekannten aus Norditalien eine private Führung gemacht. Er kannte jedes Lächeln, jede Handhaltung, jeden Schatten der Fresken – aber nein, er wollte Laura damit nicht langweilen. Falls sie jedoch Lust hätte, sich in Rom überraschen zu lassen …?

Sie hatte. Während Billy im Hotel ihre Grippe kurierte, spazierte Laura mit Fabio auf den Hügel Gianicolo, wo ihr Blick über Rom und die gesamte Wucht der Jahrtausende streifen konnte. Er entführte sie in verträumte Nischen, in denen Laura mitten in der Stadt nichts als Vogelgezwitscher hörte, Wasserstrahlen eines filigranen Brunnens funkelten in der Sonne, ein zauberhaftes Kirchlein versteckte sich hinter einer mit Unkraut bewachsenen Mauer. Viele kleine Überraschungen, nur wenige Schritte neben den Pfaden, auf denen sich Reisetruppen von einer Sehenswürdigkeit zur nächsten Attraktion wälzten. Mit Fabio an ihrer Seite ließ sich Laura nicht mehr von ihren To-see-Listen durch Rom jagen. Sie begann, die Stadt zu entziffern, Schritt für Schritt.

Schließlich zeigte er ihr Trastevere, das herausgeputzte ehemalige Arbeiterviertel, das der Tiber vom Stadtzentrum trennte. Hier summte das Leben in den Gassen und auf den Plätzen zwischen rostrot und gelb gemalten Häusern mit angesagten Bars und Restaurants. Daneben gab es eine entspannte Alltäglichkeit, den Wochenmarkt, wo Laura die süßesten Erdbeeren ihres Lebens naschte, den Buchbinder, der schon viele von Fabios zerfledderten Fundstücken gerettet hatte. Die Katze der Motorradwerkstatt, die sich in einem Sonnenfleck auf der Sitzbank einer alten Vespa zusammengerollt hatte. Der Duft frisch gewaschener Wäsche, Nachbarinnen, die quer über die Gasse von einer Dachterrasse zur anderen plapperten. Trastevere war die Hängematte nach der bedeutungsschweren Kost all der Monumente, nach dem Krach und Verkehrschaos. Fast ein beschaulicher Vorort, der vom Zentrum jedoch nur einen kurzen Spaziergang über den Fluss entfernt lag. Trastevere war Liebe auf den ersten Blick. Und die passierte Laura in Rom schon zum zweiten Mal.

Sie waren beide überrascht von ihrer spontanen Zuneigung. Entdeckten mit Anfang 50 noch einmal ein Funkeln, das Laura zunächst nicht altersgerecht erschien, aber Billy schüttelte sie und sagte eindringlich: »Wann, wenn nicht jetzt?«

Laura begann zwischen Buxtehude und Rom zu pendeln. Auch Fabio war geschieden, lebte wieder mit seiner Mutter in der noblen Wohnung nahe der Villa Borghese. Angeblich nur ein Provisorium, aber das funktionierte nun schon einige Jahre. Laura zog es vor, sich an ihren Wochenenden in einem kleinen Hotel einzumieten. Dieses Provisorium funktionierte einen Sommer und einen Winter.

Es war März, die Platanen an der Uferstraße des Tiber zeigten das erste lichte Grün, und inzwischen war es eine schöne Gewohnheit, sich im Gassengewirr von Trastevere zu verlieren und eine neue Bar, eine kleine Madonna oder ein verstaubtes Antiquariat zu entdecken. An diesem Frühlingstag allerdings schien Fabio zielstrebig. Er zog Laura auf eine kleine baumbestandene Piazza, blieb vor einem rostroten, efeubewachsenen Palazzo stehen. »Dort oben ist die Wohnung meiner Tante Guendalina«, er zeigte in das Obergeschoss auf einen Balkon mit grazilen Bögen. »Gott hab sie selig.« Er zog ein Schlüsselbund aus der Tasche und lächelte geheimnisvoll.

Fabio musste an der breiten Wohnungstür rütteln, bevor sie nachgab und sich in das Halbdunkel eines langen Flures öffnete. Er drückte die hohen Fensterläden auf, der Himmel leuchtete herein. Laura blieb stehen, lauschte in die Stille und meinte ein Summen zu fühlen, das durch diese große alte Wohnung wehte.

Nach und nach flutete die Sonne die hohen, verstaubten Räume. Spinnweben zitterten in den Türrahmen. Im Salon standen noch einige ausladende Polstermöbel, die mit Laken abgedeckt waren, im Kamin lag ein Häuflein weißer Asche. Ungläubig wanderte Laura von einem Zimmer ins nächste, es war Platz für eine Großfamilie. »Hier hat nur deine Tante gelebt?«, fragte Laura ungläubig.

»Ehrlich gesagt, ich weiß es nicht. Angeblich hatte Tante Guendalina immer viel Besuch«, Fabio lächelte vieldeutig, »ich war nur als Kind ein- oder zweimal hier, danach nie wieder. Meine Mutter hat sich mit ihrer älteren Schwester nicht besonders gut verstanden, Guendalina war das schwarze Schaf unserer gutbürgerlichen Familie, aber darüber wurde natürlich nicht geredet.« Fabio stieg eine schmale Treppe hinauf. »Signora Laura, darf ich bitten?« Am Ende der Stufen drückte er eine Tür auf. »Hier kommt das Beste an dieser Wohnung!« Sie traten auf eine Terrasse zwischen den verschachtelten Giebeln und blühenden Dachterrassen von Trastevere. Laura stand in der milden Märzsonne, Fabio schaute sie erwartungsvoll an. »Gefällt dir die Wohnung?«

Die Wohnung war ein Traum, natürlich, aber doch nicht für sie beide! Was die kostete, wollte sie gar nicht wissen.

»Mach dir keine Sorgen«, erklärte Fabio, »die Wohnung ist sozusagen übrig geblieben im Familienbesitz. Ein Erbstück, das keiner übernehmen wollte. Tante Guendalina war lange verwitwet, hatte keine Kinder und einen Erben eingesetzt, der niemals ermittelt werden konnte. Meine Mutter wollte nichts mit Guendalina, dieser Wohnung und schon gar nicht mit der Renovierung zu tun haben, meine Schwestern sind verheiratet und versorgt, und allein brauchte ich so eine Wohnung nicht. Ich würde sagen: Sie hat auf dich, auf uns gewartet. Laura, du kannst nicht Nein sagen.«

Laura konnte erst mal gar nichts sagen. Der Himmel über Rom drehte sich. So etwas gab es nur im Kino, und die Träume aus Filmen hatte Laura in der Kategorie ›Kitsch‹ abgelegt. So etwas passierte einer verbeamteten Deutschlehrerin nach 26 Jahren zwar geschiedener, aber anständiger Ehe, mit zwei gut geratenen Kindern und normalen Hobbys und Interessen nicht. »Ist doch viel zu groß, das alles«, stammelte sie schließlich.

Fabio winkte ab. »Wir brauchen Raum für Gäste, für deine Söhne oder Freundinnen, die dich aus Deutschland besuchen, nicht wahr? Wer in Rom lebt, hat ständig Gäste.« Außerdem, Fabio hatte nie anders gewohnt.

Sie verließen die Wohnung, spazierten zurück zur Uferstraße und stiegen die Treppenstufen hinunter zum Tiber. Das erste Abendlicht legte ein seidiges Blau über die Stadt. Sie gingen flussaufwärts bis zu »ihrer« Brücke mit den Engelsfiguren, die in der Dämmerung schon von Straßenlaternen erleuchtet wurden. Von dort nahmen sie den Weg zurück, den sie an ihrem ersten Tag gegangen waren, bis sich der mächtige Petersplatz vor ihnen öffnete. Stille hatte sich über den fast verlassenen Platz gelegt, vor dem strahlend weißen Dom verloren sich einzelne Spaziergänger in der Dunkelheit. Laura und Fabio blieben in der Mitte stehen, betrachteten die Kuppel des Doms – »eine geniale Konstruktion, ein wahrer Geniestreich von Michelangelo …«, hob Fabio an und räusperte sich, »entschuldige, ich will dich nicht mit weiteren Details langweilen, es ist allerdings so«, er verhaspelte sich, legte seinen Arm um ihre Schultern. »Ich weiß, die Wohnung und dieses ganze Rom ist dir zu groß. Aber ich dachte, in Trastevere würdest du vielleicht gerne leben.«

Er machte eine Pause, schnappte nach Luft – »also, mit mir leben«, hörte Laura irritiert. Was wurde das?

»Du findest wahrscheinlich auch, dass dieser Platz und das alles gerade etwas heilig und kitschig sind, bist ja nicht mal katholisch …«, er zog sie an sich, »aber, also …«, sein Blick flüchtete in den Nachthimmel, zur Mondsichel, die dort wippte, über der genialen Kuppel – er war kein geschmeidiger Redner, der Heiratsantrag geriet ziemlich holperig und ungelenk –, aber Laura sagte zu ihrer eigenen Überraschung einfach ›Ja‹.

Sie ließen sich Zeit. Während die Wohnung renoviert wurde, spannte Laura – wie üblich – auch unter diese Entscheidung gewissenhaft ein Netz. Die Deutsche Schule in Rom suchte eine Deutschlehrerin, na bitte. Dann sollte es so sein. Laura wagte den Umzug nach Rom. Nein, nach Trastevere.

Es war das Wagnis ihres Lebens, sie sprang auf den rollenden Zug – ohne Rückfahrkarte. Aber das begriff sie erst später, wenige Tage vor der Hochzeit. Es war tatsächlich zu romantisch gewesen, um wahr zu sein.

Laura wechselte den Bus, fand wieder einen Sitzplatz am Fenster. Die schnurgerade Ausfallstraße führte aus dem Zentrum Roms in eine nichtssagende Stadtlandschaft. Verlorene Villen, Supermärkte, Autohändler, Bürogebäude. Laura entspannte sich. Sicheres Terrain, hier lauerten keine Erinnerungen. Zu Hause kannte sie die gefährlichen Ecken: die Terrasse und Fabios Arbeitszimmer. Beide Orte betrat Laura nicht mehr, hatte sie ausgeblendet. Nur noch weiße Flecken.

Im Rest ihrer Wohnung lebte sie wie in einem Fotoalbum, blätterte durch die Bilder ihrer gemeinsamen Zeit. Las manchmal ein paar Seiten aus Büchern, die er im Wohnzimmer liegen gelassen hatte. Sprach mit ihm über den Autor und das Mittagessen – hast du schon Hunger, warum nicht mal wieder in die Osteria zu Ugo? Lieber einen schnellen Teller Pasta zu Hause? Tatsächlich hätte sie Ugo nicht ertragen, Laura allein in ihrem Stammlokal, die Blicke, die Fragen … also lieber den schnellen Teller Pasta zu Hause. Und am Ende machte sich Laura meist gar keinen Teller Pasta, blieb versunken auf dem Sofa sitzen.

Elf Busstationen bis zu den hohen Mauern, von denen der rote Putz abbröckelte. Dahinter der quadratische Kirchturm, dessen Uhr nur ein weißes Zifferblatt ohne Ziffern zeigte.

Laura stieg aus dem Bus, ging auf die beiden steinernen Madonnen zu, die das geöffnete Tor in der Mauer flankierten, schnell vorbei an den Blumenhändlern. Wie bunte Kissen stapelten sich die Sträuße auf dem Ständer. Laura hielt die Luft an – sie ertrug diesen süßlichen Duft nicht mehr. Fabio war gegangen.

Laura trat durch das hohe Tor in die Zypressenallee und wusste, dass sie sich eine Falle gestellt hatte. Sie würde über die Hügel irren, mit all den Steinen und Statuen, die ihr nichts sagten, und keinen Trost finden bei den jahrhundertealten Zypressen, die über die Stille an diesem Ort wachten.

Laura wollte nach Hause. Aber dort schlief diese Verrückte.

4

Sie war immer noch da. Keine Wahnvorstellung, keine Halluzination – Laura hörte die rauchige Stimme dieser Person aus dem Salon. Sie schloss ungläubig die Wohnungstür hinter sich, zog ihren Mantel aus, nahm einen Bügel von der Garderobe – da hing ein fremder Mantel, ein Herrenmantel. War etwa der Begleiter aus der letzten Nacht zurückgekommen? Was taten die in ihrer Wohnung?

Unsichtbare Hände griffen nach ihrem Hals, Laura gierte nach Luft, ihre Beine waren Gummi. Was – konnte – sie – tun? Tränen stiegen hoch, sie war umzingelt, wollte aus der Tür stürzen – atmen!, ermahnte sie eine Stimme. Einmal, zweimal, der Schwindel ließ nach. Schritt für Schritt ging sie den Flur hinunter, zu der Flügeltür, blieb auf der Schwelle zum Salon stehen.

Diese bemalte und gefärbte Person füllte mit ihrer üppigen Figur fast den breiten Sessel aus, immer noch im engen Rock mit offenherzigem, knappem Oberteil, aus dem Busen und Oberarme herausquollen. Im anderen

Sessel – in Fabios Sessel! – ein Mann, Anfang vierzig vielleicht, Schnauzer, brauner Pullover über zugeknöpftem Hemd, Stoffhose – irgendwo hatte Laura dieses Gesicht doch schon mal gesehen.

Sie blieb im Türrahmen stehen. Weiter kam sie einfach nicht, ihre Beine blockierten. Betrachtete den Raum – war das ihr Wohnzimmer? Der stumme Mann und die Frau, die den Mund öffnete und schloss, während ein unerschöpflicher Schwall von Worten und Sätzen heraussprudelte, sie gestikulierte und redete, schüttelte den Kopf, und die grünblauen Haare wippten um ihr rundliches Kinn, alles an ihr war rund – sie entdeckte Laura. Verharrte einen Moment. Dann lächelte sie, erhob sich aus dem Sessel und kam auf Laura zu. Griff nach ihrer Hand. Laura wich zurück.

»Was tun Sie hier noch?« Laura hörte ihre Stimme zwischen Tonlagen auf- und abrutschen, sie hatte Mühe, überhaupt zu sprechen. Atmen, atmen, atmen.

»Alles in Ordnung?«, fragte diese Person, nun war sie ganz nah. »Wir haben auf Sie gewartet.«

»Gehen Sie!«, wollte Laura schreien und diese Person von sich wegstoßen, aber sie rührte sich nicht, und der Film lief weiter und weiter.

»Das ist übrigens Mario, mein bester Freund.« Die Person zeigte auf den Mann im Sessel. »Er hat sich die Überschwemmung unten mal angesehen.«

Ihr bester Freund? Dieser Mario sah aus wie ein Versicherungsvertreter, aber doch nicht wie der beste Freund von diesem schrillen Wonneproppen. Laura fühlte einen kurzen Anflug von Heiterkeit – wurde sie hysterisch? Das alles war doch vollkommen absurd.

»Wir haben gerade über den Wasserschaden gesprochen, Mario meint auch, dass hier oben wohl ein Rohr gebrochen ist, habe ich ja vermutet, verstehe zwar nichts davon, aber ...«, Laura hörte, schnappte nach Luft, die Worte rauschten an ihr vorbei, »... so wie's unten aussieht, Madonna! Das Parkett, die Wände, das Bett, alles ruiniert ...«

»Ich habe erst mal den Hauptwasserhahn zugedreht«, unterbrach der beste Freund aus Fabios Sessel, »wenn es friert, wie in den letzten Nächten, platzt in so einem alten Palazzo schon mal ein rissiges Rohr. Erst recht mit einem Schwung Wasser von oben ...« Er hob die Hände bedauernd, legte die Stirn in Falten, seufzte.

Laura dachte an ihre Badewanne. An die langen, warmen Duschen, die ihr mittags halfen, aufzuwachen. Ein Rohrbruch also – auch das noch.

»Da unten kann ich jedenfalls unmöglich schlafen«, fasste diese Person das Desaster zusammen.

»Amore, du kannst wieder zu mir kommen«, säuselte der angeblich beste Freund.

»Hör bitte auf mit *amore*«, fauchte die Frau unerwartet heftig, »das haben wir doch jahrelang durchgekaut. Ich bin Gift für dich. Irgendwann wirst du mich im Schlaf erdolchen. Also bitte ...«, sie wandte sich Laura zu und knipste wieder ihr Lächeln an. »Ich heiße übrigens Francesca.« Sie streckte die Hand aus.

»Laura«, antwortete Laura perplex, aber ignorierte die Hand.

Mario richtete sich im Sessel auf. »Und wo willst du dann hin?« Seine Stimme zitterte leicht, »Etwa zu einem deiner … oder zu diesem …«. Es schien nicht so, als wollte der beste Freund ernsthaft wissen, bei welchem anderen besten Freund Francesca unterkommen könnte, aber plötzlich nahm die Situation rasant an Fahrt auf, alles ging viel zu schnell für Laura.

»Ich kann sicher erst mal hier bleiben«, antwortete diese Francesca. Hier? Wovon redete die? »Bei Laura!«

Laura fühlte einen Faustschlag in den Magen, aber diese Person strahlte, als seien sie beste Freundinnen.

Mario sagte »Hm«, und in diesem »Hm« lagen Hoffnung und Erleichterung. »Das wäre natürlich«, er stand auf und trat auf Laura zu, »sehr großzügig. Natürlich nur, wenn Signora Laura nichts dagegen hat.«

»In dieser Wohnung ist doch Platz für eine Fußballmannschaft«, ereiferte sich Francesca und breitete ihre Arme aus, »neben der Haustür sind noch zwei Gästezimmer und auch noch ein zweites Bad. Ich werde unsichtbar wie ein freundlicher Geist durch die Wohnung huschen.«

Mario räusperte sich. »Wie auch immer, das Bad mit dem defekten Rohr sollte bis auf Weiteres nicht benutzt werden. Das Wasser kam eindeutig von dort.«

Laura schwindelte. War *sie* etwa schuld an diesem Desaster? Sie schaute ungläubig in Francescas rundes Puppengesicht und hörte die Worte. »Wir werden uns schon einigen, nicht wahr, Laura? Dieses Badezimmer sollte für uns beide groß genug sein.«

»Da wäre ich mir nicht so sicher«, raunte Mario.

»Es ist ja nur für ein paar Tage«, spulte Francesca ihren Text weiter, »du wirst mich kaum sehen und hören, ich arbeite nachts, schlafe tags. Alle nennen mich übrigens Fra«, sie streckte schon wieder die Hand aus, »also, Laura, mach dir keine Sorgen, ich komme schon zurecht in dem kleinen Zimmer am Ende des Flurs. Einverstanden?«

Laura verstand gar nichts, sie saß auf einem Karussell, das sich immer schneller drehte, und konnte nicht abspringen.

Francesca beugte sich zu ihr und wisperte: »Ich weiß, ich weiß, Mario sieht harmlos aus, aber glaub mir, *wenn ihm mal der Faden reißt, dann* ...« Sie pfiff leise, verdrehte dramatisch ihre Kulleraugen.

»Sie würden uns einen großen Gefallen tun«, mischte sich Mario ein, »und ich, ich würde mich dann gerne um das Rohr kümmern, wenn Sie nichts dagegen haben.« Er lächelte. Laura spürte so etwas wie Erleichterung. Er hüstelte. »Habe schon einen Freund angerufen – das läuft. Der macht einen guten Preis, seien Sie unbesorgt.«

»Gut, gut, gut«, Laura stieß die beiden zur Seite. »Nehmen Sie das Zimmer und reparieren Sie das Rohr!« Sie hetzte durch den Salon in die Küche, wollte nichts mehr hören, nichts antworten oder richtig oder falsch oder irgendwas entscheiden und erschreckte sich vor dem »Rumms«, mit dem sie die Tür hinter sich zugeworfen hatte. Sie sackte in den Korbstuhl mit der hohen Lehne, der wie ein Thron neben der Balkontür stand, und vergrub ihren Kopf zwischen den Armen. Laura wollte nichts, gar nichts!, mit dieser Francesca zu tun haben, nicht heute, nicht morgen – sie sollte einfach weg sein.

Fra hatte sich in diese lichtdurchflutete Wohnung verliebt, in die geheimnisvoll verschachtelten Zimmer, in die altmodische Küche mit dem einsamen Tisch, der nach Gästen rief. Diese behäbig geschwungenen Möbel, die sich in den Räumen verloren. Fra war über das Parkett geglitten, hatte sich gedreht und ihre Arme wie Flügel ausgebreitet, ohne irgendwo anzustoßen, hatte gesungen und den großen Raum mit ihrer tiefen Blues-Stimme erfüllt – es klang wunderbar. Als ob sie schon immer hier hätte sein sollen, singend und tanzend, ihrer Bestimmung folgend.

Dann hatte sie die Dachterrasse entdeckt, und die hatte ihr den Rest gegeben. Über die anderen Dächer und durch die kahlen Bäume konnte sie sogar ein Eckchen vom Tiber sehen. Kurz: Fra hatte beschlossen, sie gehörte einfach irgendwie in diese Wohnung.

Fra wählte das geräumige Eckzimmer nahe der Wohnungstür, gegenüber von Lauras Schlafzimmer am anderen Ende des langen Flures. Mittags hatte sie in dem Gästezimmer schon ein Schläfchen gehalten, sehr angenehm. Ein breites Bett mit cremefarbener Tagesdecke, geräumiger Kleiderschrank mit großem Spiegel und quietschenden Türen, aber das Hübscheste war der elegante Sekretär zwischen den Fenstern, die sich über Eck zur Piazza und auf die Gasse öffneten. Dort musste man doch einfach irgendetwas schreiben, parfümierte Liebesbriefe, Tagebuchnotizen, Gedichte. Vielleicht sollte Fra sich an eigenen Songs versuchen?

Mario half, einige Kleider und Wäsche, diverse Schuhe und den Schminkkoffer aus Fras Wohnung hinaufzutragen, dann schob Fra ihn sanft hinaus. Gab ihm einen Kuss und ihren Wohnungsschlüssel. Mit diesem Freund eines Freundes, der der Klempnerei angeblich kundig war, wollte er die Tropfsteinhöhle noch einmal begutachten und einen Plan für die Reparatur entwerfen. Erst danach wollte Fra ihren Vermieter benachrichtigen. Sie hatte keine Eile. Auch Mario würde nichts überstürzen. Viele Jahre als Postler hatten Spuren hinterlassen. Er würde sich Zeit lassen und das Rohr, den Holzfußboden, die durchnässten Decken und Mauern, alles äußerst gewissenhaft wiederherstellen. So eine Gelegenheit, regelmäßig in Fras Nähe herumwuseln zu können, ließ er sich garantiert nicht entgehen. Besser konnte es kaum kommen.

Am frühen Abend wechselte Fra endlich die Klamotten, in denen sie in der Nacht zuvor auf der Bühne gestanden und auf dem Sofa geschlafen hatte. Sie genoss den kräftigen, warmen Strahl der Gästedusche und warf sich in ein lässigeres Outfit. Jeans mit bunten Flicken, schwarzer Pullover mit mäßigem Ausschnitt, Lederjacke – es war Montag und kein großer Aufriss nötig. Sie betrachtete sich im leicht erblindeten Spiegel des Kleiderschrankes – ja, das könnte den Geschmack von Eric, dem Mundharmonika-Spieler aus London, treffen, ohne ihn zu verschrecken. Sie waren zur Probe im BluNight mit der Band verabredet. Fra schob sich zwei Riegel Kinderschokolade in den Mund, während sie dezentes Make-up auflegte. Helles Puder, feiner Lidstrich, Wimperntusche. Noch ein paar Gummibärchen, dann zog sie ihre Lippen dunkelrot nach – fertig. Und los!

Moment, Haustürschlüssel! Sie sollte keinen erneuten Pyjamaauftritt provozieren. »Laura?«, rief Fra. Keine Antwort. Hatte sie sie schon wieder aus der Wohnung vertrieben? Fra lief kreuz und quer durch die Wohnung, hörte schließlich eine gedämpfte Stimme hinter der Küchentür – saß die immer noch da drin? Fra öffnete die Tür einen Spalt.

»Nur für ein paar Tage ... natürlich ...« Laura saß in einem Korbstuhl am Fenster, das Telefon am Ohr, den Kopf zurückgelegt, die Augen geschlossen.

»Laura, ich ...«, Fra tippte ihr auf die Schulter. Laura fuhr hoch, riss die Augen auf, »... ich brauche einen Haustürschlüssel«, beendete Fra ihren Satz, diese Laura könnte sich allmählich mal bei Fras Anblick entspannen.

»Tiziana, ich muss Schluss machen«, flüsterte sie. »Sicher, ich sag dir Bescheid. Ciao, ciaociao ...« Laura legte das Handy zur Seite, glotzte Fra an: »Was wollen Sie nun noch?«

»Schlüssel«, wiederholte Fra ruhig, sehr ruhig, »einen Haustürschlüssel. Ich komme spät zurück und ...«, sie musterte Laura, die beiden schauten sich schweigend an. Die hat wirklich eine Klatsche, befand Fra, mit und ohne Dalmatiner-Pyjama. Hatte sie etwa die ganze Zeit in der

Küche gesessen? Das Geschirr war immer noch nicht abgewaschen. »Sag mal, wohnst du eigentlich allein in dieser riesigen, tollen Wohnung?«, versuchte Fra die Stimmung aufzulockern, aber Laura reagierte nicht.

»Bist du okay? Du hast doch irgendwas …«, dieses traurige Schweigen war unerträglich, »hat dein Typ dich verlassen?«, schoss Fra ins Blaue. »Hey, für diesen Fall hast du hier die Expertin vor dir! Lass dir sagen, lohnt sich nicht, irgendwem hinterherzuheulen. Wirklich nicht, glaub mir. Ich könnte dir Geschichten erzählen … Kopf hoch, Baby, weiter geht's! Sei sicher: Das passiert auch …«

»Können Sie mal die Klappe halten?« Laura sprang auf, tobte aus der Küche und durch den Salon, den Flur hinunter zur Wohnungstür.

»Oh.« Fra folgte ihr perplex, offensichtlich hatte sie den entzündeten Nerv getroffen. Laura riss die oberste Schublade einer schmalen Kommode auf, griff einen Schlüsselring und warf ihn in Fras Richtung. Er landete klimpernd auf dem Parkett, Fra hatte noch nie gut fangen können und es erst gar nicht versucht. Dafür hob sie die Schlüssel mit einer gewissen Eleganz auf.

»Danke, bin dann im BluNight – kennst du den Laden?« Blöde Frage, woher sollte ausgerechnet Laura diesen Laden kennen? Fra klimperte mit dem Schlüssel, »Danke, also. Ehrlich«, sie ließ ihn in die Jackentasche gleiten. Laura drehte sich um, ging über den Flur in Richtung ihrer Schlafzimmertür. Mit jedem Schritt schien sich die Wut zu verflüchtigen und diese dürre Frau noch ein wenig zu schrumpfen. Die hatte es ganz übel erwischt, Fra konnte ihr Elend an sich selbst spüren wie einen klebrigen Film und wollte sich schütteln. »Kannst ja mal mitkommen, zum Tanzen«, sie zog die Haustür auf, »kleinen Blues schieben. Der tröstet, glaub mir.«

Die Tür fiel hinter ihr ins Schloss, und Fra eilte die Treppe hinunter, fühlte die Schlüssel in der Jackentasche und einen Riegel Kinderschokolade – auch das war beides tröstlich.

Feuchter Wind zischelte durch die Gänge zwischen den Häusern. Der Schein der Straßenlaternen glänzte auf dem knubbeligen Pflaster. Fra zog sich den roten Schal etwas fester um den Hals. Wer an diesem Abend nicht unbedingt irgendwohin musste, verkroch sich zu Hause. Montagabends hatten ohnehin die meisten Läden geschlossen, eine lebensrettende Ausnahme war Angelos Pizzabude. Fra war schon Stammkundin gewesen, als sie die knusprigen Pizzastücke noch auf Marios Sofa gegessen hatte.

»Ciao, bella!« Antonio, der alte Pizzaiolo, schob gerade ein Blech dampfende Pizza Margherita unter den Glastresen. »Alles in Ordnung?«

»Könnte nicht besser sein«, grinste Fra, »Wasserrohrbruch in der frisch renovierten Wohnung, alles klatschnass. Aber meine Nachbarin gewährt mir Asyl. Ich gebe zu, nicht ganz freiwillig, aber ihre Wohnung ist einfach riesig, und die Dachterrasse erst …«

»Bei der Deutschen?«, unterbrach Antonio.

Fra nickte. »Ziemlich deutsch. Sieht aus wie ein getretener Hund und ist noch humorloser als Signora Merkel.«

Fra begutachtete die Bleche hinter der Glasscheibe: »Packst du mir das Blech mit der Margherita ein? Ich muss zur Probe, die Jungs haben bestimmt auch Hunger.«

Angelo zog das Blech wieder aus der Vitrine und nahm ein langes Messer. »Dann ist sie also noch hier, habe sie lange nicht mehr gesehen«, er schnitt die Pizza in quadratische Stücke und schichtete sie mit dünnem Papier dazwischen auf ein Papptablett, »in ihrer Haut möchte man wirklich nicht stecken.«

Und auch nicht in ihrem Pyjama, wollte Fra einwerfen, die Geschichte ihrer nächtlichen Pyjamaparty würde dem Pizzabäcker garantiert gefallen. Aber der fuhr kopfschüttelnd fort. »Mit so einer Geschichte musst du erst mal fertig werden.«

Seit wann war Antonio gefühlsduselig? »Fertig werden – womit?«, stutzte Fra.

»Ihr Mann …«, Antonio verschwand unter dem Tresen, suchte nach einem weiteren Papptablett,

»… hat sie vermöbelt?«, vermutete Fra.

»Quatsch, der doch nicht.« Antonio tauchte wieder auf und stapelte weitere Pizzastücke, »nein, nein, der ist doch umgefallen, auf der Terrasse.«

»Umgefallen – ja, und?« Oder meinte Antonio runtergefallen?

»Umgefallen eben. Einfach umgefallen, und weg war er. Hatte so ein Ding im Kopf, das ist explodiert. Die Deutsche hat ihn auf der Dachterrasse gefunden – tot.« Angelo stellte seufzend das zweite Pizzatablett auf einen Bogen Papier und faltete die Kanten zusammen. »Möchte man sich nicht vorstellen, oder?«

Fra schaute den Pizzabäcker sprachlos an.

»19,20 Euro – 19 für dich«, sagte Angelo.

Fra kramte einen Zwanzigeuroschein aus ihrer Hosentasche. »Was war das für ein Typ?«

»Irgendein Professor, netter Kerl, nicht ganz von dieser Welt. Schien sehr verliebt zu sein, in seine Bücher und in diese Deutsche. Ich habe den beiden manchmal Pizza in ihre Wohnung gebracht, als da noch renoviert wurde. Die Arbeiten haben sich ewig hingezogen, die haben auf einer Baustelle gewohnt. War wahrscheinlich lustiger als bei seiner Mutter ... er hat mal so etwas angedeutet.« Angelo verzog vielsagend gequält das Gesicht. »Kluger Mann, aber von den Handwerkern hat er sich über'n Tisch ziehen lassen. Was ich hier so gehört habe ..., solche Leute bestellen einen Elektriker, wenn die Glühbirne gewechselt werden muss.« Er nahm Fras Zwanzigeuroschein und schlurfte zur Kasse. »Aber Gott hab ihn selig. Schreckliche Geschichte, oder?«

Fra nickte erschüttert. Umgefallen – tot. Das nicht abgewaschene Geschirr in der Küche, die Wäscheberge im Schlafzimmer, die Staubschichten, der Dalmatiner-Pyjama, das knitterige Gesicht, der stumpfe Blick, der hysterische Anfall wegen des Haustürschlüssels – geschenkt. Alles geschenkt. Und das mit dem Tanzen hätte Fra nicht sagen sollen.

Der Geliebte tot auf der Terrasse – wie hatte Laura reagiert? Warum war sie nicht nach Deutschland zurückgegangen? Und was für eine Frau war sie vorher gewesen?

Viele Fragen, aber eins stand für Fra fest: Laura brauchte Gesellschaft in ihrer Wohnung, sie hatte sich in ihrem depressiven Einerlei irgendwie eingerichtet, aber Fra würde ihr so charmant wie möglich auf die Nerven gehen. Laura sollte sich noch wundern, wie belebend Fras Anwesenheit sein konnte.

5

Fabio blickte erstaunt in den wolkenlosen Himmel. Er lag auf der Dachterrasse im Schatten des duftenden Jasminbusches und der violett leuchtenden Bougainvillea, irgendwie verquer – was tat er da? »Fabio?« Laura trat neben ihn, kniete sich zögernd hin. Der Stoff ihres weiten Rockes legte sich auf die Terrakottafliesen und färbte sich dunkel vom Wasser, das aus dem Gartenschlauch rann. Fabio hatte ihn fallen gelassen, der Sprühaufsatz war schon länger kaputt, aber Fabio ging in keine Läden für Heimwerker- oder Gartenbedarf. Laura berührte sein Gesicht, seinen Hals – in diesem Moment zersprang ihr Leben wie eine Kristallkugel in Millionen von Splittern.

Keine Vorwarnung, kein Abschied.

Filmriss.

Laura erinnerte nichts mehr, ihre Schreie nicht und auch Signora Luisa nicht, die sie von ihrer Dachterrasse gegenüber als Erste gehört und dann Fabio gesehen hatte. Laura sah verschwommen orange gekleidete Männer auf die Terrasse stürzen. Wie waren die hereingekommen? Jemand zog sie von Fabio weg, Signora Luisa hielt sie fest im Arm, murmelte unaufhörlich: »Nicht hinschauen, Signora Laura, ruhig, ruhig, schauen Sie da nicht hin, kommen Sie mit mir.«

Dann hörte Laura nichts mehr, sackte weg und erwachte auf der Gartenliege wieder, der Himmel über ihr färbte sich violett. Luisa hielt ihre Hand fest. »Wo ist er?«, wisperte Laura.

»Alles gut, Signora, bleiben Sie ruhig, ganz ruhig …«

Aber Laura war schon aufgestanden, wankte über die Terrasse und die Treppe hinunter, in die Wohnung, in den Innenhof und aus der Haustür, über die Piazza und auf die Gasse mit all den hübschen kleinen Läden, den Boutiquen und Cafès und Restaurants, die ihre Tische und Stühle herausgestellt hatten, Schmuckhändler hatten ihre Tische aufgebaut, Straßenmusikanten schrammelten auf Gitarren, zwischen den rot und orange getünchten Fassaden drängten sich Horden bunt gekleideter Menschen, lachend, ein Gewirr von Sprachen summte und rauschte, aber über den Köpfen, weit hinten kreiselte das Blaulicht der Ambulanz in der Dämmerung. Laura versuchte hinterherzurennen, kam nicht vom Fleck, schubste und drängelte, traf verständnislose Blicke, spürte ihre Tränen im Gesicht, hörte sich schluchzen. Dahinten war ihr Mann im Krankenwagen, sie konnten ihn doch nicht einfach wegbringen! Das Blaulicht wurde kleiner und kleiner, wie ein Schiff, das am Horizont verschwindet.

Fabio wurde obduziert, das übliche Verfahren bei einem unerwarteten Tod. Ein Aneurysma, sagte der Arzt schulterzuckend, Blutgerinnsel im Kopf, Hirnschlag, nichts mehr zu machen. Laura wollte nicht mehr wissen. Fabios Leichnam wurde in seinem Elternhaus aufgebahrt. Tiziana, seine Mutter, hatte es kurzerhand entschieden, ohne Laura zu fragen. Sie organisierte Trauerfeier, Sarg, Blumen, Beerdigung, das ganze Drumherum. Fabio war *ihr* Sohn gewesen. Und noch nicht ganz Lauras Ehemann.

Laura überließ ihrer Fast-Schwiegermutter das Feld. Sie selbst wäre überfordert gewesen. Sie lebte seit zwei Jahren in Rom, aber wie beerdigte man in Italien? Sie hatte keine Ahnung. Was hätte Fabio sich für seine Beerdigung gewünscht? Sie hatten nie darüber gesprochen. Am Anfang eines gemeinsamen Lebens macht man sich keine Gedanken über das Ende. Laura nahm Tizianas blinden, von Trauer getriebenen Aktionismus hin. So wurde Fabio am Tag ihrer geplanten Hochzeit beerdigt.

In den drei Tagen bis dahin funktionierte Laura noch irgendwie. Das Telefon klingelte ständig. Sie erzählte immer wieder die gleiche Geschichte, immer wieder. Nein, man hatte es nicht vorhersehen können, es ging ihm gut. Ein Aneurysma, ein Gerinnsel im Gehirn, eine von diesen Minen im Körper, von denen wir nichts ahnen. Ja, sie hatte ihn gefunden, auf der Dachterrasse. Ja, er war schon tot. Stille. Dann meist ein »Es tut mir so leid!«, Seufzen, wieder Schweigen, und Laura musste die Hilflosigkeit am anderen Ende der Leitung ertragen. Ausgerechnet sie.

Sie hoffte, dass ihre Hochzeitsgäste, ihr Vater, ihre jüngeren Geschwister Christine und Elmar samt unangenehmen Gatten und nervtötenden Kindern unter diesen Umständen absagen würden. Die beiden anderen Brüder waren glücklicherweise unpässlich: einer noch im Gefängnis, der andere im Entzug. Laura hatte auch Christine und Elmar nur auf Fabios Drängen zur Hochzeit eingeladen. Familie war Familie, sie wollten ihr Leben miteinander teilen, und das sollten alle erfahren und feiern, die dazugehörten. Er hatte keine Vorstellung von ihrer Familie.

»Wir haben uns alle so auf ein paar Tage in Rom gefreut!«, quäkte Christine. Sogar in ihren Vierzigern machte sie noch das beleidigte Trinchen. Elmar schien der gleichen Ansicht, war doch alles gebucht und bezahlt – von Fabio – und Rom immer eine Reise wert, hatte Sabine gesagt, und wenn seine Frau etwas wollte ... sie waren nicht aufzuhalten. Gnadenlos. Laura ahnte nichts Gutes.

Am Tag vor der Beerdigung kamen Billy, sie hätte Lauras Trauzeugin sein sollen, Tom und Flo. Ihre beiden Söhne hatten Fabio kennengelernt, ihn als »irgendwie ganz cool« abgesegnet und sogar bei Lauras Umzug nach Rom geholfen. Es tat gut, die beiden Jungs dazuhaben. Billy sagte nachts am Küchentisch, es hätte alles viel schlimmer kommen können. Im Sommer waren Tom und Flo in Rom gewesen, Fabio war manchmal mit ihnen allein ans Meer gefahren. Im Auto. Fabio am Steuer. Dieses Ding im Kopf hätte auch auf der Autobahn platzen ... – stopp. Nicht weiterdenken. Ja, es hätte schlimmer kommen können.

Lauras Vater kam glücklicherweise doch nicht zur Beerdigung, er habe eine schlechte Phase, entschuldigte ihn Christine, die mit ihrem Goldkettchen-Mann und jiffelndem Pinscher unerwartet in der Wohnung stand. Bewundernd stöckelte sie durch die Zimmer und Flure, und Laura hörte diese quäkende Stimme sagen: »Gute Partie gemacht, große Schwester.« Laura ertrug sie nicht. Raus. In das Hotel am Stadtrand. Laura hatte es ausgewählt, nah am Ort der Hochzeitsfeier, aber weit weg von Trastevere und ihrem neuen Leben. »Du hast dich ja schon immer für bessere Kreise interessiert«, setzte Trinchen nach.

Nein, dachte Laura, ich habe nur mein Leben vor euch gerettet. Und spürte noch immer das Klopfen ihres schlechten Gewissens. Ging das nie vorbei? Bei der ersten Gelegenheit, am Tag ihres 18. Geburtstags, war sie gegangen, nein, geflüchtet.

»Wir sehen uns morgen«, Laura schob ihre Schwester aus der Wohnung, »kurz vor 11 Uhr in der Kirche. Nehmt euch ein Taxi, die Kirche ist auf dem Friedhof, der Fahrer soll euch direkt dort hinfahren …« Warum kümmerte sie sich eigentlich immer noch darum, wie ihre erwachsenen Geschwister irgendwohin kamen?

Es wurde der angekündigte Albtraum. Skurril wie ein Film von Fellini.

Die Zeremonie in der Kirche war noch erträglich. Billy hielt Lauras Hand. Trinchen saß freundlicherweise mit ihrem blöden Hundchen in der letzten Reihe, das Goldkettchen rauchte draußen. Wo war Elmar? Laura versuchte nicht darüber nachzudenken, schaute auf den Sarg und die Kränze, das Foto zwischen den Blumen, Fabios schelmisches Schmunzeln, seine warmen Augen hinter der Lesebrille, die er fast nie abnahm.

Der Gang über den riesigen Friedhof, auf einem gewundenen Weg den Hügel hinauf zum offenen Familiengrab. Strahlender Spätsommer. Eine erkältete Sopranistin mühte sich mit dem Ave-Maria, der Sarg glitt in die Tiefe. Tiziana brach in Tränen aus, Enrica und Valeria, Fabios ältere Schwestern, hielten sie fest. Laura stand daneben, zitterte am ganzen Körper. Ein Film lief ab – und sie wusste, er war noch nicht zu Ende.

Elmar, immer gut für einen geschmacklosen Scherz, war nicht aufgetaucht. Natürlich nicht. Er kam immer erst, wenn die Party schon fast vorbei war, aber noch genug Leute da waren, um einen guten Auftritt hinzulegen.

Während sich die Sopranistin über das letzte Ave-Maria rettete, kam Elmar. Trinchens Goldkettchen-Mann sah ihn zuerst, unten am Fuß des Hügels, unter den Zypressen, mit seiner Familie. »Hallo Elmar! Hier sind wir!« Seine Stimme schepperte in Lauras Ohren. Fabios Schwestern schauten Laura irritiert an. Was rief der Deutsche da? Laura wusste, das war erst der Anfang, schaute stumm ins Grab.

Er drängte sich durch die Trauergäste, bis er hinter Laura stand. »Sabine wollte in aller Herrgottsfrühe schon ins Kolosseum, Mannmannmann!«, stöhnte Elmar so laut in Lauras Ohr, dass es alle Umstehenden hörten, aber Gott sei Dank nur Laura ihn verstehen konnte, »die Kinder mussten noch was essen, Pizza, klar. Sind ja in Italien. Aber weißt du, was die gekostet …«

Laura rammte ihm ihren Ellenbogen in die Seite. Konnte er nicht ein einziges Mal pünktlich sein und die Klappe halten? Es war wie früher.

Und so ging es weiter. Natürlich kam die Bagage noch mit in das Restaurant, in dem Tiziana einen Raum für die Trauergesellschaft reserviert hatte. Vermutlich waren sie nur wegen des Mittagessens überhaupt bei der Beerdigung aufgekreuzt. Laura schob sie vorausschauend an einen Tisch in die Nähe der Tür. Sie tranken, sie rauchten, sie stritten mit den gelangweilten Kindern. Elmar baggerte die Kellnerin an, sang »Oh sole miooooh«, und Trinchen gackerte, Leichenschmaus wäre doch immer noch die beste Party. Es sollte endlich vorbei sein.

Tiziana bekam von diesen Ausfällen glücklicherweise nichts mit. Sie hatte dankbar die Tranquilizer geschluckt, die der Arzt verschrieben hatte. Laura hingegen hatte noch nie härtere Mittel als Melissentee zur Beruhigung angewendet, aber am Tag ihrer geplatzten Hochzeit und der Beerdigung ihres Bräutigams bereute sie, dass sie nicht wenigstens auf die Idee gekommen war, sich vorsorglich irgendeine Droge zu besorgen. Abtauchen, ins tiefste Blau, in die absolute Stille, und hoffen, dass die Luft reichte, bis ihre verdammte Familie wieder weit, weit weg war.

Dann war der ganze Trubel plötzlich vorbei. Laura bemühte sich, dem Leben pragmatisch zu begegnen: so schnell wie möglich weitermachen, in der gewohnten Spur bleiben, und irgendwann würde sich das schwarze, dumpfe Gefühl, das sie begleitete, schon lichten. In jedem Keller gab es einen Notausgang. Dachte Laura. Doch ihre Notfallrezepte aus dem Leben vor dem Filmriss wirkten nicht mehr. Die Trauer ließ sich nicht abschütteln. Im Gegenteil.

Laura wollte unverzüglich wieder unterrichten, zurück an die Deutsche Schule. Aber sie kam nicht einmal bis in den Klassenraum.

Als Laura am Morgen das Lehrerzimmer betrat, senkte sich eine unangenehme Stille über den Raum. Laura las die hilflosen Blicke – wie redete man mit einer Kollegin, die wenige Tage vor der Hochzeit ihren Bräutigam verloren hatte und die auch genau so aussah? Laura war mit niemandem im Kollegium befreundet, ihr Leben in Rom hatten Fabio und seine Familie ausgefüllt. Signora Parodi, die Sekretärin des Direktors, eilte aus ihrem Büro und stellte schnell einen Blumenstrauß auf Lauras Platz am Fenster – rosa und weiße Astern mit viel Grün drum herum, nicht zu bunt, lange haltbar, rochen nach Friedhof.

»Schön, dass Sie so schnell wieder hier sind«, sagte Signora Parodi und verschwand wieder. Die Kollegen traten zu Laura, schüttelten ergriffen ihre Hand, schauten betreten und setzten sich schweigend wieder auf ihre Plätze. »Wie geht es Ihnen?«, wagte Frau Petersen, Sport und Mathe, flüsternd zu fragen. Laura zuckte mit den Schultern, spürte ein Würgen in der Kehle, Tränen. Sie nahm ihre Umhängetasche wieder hoch, schüttelte den Kopf – es ging nicht. Wie sollte sie durch das Gedränge und den Krach auf dem Flur zum Klassenzimmer kommen? Wie sollte sie vor einer 9. Klasse stehen und sprechen? Laut sprechen? Unmöglich. Sie schwankte zur Tür des Lehrerzimmers, spürte die Blicke, einen Arm auf ihrer Schulter. »Ich rufe Ihnen ein Taxi«, sagte Frau Petersen. Laura nickte.

Sie hatte gedacht, zurück in die Routine. Sich nicht jeden Morgen fragen: Wie schaffe ich diesen Tag? Einfach weitermachen. Aber schon auf dem Weg zur Schule war sie panisch aus dem Bus gestolpert – die Enge, die Nähe anderer Menschen, das Geschiebe, das alles war nicht auszuhalten gewesen.

Laura war der Kollegin Petersen dankbar für das Taxi. Sie fuhr zur Ärztin. Ließ sich bis auf Weiteres krankschreiben und versprach, eine Psychologin aufzusuchen. Nahm das Rezept für Antidepressiva und warf es auf der Straße in den nächsten Mülleimer. Nicht wie ihre Mutter enden, ständig auf der Suche nach Tabletten, die ihr das Leben erträglich machten. Aber in dieser Familie, mit dem Alkoholiker an ihrer Seite, war das Leben nicht erträglich gewesen.

Keine Gute-Laune-Pille könnte Fabio ersetzen. Laura war mutig gewesen, hatte das neue Leben in Rom gewagt, ein wundervolles Abenteuer und war abgestürzt. Gegen die Wand gefahren. Klappe, Schluss – kurz und kalt.

Das Leben lief einfach weiter, irgendwie.

Laura vergrub sich in der Wohnung, blätterte durch das Fotoalbum der Erinnerungen. Es gab nur wenig Gründe rauszugehen, abgesehen von zwei Terminen: mittwochs zur Psychologin und sonntags das Mittagessen bei ihrer Fast-Schwiegermutter.

Ein heiliger Termin. Fabio und Laura hatten ihn manchmal geschwänzt, allerdings nur in Absprache mit Valeria und Enrica, den beiden älteren Schwestern. Mindestens zwei der drei Geschwister saßen mit ihren Familien immer am sonntäglichen Mittagstisch bei Tiziana. Laura nahm nun Fabios Platz ein.

Jeden Sonntag war Laura sicher, sie würde es nicht schaffen. Blieb bis zum letzten Moment im Bett – und raffte sich dann doch auf, erlaubte sich notfalls ein Taxi. Das Sonntagsessen war der dürre Rest einer strukturierten Woche, einer Routine, die sich nach Fabio anfühlte.

Seine Mutter rief Laura zwei-, dreimal in der Woche an, redete unentwegt von ihren Lieblingen Pippo und Carmela, dem knautschigen Mops und der eleganten Irish-Setter-Hündin, und von den anderen Hunden – in der Mehrzahl ungezogene Kreaturen mit entsprechend kulturlosen Besitzern –, die ihr auf den Spaziergängen in den Wäldchen und auf den Wiesen der Villa Borghese begegnet waren. Nach den Hunden folgte das Unternehmen Sonntagsessen. Planung, Einkauf, Vorbereitung – Woche für Woche ein perfekt komponiertes familiäres Ritual. Laura brauchte am Telefon nicht viel zu sagen, sie ließ das Tonband mit Tizianas Stimme durchlaufen bis zu dem Punkt ›Leibgerichte‹. Erst wurden die ihres Mannes, Gotthabihnselig, durchgekaut, danach wurde es heikel. Sie glitt zu Fabios Vorliebe für einfache Gerichte, aber exquisite Weine. Dann stockte das Gespräch.

Natürlich würde sie kommen, versicherte Laura, sie freue sich auf Sonntag. Ob sie etwas mitbringen ... Beide wussten, dass die Frage reine Höflichkeit war. Gut, dann nur eine Flasche Wein. Sicher, den toskanischen Rotwein, den Fabio auch immer … keine Frage.

Tiziana hatte der deutschen Lehrerin von Anfang an nachgesehen, dass sie – wie nicht anders zu erwarten – keine Leuchte in der Küche war. Dafür rühmte Tiziana immer und immer wieder, wie erstaunlich schnell Laura so bewundernswert korrektes Italienisch gesprochen hatte. Zudem war Laura freundlich und so strukturiert, wie eine Deutsche eben war. Aus ihr würde zwar keine Italienerin mehr werden, aber – das hatte Tiziana ihr in angeheitertem Zustand eines Sonntags unter Frauen gestanden – Gott sei Dank war sie keines dieser Flittchen, denen Männer in den Fünfzigern sonst gerne erliegen. Kurz: Ihre Fast-Schwiegermutter war zufrieden gewesen, dass Laura Fabios zweite Ehefrau werden sollte.

Vermutlich war es gut, dass Laura überhaupt eine Stimme hörte, und vermutlich war es gut, dass Tiziana über irgendwas reden konnte und nicht ständig an ihren toten Sohn denken musste.

»Willst du eigentlich in Rom bleiben?« Zwischen Kürbisrisotto und Wildschweinragout ließ Valeria eines Sonntags die Frage fallen.

»Sicher bleibt sie!«, fuhr Tiziana entschieden dazwischen, »sie hat doch uns!« und stürzte sich auf das nächste Thema: »Nächsten Sonntag kommt Enrica mit den Kindern. Ich könnte mal wieder Lasagne machen, was meint ihr?«

Weihnachten reiste Laura nach Deutschland, Billy hatte

sie glücklicherweise zu sich eingeladen. Laura flog mitten hinein in den Weihnachtsstress der Normal-Glücklichen. Alle waren irrsinnig verständnisvoll und nett, Billy und ihr Mann, die anderen Freundinnen und sogar Rolf, ihr Ex-Mann, der auf einen Kaffee vorbeikam.

Nach zwei Wochen war das Mitgefühl erschöpft, die Freundinnen rannten nach den Festtagen wieder in ihren Hamsterrädern, keine fragte mehr nach ihrem Leben in Rom oder nach Fabio, der inzwischen seit mehr als drei Monaten tot war. Lauras Zustand veränderte sich nicht, wer hätte noch mal und noch mal die gleiche Trauergeschichte ertragen können? Rolf vielleicht? Der war wohl die schlechteste aller Adressen. Vermutlich wäre sein – inzwischen nicht mehr ganz so junges – Glück nicht gerade von der Ex-Frau angetan, die frisch verwitwet und trostbedürftig wieder auftauchte.

Laura ihrerseits hielt den Alltag der »normal glücklichen« Menschen kaum noch aus, vom mehr oder weniger perfekten Frühstücksei am Montagmorgen bis zum Tatort am Sonntagabend. Laura gehörte nicht mehr dazu. Sie hatte sich gefragt, ob sie nach Buxtehude zurückkehren könnte, zurück an die Schule, in die alten Gewohnheiten und allein in einer vermutlich kleinen Zweizimmerwohnung leben? Heimweh nach Rom überrollte sie. Nach ihrer Wohnung, in der sie Fabio immer noch nahe sein konnte.

Laura kehrte zurück nach Trastevere. Hangelte sich durch die Tage. Bis zu den Halbjahreszeugnissen Ende Februar war sie krankgeschrieben – danach würde sie weitersehen. Das Leben musste ohne Fabio funktionieren, irgendwann. Oder eben nicht.

In diesem Zustand polterte diese bunte Erscheinung, die angeblich ihre Nachbarin war, in Lauras depressives Restleben.

Tanzen? Einen Blues schieben? Hatte Laura das richtig verstanden? Sie stand im Flur und wusste immer noch nicht – was. Sie. Sagen. Sollte, während Fras Schritte schon die Treppe hinuntertobten und die Haustür mit ihrem Quietschen ins Schloss flog. Laura löste sich aus der Erstarrung. Tanzen? Wovon redete diese Francesca?

Laura konnte sich nicht erinnern, wann sie zum letzten Mal so aufgebracht gewesen war. Erst hatte Tiziana sie am Telefon bearbeitet. Wollte alles über diese Francesca wissen. Laura dagegen wollte gar nichts über diese Francesca wissen, sondern sie loswerden. Die könne doch nicht einfach auf dem Sofa schlafen, zeterte Tiziana, die sowieso immer dagegen gewesen war, dass Laura und Fabio in diese Wohnung ziehen, in diesen maroden Palazzo. Sie hätten die Wohnung einfach verkaufen und sich für das Geld in ihrem Viertel eine etwas kleinere, aber doch angenehme, ruhige Wohnung kaufen sollen. Aber genau die Lage in Trastevere, außerhalb der direkten Reichweite seiner Mutter, schien für Fabio einen gewissen Charme zu haben. »Meine Mutter kann etwas anstrengend sein«, war sein Kommentar zu Tiziana gewesen. Tatsächlich beklagte er sich nicht, dass Tiziana sie nur selten besuchte – und sie glücklicherweise noch seltener einfach mal überraschte.

Laura überlegte, eine Flasche Rotwein zu öffnen. Sie sollte es lassen. Alkohol war keine gute Idee. Sie verkroch sich stattdessen mit Melissentee und dem letzten Bildband über die Restaurierung der Sixtinischen Kapelle ins Bett. »Mein Lebenswerk«, hatte er gescherzt. An der frenetischen Arbeit im wissenschaftlichen Beirat war seine erste Ehe gescheitert. Er hatte es hingenommen, dann eben keine Kinder. Laura blätterte, tauchte in Fabios Welt ein – sie war erschöpft. Wäre so gerne eingeschlafen – und einfach nicht wieder aufgewacht. Sie war zu feige, sich irgendwo hinunterzustürzen – was würde sie in der Zeit bis zum Aufprall noch alles denken? Ersticken mit einer Plastiktüte war ausgeschlossen. Gift? Sie wollte nicht qualvoll verrecken. Ganz banal Schlaftabletten? Sie trank ihren Kräutertee aus und glitt in einen traumlosen, dünnen Schlaf.

Mitten in der Nacht erwachte sie. Fühlte sich umzingelt, die Luft war knapp. Sie sprang aus dem Bett, öffnete das Fenster, die feuchtkalte Nachtluft tat gut. Sie tappte ins Bad. Ins Bad? Das Gesicht von diesem Mario erschien im Dunst des Halbschlafes, nur noch das Bad bei den Gästezimmern benutzen – wie kam dieser Mann überhaupt dazu, in *ihrer* Wohnung Anweisungen zu geben? Trotzdem tappte sie den Flur hinunter zu den Gästezimmern, öffnete die Badezimmertür – Licht! Sie kniff die Augen zusammen. Ein Mann. Pinkelte im Stehen mit dem Rücken zu ihr – eine Schlange wand sich aus Blättern den

Rücken hinauf, im grinsenden Maul eine Mundharmonika – Laura stieß einen spitzen Schrei aus. Der Mann fuhr herum, Arme, Beine, Brust überall Bilder. Laura taumelte einen Schritt zurück.

»Oh! Sorry!«, raunte dieser bunte, vollkommen nackte Mann und hastete an ihr vorbei in Francescas Zimmer.

Am Morgen wusste Laura nicht, ob sie einen weiteren Albtraum gehabt hatte oder dieser totaltätowierte Mann tatsächlich nackt durch ihre Wohnung spaziert war. Sie blieb regungslos unter ihrer Decke liegen. Stimmen wehten von der Gasse durch das Fenster, Laura hatte es nachts offen gelassen – Luft! Sie brauchte Luft! Was ging in ihrer Wohnung vor?

Laura drehte den Kopf zum Wecker. Kurz vor zehn. Welcher Tag? Wann war sie bei Tiziana zum Mittagessen gewesen? Vorgestern. Sonntag. Sie fühlte sich unendlich schwer. Also schon Dienstag. Dienstag. Sie musste aufstehen. Termin bei ihrer Ärztin. Vor der Mittagspause. Nachmittags bei der Psychologin, Termin von Mittwoch auf Dienstag vorverlegt, auf keinen Fall vergessen. Laura setzte sich auf. Die dottoressa würde wissen wollen, wie es mit der Psychologin ging. Laura seufzte bei dem Gedanken, aber der Besuch war eine Gelegenheit, nach einem Rezept für Schlaftabletten zu fragen.

Laura zog sich an, schlurfte durch den Salon, und noch bevor sie die Küchentür öffnete, hörte sie eine Mundharmonika. Weo weo weo weeeh, der Tattoo-Mann saß – angezogen – im Korbsessel an der Balkontür. Die langen

Beine steckten in Jeans, nackte Füße guckten heraus, tapsten im Takt auf den schwarz-weißen Bodenfliesen. Über dem Pullover eine abgetragene Lederweste, kurze strubbelige Haare, unrasiert. Mit geschlossenen Augen blies er in seine Mundharmonika, hielt inne, lächelte Fra an, und die sang mit einer unfassbar tiefen Stimme »Do I move you?«, die Mundharmonika setzte wieder ein. Fra hatte ihren fülligen Körper in einen erschreckend kurzen Morgenmantel gewunden, in seidig glänzendes Rosa. Mit einer Espressotasse in der Hand bewegte sie ihre runden Beine beschwingt Richtung Korbstuhl. Die Mundharmonika jaulte auf, und sie raunte, »... are you willing?«, bevor sie sich kichernd auf seinem Oberschenkel niederließ. Dann bemerkte sie Laura in der Tür.

»Buongiorno, Teuerste!« Sie schickte ein Strahlen in Lauras Richtung und legte ihren Arm lasziv um den Hals des Mannes. »Das hier ist übrigens Eric, ein Freund aus London.«

Eric hob entschuldigend die Augenbrauen, wiederholte sein nächtliches »Sorry« und blies einen zarten Lauf in die Mundharmonika.

Kein Tee heute Morgen. Auf dem Küchentisch eine Caffettiera und eine aufgerissene Packung mit Kinderschoko-Puffreis-Riegeln, drum herum leere Papierchen. »Bedien dich«, sagte Fra, »caffè?«

»Danke, nein«, stammelte Laura und wollte sich umdrehen.

»Mario kommt in der Mittagspause.« Fra rutschte von Erics Oberschenkel und griff nach einem weiteren Schokoriegel. »Bringt seinen Klempnerkumpel mit. Die werden unten alles besichtigen, das Rohr, die Pfützen, Decke, Wände ... Madonna, wie soll das jemals alles trocknen, jetzt, im Winter mit dem Regen, das wird dauern ...«

Konnte die nicht mal die Klappe halten? Es folgte tatsächlich eine kurze Atempause, das Schokoriegelpapier knisterte, und kauend setzte Fras Gequatsche wieder ein.

»Kanntest du eigentlich die alte Signora, die früher unten gewohnt hat?« Fra wartete keine Antwort ab, rief, »so sweet!«, und erzählte von der Wohnungsbesichtigung, dem piefigen Agenten und ihrem Tattoo – hob ihren Arm, der Ärmel rutschte herunter: »Hier! Das hat mir die Wohnung geschenkt, also fast geschenkt, die Miete ist immer noch eigentlich unbezahlbar ...« Sie raffte den Morgenrock, zog ihr Bein hoch und mit einem »Wumms« landete ihre Wade auf dem Küchentisch, Laura sah eine dunkle, vollbusige Sängerin auf der Innenseite. »Leider hatte ich eine Strumpfhose an, mit dieser hübschen kleinen Lady hätte ich die Wohnung vermutlich für eine Spende bekommen.« Fra lachte röhrend, auch Eric amüsierte sich. Laura stand stockstarr in der Küche. »Aber nach dem Wasserschaden wird es demnächst tatsächlich nur noch eine Spende geben«, Fra klatschte in die Hände, »ich finde, Marco und sein Kumpel dürfen sich Zeit lassen.«

Sie waren beide unverschämt jung, gerade mal Anfang 20, und rebellisch. Guenda kam aus dieser reichen Familie mit ekelhaft guten Manieren. Sie war das – wunderschöne – schwarze Schaf, voller Neugierde und Leidenschaft, ein Wirbelwind an prächtiger Laune, und genauso tanzte sie. Unwiderstehlich.

Lesley wurde in einem Kaff inmitten der Baumwollfelder des Mississippi-Deltas geboren. Die Mutter sang, der Vater spielte Banjo in Juke Joints, in den Spelunken der Landarbeiter. Der Blues pulste schon in seinem Körper, noch bevor er auf seinen wackligen Beinen stehen konnte.

Irgendwann pausierte eine Ministrel im Kaff, eine dieser fahrenden Varieté-Kompanien, und sammelte die kleine Familie ein. So begann Lesleys Karriere.

Er wuchs mit Artisten, Gauklern, Musikern und Magiern auf. Solange er noch ein Knirps war, machte er den entzückenden tanzenden Mohr mit Mandoline. Die Verachtung spürte Lesley erst, als er aus der kleinen roten Livree mit den weißen Knöpfen herausgewachsen und nur noch ein Nigger war.

Damals lernte er Tom kennen, Italo-Amerikaner und Draufgänger am Klavier. Er war aus einer anderen fahrenden Truppe rausgeflogen, weil er sich geweigert hatte, bei überaus beliebten Blackface Ministrels mitzuspielen. Für diese Nummern schminkten sich Weiße schwarze Gesichter, malten sich dicke rote Lippen und mimten tollpatschige Sklaven, ahmten ihren Akzent nach und quäkten Blues-Songs. Das Publikum grölte vor Vergnügen.

Tom wurde für Lesley ein großer Bruder, sein erster weißer Freund, und die Musik sollte sie ihr Leben lang verbinden. Lesley trat in die Fußstapfen seines Vaters, allerdings konnte er sich eine Gitarre statt eines Banjos leisten.

Schon seit den Zwanzigerjahren wurden Blues-Songs auf Schallplatten gepresst. Das Erbe aus dem Delta verbreitete sich mit den Arbeitsemigranten, Blues klang in Texas anders als an der Westküste, nahm in New Orleans karibische Rumbarhythmen auf, wurde in Chicago zum Sound der Großstadt und in Kirchen zum lobpreisenden Gospel. Als Jazz und Swing in den Vierzigerjahren die Konzert- und Ballsäle im ganzen Land eroberten, ging Lesley nach New York, spielte in Vaudevilles, Varieté-Shows und im Savoy in Harlem, dem einzigen Ort, an dem Schwarz und Weiß zusammen tanzten.

Tom sah er nur noch selten, seitdem der auf einem Transatlantik-Liner engagiert worden war und zwischen der Alten und Neuen Welt pendelte – irgendwann kam er nicht mehr zurück. Er war in Italien hängen geblieben, der Heimat seiner Eltern.

Lesley hatte gerade seinen ersten Plattenvertrag bei ›Race Records‹ unterschrieben, als der Brief kam, der sein Musikerleben über den Haufen warf.

Er wurde zum Militärdienst eingezogen. Nicht wie die meisten

900 000 Afroamerikaner zum zivilen Dienst in Munitionsfabriken, zum Schiffebeladen, Uniformennähen oder Gräberregistrieren. Nein, ausgerechnet Lesley wurde in die 92. Division eingezogen, zu den »Buffalo Soldiers«, der einzigen Infanteriedivision, in der Schwarze für Kampfeinsätze im Zweiten Weltkrieg rekrutiert wurden.

Lesley sollte in Zeiten rigider Rassentrennung tatsächlich wie jeder junge weiße Amerikaner in den Krieg ziehen. Ein wenig stolz war er schon. Gegen den Faschismus in Europa zu kämpfen war okay, aber es war auch ein Kampf für seine Bürgerrechte in der Heimat.

Trotzdem – eigentlich wollte Lesley kein Held sein. Er war Musiker. Sein einziger Hoffnungsschimmer: Die Buffalo Soldiers wurden nach Italien geschickt. Und aus Italien hatte Lesley vor seiner Abreise noch eine Postkarte bekommen. Tom war in Rom. Dort war schon Frieden.

Lesley war kein großer, kein mutiger Soldat. Sein Bataillon wurde in die nördliche Toskana geschickt. Sie sollten eine Linie deutscher Befestigungen durchbrechen, die sich von Küste zu Küste zog, quer über die Gebirgsketten und Täler des Apennin. Im Norden die Deutschen hinter Minenfeldern, Drahtzäunen, Bunkern mit Raketen und schweren Geschützen, von Süden rückten die Buffalo Soldiers an.

Durch ein Tal und die Berge hinauf. Dorf für Dorf und immer weiter hinauf. Eingeschlossen zwischen Gebirgsketten kämpften sie sich vor und wurden zurückgeschlagen und wieder vor und zurück. Es wurde Herbst, es kam keine Verstärkung, kein Nachschub, und als der eisige Regen einsetzte, wurde die miserable Ausstattung der schwarzen Soldaten offensichtlich: die Versorgungsfahrzeuge kamen nicht mehr durch den Schlamm.

Lesley war kein großer, kein mutiger Soldat, aber er war lange genug in Ministrels über Land gezogen, um eine simple, aber pragmatische Idee zu haben: ein Maultierbataillon. Die amerikanische Armee rettete sich mit einigen Hundert Pferden und Maultieren, die sie von Einheimischen kaufte. Zum Bataillon gehörten ein Offizier, Lesley und ein gutes Dutzend Soldaten, ein italienischer Tierarzt, zwei Hufschmiede und 600 italienische Freiwillige, die in amerikanische Uniformen mit dem Buffalo-Abzeichen gesteckt wurden. Die Tiere brachten Wasser und Lebensmittel, Munition und Waffen zu den Soldaten, transportierten willig die Verwundeten ins Lazarett. Nur unter dem Gestank der Toten buckelten die Maultiere und weigerten sich, die Leichen fortzuschaffen.

Mit seinem Maultierbataillon war Lesley vor den Kampfeinsätzen gerettet. Er verbrachte den Winter in einem Dorf, kümmerte sich um die Tiere, schob Patrouillendienst, lernte ein paar Brocken Italienisch, betrachtete die letzte Postkarte von Tom und dachte darüber nach, wie er nach Rom kommen sollte. Er wollte keinen verdammten ehrenvollen Tod sterben.

Im April eröffneten die Amerikaner erneut die Offensive – mit Erfolg. Nachdem im Tal der deutsche Versorgungsstützpunkt erobert worden war, hatte Lesley seine Chance. Er zog seinen Offizier aus den Flammen, schnallte den Verletzten auf ein Maultier und brachte ihn aus der Kampfzone ins nächste Lazarett. Unter einer Bedingung: Er sollte Lesley in irgendeiner Mission nach Rom schicken.

Im Mai 1945 tauchte ein schwarzer Soldat im YMCA in Rom auf und fragte nach Tom, dem Klavierspieler.

Jeder kannte Tom, und wer Tom kannte, kannte die Welt. Er war ein Chamäleon mit galantem Auftritt. Musiker, natürlich, aber nebenbei übersetzte und vermittelte er bei Problemen mit den Besatzungstruppen, bahnte die ersten Geschäfte mit der Neuen Welt an. Der Krieg war schließlich vorbei, es galt in die Zukunft zu schauen. So kam es, dass Tom auch Guendas Vater behilflich sein konnte und sich erlaubte, die zauberhafte Signorina Guendalina zu seinem nächsten Konzert- und Tanzabend einzuladen. Ob Swing, Jazz, Blues ihr etwas sagten? Guenda juchzte amüsiert auf. Natürlich! Sie hatte doch sogar einige V-Discs vom, sie hüstelte, schaute sich nach ihrem Vater um und flüsterte: »Schwarzmarkt«. Damit war ein Band zwischen Tom und Guenda geschlossen. »V-Discs« – »Victory Day«-Schallplatten waren mit den Soldaten gekommen. Produziert von einer Sonderabteilung des amerikanischen Militärs, in der unüberhörbar ein gewisser Major Benny Goodman den Ton angegeben hatte, sollten sie Stimmung und Moral an der Front heben. Nebenbei setzten sie den Besiegten schon mal den Sound des »American Way of Life« in die Ohren. Mit Erfolg: Auf dem Schwarzmarkt konnte man fast alles für eine V-Disc bekommen.

»Und ich spiele diese wahnsinnige Musik live«, warb Tom verschwörerisch. Das war genau das Richtige für Guenda. Tatsächlich rissen sich Veranstalter von Tanzabenden um Toms Band, erst recht seitdem Lesley in der Stadt war. Die beiden mussten sich die Phrasierungen nicht mühsam von der Schallplatte abhören, sie hatten sie im Blut.

Guenda kam in Begleitung einer älteren Freundin zum Konzert. Tom stellte ihr Lesley vor, seinen besten Freund. Guendalina stutzte kurz. Ein Schwarzer? Okay, »nice to meet you!«, holperte sie und strahlte ihr Guenda-Lächeln, dann zog ihre Freundin sie fort ins Getümmel.

Lesley folgte Tom auf die Bühne, nahm seine neue Gitarre – es war fast wie früher. Erst am Ende des Abends, als er sah, dass Guendalina ihren Mantel nahm, legte er seine Gitarre zur Seite. Er stieg von der Bühne, während die Band ohne ihn weiterspielte, sammelte all den Mut zusammen, den er als Soldat doch verdammt noch mal haben sollte, und bat sie um einen Tanz. Entwaffnend einfach. »Mit Vergnügen.« Sie legte ihre weiße Hand in seine dunkle. Niemand beachtete die beiden. Die wenigen Paare, die außerdem noch tanzten, waren zu sehr mit sich selbst beschäftigt. Nur Tom konnte seinen Blick nicht abwenden, während er mit der Band den Farewell Blues spielte. Er schwärmte noch viele Jahre für Guenda, aber ich vermute, er verstand schon damals, dass er keine Chance hatte. Nicht weil er viel älter war als sein Freund. Aber wenn Guenda und Lesley miteinander tanzten, war offensichtlich, warum sie so vernarrt ineinander waren.

6

Rom begrüßte Samantha mit einem blendend klaren Januartag. Übermüdet und aufgedreht, neun Stunden Zeitunterschied zwischen L. A. und Rom, alles sirrte in ihrem Körper. Leicht schwankend zerrte die junge Amerikanerin ihren Koffer durch das Gedränge der Bahnhofshalle zum Ausgang. Auf dem Vorplatz wimmelte es vor Menschen, Autos, Bussen, Taxen – wo fuhren Stadtbusse oder Straßenbahnen nach Trastevere in ihr neues Zuhause? Auf der anderen Straßenseite leuchtete ein roter Doppeldeckerbus mit dem Schriftzug »City-Tour«. Es war früher Nachmittag, sie hatte Zeit, sie war frei – warum nicht? Ihre Euphorie siegte über den Jetlag.

Dieses Rom war ja so cool! Echt alt alles, wirklich wie auf Instagram! Samantha war hingerissen, really bellissimo! Der kühle Fahrtwind auf dem offenen Oberdeck des Sightseeing-Busses erfrischte und strubbelte durch ihren Pferdeschwanz, während sie alles fotografierte, was irgendwie monumental, historisch, antik, morbide oder wie auch immer typisch italienisch aussah. Die Vespa, zum Beispiel, die sich neben dem Bus durch den dichten Verkehr schlängelte, als das Smartphone die ultimative Batteriewarnung schickte: noch 10 Prozent geladen. Das Tablet hatte sich bereits ausgeschaltet, shit! Google Maps sollte sie doch noch zu dem Apartment bringen, in dem sie ein Zimmer für die nächsten Monate gemietet hatte.

Also, Schluss mit Fotos und ersten Lebenszeichen live auf Instagram. Samantha war zufrieden. Immerhin konnte sie nur wenige Stunden nach ihrer Landung die wesentlichen Sehenswürdigkeiten der Ewigen Stadt bereits abhaken – zumindest hatte sie eine Idee, wo sie sich befanden.

Samy zwängte sich mit ihrem Rollkoffer in eine überfüllte Straßenbahn, die, wenn sie das richtig verstanden hatte, nach Trastevere fuhr. Sie hörte zum ersten Mal echtes Italienisch, in voller Geschwindigkeit und nicht mehr in Slow Motion ihres Online-Sprachkurses – Samy verstand kaum ein Wort. Aber die Melodie, der Klang – fantastico!

Die Straßenbahn surrte über die Brücke, die ihre Vermieterin in einer E-Mail erwähnt hatte, unten ein brauner Fluss mit hohen Betonwänden am Ufer. An der nächsten Haltestelle aussteigen. Samantha fand sich auf einer belebten, kleinen Piazza mit Brunnen wieder – kam ihr bekannt vor – auf Street View gesehen, oder? Dann musste in der Nähe die amerikanische Privatuni sein, an der sie Kommunikationswissenschaften studieren wollte. Zum Apartment zeigte Google Maps noch einen vierminütigen Fußweg an, auf einer langen, geraden Gasse ohne

Autos – wie romantisch war das denn? Voller hübscher Läden in roten Häusern, Caffès, Restaurants, Galerien – weitergehen, immer geradeaus – Schuhe, Taschen, Bilder, Kleider, Schmuck. Samantha notierte im Kopf: Klamotten und Kunsthandwerk aller Art, sehr pittoresk, #ShoppinginRome, #Souvenir, #FromRomeWithLove …, sie hätte sich sofort hineinstürzen mögen.

Aber nun musste sie das Apartment finden, es war fast dunkel. »Pock-pock«, machte das Handy in ihrer Jackentasche: rechts abbiegen und nach weiteren 50 Metern links. Dann erlosch das Display, Batterie leer. Rechts – links – Samantha schaute sich um. Eine kleine baumbestandene Piazza, einige parkende Autos, eine Pizzeria – hier musste es sein. Sie ging einmal um die Piazza, der Koffer rumpelte hinter ihr über das Pflaster bis zu einer efeuüberwucherten Hausfassade – wow! Wie gemalt und wie auf den Fotos.

Sie drückte den Klingelknopf von Parodi. Keine Antwort. Noch mal, ein drittes Mal – shit. Alle Kontaktinfos waren auf dem Handy ohne Batterie. »Bitte, das hast du nun davon«, hörte Samy ihre Mum nörgeln. Warum teilte sie nicht mit amerikanischen Studenten eines der Apartments, die die Uni verwaltete? Mum hatte alles mit dem Housing Department organisiert und bezahlt. Alles perfekt, bis Samantha die Fotos sah: karges Zimmer in karger, funktionaler Wohnung – das war doch nicht Italien! Bellezza! Hatte nichts, absolut gar nichts mit Samys Vision von italienischem Stil und Lebensgefühl zu tun! Das Privatzimmer hingegen, das Samy im Internet fand, atmete dolce vita, allein die efeubewachsene, orangerote Fassade, die Piazza – die pure Romanze. Und auch noch günstiger als dieser Schuhkarton der Uni. Nach einem mächtigen Krach, den Dad mal wieder schlichten musste, gab Mum knirschend nach, kündigte das eine und zahlte das andere Zimmer. Samy würde schon sehen, aber solle sich bitte nicht beklagen.

Und nun hockte Samy vor diesem typisch italienischen Palazzo sehr unromantisch im Dunkeln auf ihrem Koffer und kam da nicht rein. Vielleicht hatte die Parodi nur Miete und Kaution abkassiert und war weg? Samy fröstelte, es war ungemütlich und kalt – in Italien! In diesem Moment hätte sie doch gerne mit einigen Junk Food futternden Mitbewohnern in einem kargen, aber immerhin warmen Zimmer vorm Fernseher gelegen. Oder Mark am Computer ihr Herz via Skype ausgeschüttet. Konnte sie auch mal jammern. War ja sonst sein Privileg. Seitdem ihr Freund in Nebraska studierte, far from home im Nirgendwo, waren die Gespräche echt anstrengend geworden.

Samy kontrollierte noch einmal Hausnummer und Namensschild – »Parodi«, den Namen hatte Samantha sich wenigstens gemerkt, die Telefonnummer leider nicht. Mrs Parodi hatte in ihrer E-Mail versichert, sie sei abends bis mindestens 21 Uhr zu Hause. Shit.

Die Haustür wurde geöffnet, zwei Männer traten auf die Straße, redeten angeregt, gestikulierten und gingen an Samy vorbei, ohne sie zu bemerken. Bevor Samy ihre Frage nach einer Mrs Parodi auf Italienisch konstruiert hatte, waren sie verschwunden.

Kurz darauf hörte sie ein Auto starten, sah Rücklichter am anderen Ende der Piazza, und einer der beiden Männer, ja tatsächlich!, kam zurück. Er schleppte eine Werkzeugkiste, stellte sie ächzend an der Haustür ab und zog ein Schlüsselbund aus der Tasche.

»Entschuldigen Sie, ich möchte bitte freundlicherweise zu Signora Parodi«, versuchte Samantha ihren ersten italienischen Satz vor einem echten Italiener.

Der Mann drehte sich zu ihr um, »Francesca Parodi?«

Samantha nickte heftig. War er Handwerker? Vermutlich, mit dieser schweren Werkzeugkiste. Er ratterte irgendwas auf Italienisch, Samantha verstand kein Wort. Er öffnete die Haustür und winkte ihr mitzukommen. Was sollte sie tun? Sie hatte keine Chance, als dem fremden Handwerker zu vertrauen. Er wirkte nicht besonders gefährlich. Sie griff also nach ihrem Koffer, aber »Ts ts«, schnalzte der Signor Handwerker, bremste sie mit der ausgestreckten Hand und hob den Koffer an. Setzte ihn sofort mit pfeifendem Atem wieder ab, »O Dio!«, sammelte Kraft, und dann zerrte er diesen Fels entschlossen durch die Tür und eine Treppe hinauf.

»Grazie«, fiel Samantha gerade noch ein, und sie folgte ihm. Sie hatte schon kräftigere Handwerker gesehen. Vorbei an einer schmalen Tür im ersten Stock und weiter eine lange Treppe hinauf. Gab es hier keinen Fahrstuhl?

Samy erinnerte das Merkblatt über das Leben in Rom und die Eigenarten der Italiener. Darin klärte die amerikanische Privatuni ihre neuen Studenten über manche kulturellen Eigenarten auf, über die man sich nicht wundern sollte, beispielsweise mittelalterlich anmutende Wohnungsschlüssel oder nicht existierende Mückengitter vor den Fenstern – »übrigens, eine absolut unberührte Marktlücke!« Vor allem werde in Rom überall und ständig gebaut und gebuddelt, repariert und restauriert. Schließlich sei in der Ewigen Stadt alles sehr alt, auch die meisten Wohnhäuser. Heizungen, Elektroleitungen, Wasserrohre ... es lag leider in der Natur romantischer alter Häuser, dass ständig etwas repariert werden musste.

Im zweiten Stock klingelte der freundliche Handwerker an einer vertrauenserweckend weiß lackierten Wohnungstür. Allerdings las Samy auf dem Klingelschild »Belli/Sommer« – nicht Parodi. Doch schon hatte sich die Tür geöffnet, der Handwerker schob den Koffer in die Wohnung und sagte mit feinem Lächeln: »Signora Parodi.«

Moment, war das wirklich ... ihre ... Zimmerwirtin? Rund wie ein Basketball, blaue Haare, angeklebte Wimpern, pinkfarbener Kussmund, dazu das kurzärmelige Leopardenkleidchen im passenden Pink, Tattoos auf den Armen, und ihre dicken Beine steckten in kniehohen Lederstiefeln.

»Mrs Parodi?«, Samantha vergaß die zwei Euro Trinkgeld, die sie dem Handwerker zustecken wollte.

Das Erstaunen war beiderseits.

»Ich habe bei Ihnen ein Zimmer gemietet«, brachte Samantha auf Englisch heraus, »Samantha Carter.«

»Oh, hi!«, rief die dicke Leopardin nach einer weiteren Schrecksekunde und trat zur Seite, »come in!«

Glücklicherweise hatte die Italienerin nicht den Google-

Übersetzer für ihre E-Mails bemüht, sie sprach tatsächlich Englisch. Schnell und mit Fehlern, lebhaften Gesten und italienischem Akzent – ein Spektakel. Mrs Parodi entsprach zwar nicht Samanthas Vorstellung von italian bellezza, die Wohnung dafür umso mehr. Allerdings, diese elegante Wohnung war nicht die Wohnung von Mrs Parodi.

»Aber keine Sorge, meine deutsche Nachbarin und Freundin ist eine wunderbare, großzügige Person!«, versicherte Signora Parodi. Spontan und ohne nachzudenken habe Signora Sommer ihr ein Zimmer angeboten, mitten in der Nacht, als sie sich unten in einer überschwemmten Wohnung wiedergefunden habe. Ein kaputtes Rohr, fürchterlich, alles stand unter Wasser. Samantha folgte dem rosarunden Leopardenhintern den Flur hinunter, »mitten in der Nacht!« wiederholte sie, »oh Gott, wo sollte ich schlafen? Aber in solchen Situationen zeigt sich wahre Freundschaft, right?« Sie drehte sich zu Samantha um. »Ja, und hier wohnen wir nun also ...« und öffnete eine Zimmertür, »ich im Eckzimmer dahinten und du hier – ist das Zimmer in Ordnung?«

»Großartig!« Samantha war begeistert von dem nostalgisch möblierten Zimmer, »so kuschelig«, Mum würde staunen.

»Fühl dich wie zu Hause, alles Weitere morgen.« Die Signora schlüpfte in einen weiten Mantel, kritzelte etwas auf einen Zettel und gab ihn Samy: »Wenn Signora Sommer fragt, ich bin hier ...«, sie zeigte auf eine Adresse, »... ich bin übrigens Fra, sie heißt Laura ... mach's dir gemütlich! In der Küche findest du alles, was du brauchst«, und schon polterte der Basketball die Treppe hinunter.

Laura hatte eine Ewigkeit bei ihrer Ärztin gewartet. Schließlich bekam sie das übliche Rezept für Antidepressiva, das wie immer im Mülleimer landete, und ein weiteres für Schlaftabletten. Danach wanderte Laura ziellos durch die Straßen – nur nicht noch einmal auf diese Fra mit ihrem Tattoo-Mann treffen, bis es Zeit für die Sitzung bei ihrer Psychologin war.

»Wie geht es Ihnen heute?«

Laura seufzte. Sie hasste diese Frage, was sollte sie darauf antworten? Wie immer? Heute war schönes Wetter. Das hatte sie wahrgenommen. War das ein Fortschritt? Die Psychologin machte sich eine Notiz. Laura erzählte nichts von dieser Francesca, dem Wasserrohrbruch und ihrer Hilflosigkeit. Sie hielt sich an die üblichen Themen: Erinnerungen an Fabio und Schlafstörungen. Die Sitzung endete mal wieder ohne Erleuchtung.

Erschöpft kehrte Laura in ihre Wohnung zurück, zog ihren Mantel aus und – nein. Ein Déjà-vu. Sie hörte eine Stimme, weiblich, aber nicht Francesca. Laura ging ungläubig Richtung Küche – kein Italienisch, amerikanisches Englisch. Eine Frau saß am Küchentisch mit dem Rücken zur Tür. Langer blonder Pferdeschwanz, dicke rote Kopfhörer auf den Ohren, vor sich einen aufgeklappten Laptop. Auf dem Bildschirm bewegte ein junger Mann seine Lippen, »Yeah, the apartment is fantastic!«, hörte Laura den Pferdeschwanz jubeln. Meinte sie *ihre* Wohnung? Der Mann auf dem Bildschirm zeigte mit dem Finger auf Laura, und der Kopf mit Pferdeschwanz drehte sich um. Eine junge Frau, Anfang zwanzig vielleicht, Stupsnase, blitzweiße Zähne im runden Gesicht. Sie könnte Lauras Tochter sein.

»Okay, ciao, honey!«, verabschiedete sie sich von dem Mann im Computer, klappte den Laptop zu und zog sich die Kopfhörer auf die Schultern.

»Hi, I'm Samantha!«, sie war aufgestanden, streckte Laura die Hand entgegen, »you can call me Samy! Do you speak English?«

»Was tust du hier?«, fragte Laura fassungslos auf Englisch zurück.

»Oh sorry, natürlich«, mit einem niedlichen Lachen fasste sich Samy sich an den Kopf, »ich habe bei Mrs Parodi ein Zimmer gemietet, und dass wir jetzt bei dir wohnen können, ist wirklich supernett«, sprudelte Samy weiter, »cooles Apartment, *very romantico!*«

Überhaupt, sie sei so aufgeregt! Endlich in Rom, in Italien, von Armani bis Zucchero – »*totally fantastico!*«. Laura musste sich an der Tischkante abstützen. Vor ihr stand ein drahtiges blondes American Girl und war ernsthaft der Meinung, es würde hier wohnen.

»Francesca hat also gesagt, du kannst hier einziehen?«, fragte Laura leise.

»Oh ja! Ich habe eine Nachricht!« Samy reichte ihr einen Zettel.

»Sorry, Samantha muss bei uns übernachten. Bin im BluNight. Vico della Luna 6, Souterrain.« Und eine Telefonnummer. Laura nahm ihr Handy, wählte – niemand meldete sich. Genug, zu viel war zu viel.

Laura ging zur Garderobe. Sie würde dieses BluNight finden und Francesca mitnehmen. Sie sollte ihre Klamotten packen und verschwinden – mitsamt diesem niedlichen Girl, dem besten Freund Mario, dem nackten Tattoo-Mann und auch dieser Fratze aus der Nacht im Hausflur. Laura wollte keine dieser Gestalten mehr wiedersehen. Sie wollte sich nicht vorstellen, wer noch alles auftauchen und nachts durch die Flure, Bäder und Betten ihrer Wohnung huschen könnte. Es reichte.

Laura hastete durch Trastevere, stieß mit Fußgängern zusammen, versuchte das Zittern in ihrem Körper zu kontrollieren. Sie hatte die Gasse, in der das BluNight sein sollte, auf dem Stadtplan gefunden. Eine kurze Sackgasse nahe der Hauptstraße, die Trastevere durchschnitt. Laura kannte die Gegend flüchtig, aber von dem Leben hinter den Fassaden hatte sie keine Ahnung. Schon gar nicht von irgendwelchen Musikclubs. Sie hatte in Rom mit Fabio Museen und Kirchen, Theater- und Konzertsäle besucht, vom BluNight hatte sie nie gehört.

Laura blickte den finsteren Vico della Luna hinunter, eine menschenleere Gasse mit parkenden Autos vor einfachen Wohnhäusern. Sie folgte dem schmalen Bürgersteig bis zur Mauer am Ende – kein Schild, das zu einer Bar gehören könnte. Sie wollte umkehren, aber hinter einer Reihe von Müllcontainern schimmerte eine Leuchtschrift über dem Eingang zu einem Souterrain. Geschwungene silberne Buchstaben auf tintenblauem Grund: BluNight. Drei Stufen führten hinunter zu einer Stahltür. Sie war angelehnt, dahinter lag ein enger Vorraum, der Kartenschalter war geschlossen. Licht blinkte durch den Spalt eines schweren Vorhangs, Laura schob sich hindurch in einen schummerigen Raum mit Tischen und Stühlen, einem verlassenen Tresen, es roch muffig und nach abgestandenem Bier. Acht Uhr abends, die Bar war noch geschlossen, aber vom anderen Ende des Raumes klang Musik herüber, verhaltenes Lachen und Stimmen. Eine davon erkannte Laura: Fras Stimme. Sie zählte den Takt, »1-2-3-4 ...«. Hinter einem Mauervorsprung öffnete sich ein kleiner Saal mit Bühne, davor tanzten Paare zwischen Pfeilern, die das Kellergewölbe trugen. Sie bewegten sich langsam miteinander, und Fra stand laut zählend in der Mitte. War das Blues?

Von hinten legten sich Hände auf ihre Schultern, sie fuhr herum – und blickte in die dunkel umrandeten Augen von diesem Kerl, der neulich nachts mit Francesca vor ihrer Tür aufgetaucht war.

»Willkommen«, er lächelte, hob die Augenbrauen, »darf ich?« und streifte Laura den Mantel von den Schultern. Schob sie – nein, geleitete Laura durch den Raum in Richtung der Tanzenden.

»Ich muss mit Francesca ...«, holperte Laura, aber: »Darf ich mich vorstellen«, wurde sie unterbrochen, »wir haben uns ja schon gesehen«, er zwinkerte Laura zu, »mein Name ist Antoine.«

Gut, gut, Laura nickte, aber: »Ich muss dringend mit Francesca sprechen.«

Antoine schien nichts zu hören und schob sie weiter. An einem Pfeiler lehnte ein mittelgroßer, kompakter Mann und beobachtete die Tanzenden.

»Übernimmst du, Edo? Eine Freundin von Fra«, sagte Antoine, verschwand lächelnd im Dunkel, und Laura fand sich im Arm dieses Mannes am Rand der Tanzfläche.

»Moment, ich muss reden«, stammelte sie, »mit Francesca reden … nicht tanzen. Ich habe noch nie …«

»Macht nichts, probieren wir es mal«, sagte dieser Edo leise, »einfach locker lassen« und legte seine Hand – nein, seine Pranke! War der Kerl Maurer? – auf ihre Taille. Laura erstarrte bei seiner Berührung, er schob sie hin und her, sie stolperte – da war Francesca, endlich! Aber mit Antoine, sie zeigten irgendeinen Tanzschritt, Fra schwang die runden Hüften, strahlte, sie war in ihrem Element.

Laura schnappte nach Luft, der Mann roch nach After Shave, wann hatte sie das zum letzten Mal gerochen? Sie wand sich aus seinem Arm, haspelte eine Entschuldigung – raus! Sie wollte das alles nicht, dieses Rumgeschiebe, sie hätte sich schütteln mögen wie ein nasser Hund. Wo war der Ausgang? Ihr Mantel? Sie irrte Richtung Bar, stieß gegen einen Tisch, sank auf einen Stuhl. Versuchte ihren Atem zu kontrollieren, vergrub das Gesicht in den Händen. Sie war in einem Albtraum gefangen, wann hörte das alles auf?

Stuhlbeine scharrten, Laura schaute hoch. Francesca saß ihr gegenüber, schob ihr ein Whiskeyglas zu.

»Alles okay?« Francesca prostete ihr zu. Laura blickte in das Glas, roch den anheimelnden Duft des Whiskeys – Vorsicht, Alkohol – sie nippte.

»Hören Sie, Francesca«, Lauras Stimme klang fahrig, sie nahm einen richtigen Schluck, »wer ist diese Amerikanerin? Sie können doch nicht einfach in meiner Wohnung ...«

»Ich weiß, ich weiß ...«, seufzte Francesca und legte ihre Hand auf Lauras, »ich wollte dich um einen Gefallen bitten«, sie klappte ihre dunklen Puppenaugen zu, »kann sie bei uns wohnen?«, und klappte sie wieder auf.

Laura zog ihre Hand zurück. »Die Amerikanerin?« Hatte sie das richtig verstanden? »Wohnen? Bei *uns*?« Bislang hielt sich Laura immer noch für die einzige Bewohnerin der Wohnung.

»Ich brauche das Geld«, sagte Francesca leise, aber drängend.

Laura verstand gar nichts mehr. »Welches Geld?«

Laura Sommer, 53 Jahre alt, Deutschlehrerin. Zwei Söhne, freundschaftlich geschieden und überraschend verwitwet – zumindest fühlte sie sich wie eine Witwe, auch wenn sie nur fast verheiratet gewesen war. Alleinstehend im wahren Wortsinn, eine deutsche Frau in Rom. Keine Freunde – sie hatte mit Flavio gelebt, und die meisten seiner Freunde hatten sich nach der Beerdigung nicht mehr gemeldet. Ein paar Kollegen, die nicht wussten, worüber sie mit ihr sprechen sollten. Eine Fast-Schwiegermutter und zwei Fast-Schwägerinnen, mit denen sie sonntagmittags aß, und danach manchmal noch auf den Friedhof zu Fabio – das Grauen. Dazu eine Psychologin, bei der sie sich ausheulen konnte, und eine Ärztin, die sie bis auf Weiteres krankschrieb und mit Gute-Laune-Pillen aufheitern wollte.

»Ich lebe in Rom«, hörte sich spannender, sonniger, genussvoller an als dieses traurige Resümee. Gut, die Wohnung in Trastevere entsprach diesem Traum vom Leben in Rom. Eigentlich. Aber die hätte mal wieder richtig geputzt werden müssen und wurde belagert von einer dicken, Whiskey trinkenden, Kinderschokolade futternden Femme fatale, die Blues sang und Blues sogar tanzte und chronisch pleite war, weshalb sie ihre Untermieterin kurzerhand in Lauras zweitem Gästezimmer einquartiert hatte.

Die Geschichte war ganz einfach: Francesca hatte in den Wirren ihres Lebens vergessen, wann Samantha ankommen sollte. Die amerikanische Studentin hatte das zweite Zimmer in Fras neuer Wohnung für sechs Monate gemietet. Samanthas Mutter hatte die Miete für zwei Monate und eine Kaution im Voraus bezahlt. Für eine Tropfsteinhöhle. Fra konnte das Geld aber nicht mehr zurückgeben, sie hatte es bereits »sagen wir mal, angelegt«, hatte Francesca erklärt und noch einmal mit ihren Kulleraugen geklappert, »und mal ehrlich, ich kann das junge Mädchen doch nicht auf die Straße setzen, allein in Rom …«

Natürlich nicht.

Blues war noch nie die Musik gewesen, mit der man reich geworden wäre. Glücklich, vielleicht. Das ja, aber reich? Sicher nicht.

»Glücklich?«, hatte Laura gefragt, »mit Blues?« Ausgerechnet. Diese Fra hatte echt einen Sprung in der Schüssel. »Der Blues hat mich gefunden«, Francesca hatte verliebt gelächelt, »jeder Widerstand war sinnlos.«

Laura war aufgestanden, Antoine hatte ihr in den Mantel geholfen, und während sie durch den Vorhang verschwand, hörte sie seinen Gruß: »Auf bald!«

Es hatte nach dem unerwarteten Tod ihres Vaters begonnen. Ein Infekt hatte ihn nach einer banalen Blinddarmoperation im Krankenhaus erwischt, er hatte gerade seinen 60. Geburtstag gefeiert. Ihr Papi. Lichtgestalt und pures Grauen.

Francesca war seine pummelige Prinzessin gewesen und sein kleines Biest. Für die Prinzessin war er viel zu früh gestorben, für das Biest war die Zeit reif gewesen, endlich die Revolution anzuzetteln. Während die eine in düsterer Trauer versank und einen Altar mit den schönsten Fotos in ihrem Zimmer errichtete, erfüllte sich die andere einen heimlichen Traum: einen blauen Schmetterling auf dem Knöchel. Ihr erstes schüchternes Tattoo – Papi hätte sie verachtet und eingesperrt.

Francesca, Franci, Fra – wer war sie tatsächlich?

In diesen Wirren zwischen Trauer und Selbstfindung, Abstürzen und Höhenflügen begegnete Francesca ihrem alten Schulfreund Mario an der Supermarktkasse. Es war die mollige Francesca mit den langen braunen Haaren und der olivfarbenen Haut gewesen. Sie trug T-Shirts und Jeans, Röcke und flache Sandalen, war Buchhalterin und wollte noch Steuerberaterin werden wie ihr Vater. Sie, das Nesthäkchen, Papis Prinzessin. Nach drei mäßig gelungenen Söhnen hatte Papi beschlossen, wenigstens aus seinem Mädchen sollte etwas werden.

Vielleicht hätte mit Mario – in Papis Sinn – alles gut werden können, er hätte ihm gefallen. Aber der blaue Schmetterling blinkte schon auf dem Knöchel, und außerdem: Mario nahm Francesca zum Swingtanzen mit. Tanzen, das war ihr Kleinmädchentraum gewesen. Papi hatte seinem niedlichen Pummelchen nur das Bäuchlein getätschelt. Tanzen? Mit so einer Figur? Ihre Mutter hatte geseufzt.

Schon nach wenigen Tanzstunden lief es gut im Kurs, heiter die Teilnehmer, schwungvoll die Musik, schräg der Tanzlehrer Antoine: Schiebermütze, strichfein gezogener Schnurrbart, Hosenträger an weiter Nadelstreifenhose, Schuhe aus den Dreißigerjahren – war der aus einer Filmkulisse gefallen? Fra fühlte sich zwar noch nicht wie Ginger Rogers persönlich, aber Step Step, Triple Step …, am Arm des Mannes hinaus in die Drehung und zurück – es klappte schon ganz gut, auch wenn sich alles ein bisschen hoppla hopp anfühlte. Und irgendetwas fehlte.

Bis zu dem Abend, an dem Mario fiebernd und verschnupft zu Hause geblieben war. Natürlich, nach dem Ende des Kurses hätte Francesca zu ihm gehen sollen, Kräutertee kochen, Fieber messen und sich auf dem Sofa einrollen. Aber dann wartete dieser schräge Tanzlehrer vor dem Ausgang und rauchte. Die Schiebermütze schräg in die Stirn gezogen, unter der Krempe ein kesses Lächeln.

»Noch einen Tanz?«, fragte er. Fra schaute sich um, aber da war nur noch sie. Es nieselte. Er meinte sie, tatsächlich. Die Tanzschule war geschlossen. Auf der anderen Straßenseite stand ein Taxi. Er ging hinüber, öffnete die Beifahrertür und winkte ihr einzusteigen. Der kranke Mario, Fieber, Kräutertee – sie saß bereits im Taxi. Der Tanzlehrer setzte sich ans Steuer. »Mein Brotjob«, erklärte er, und der Strich seines Oberlippenbartes schwang sich erneut zu diesem Lächeln auf, das Francesca so sehr gefiel. Dann sausten sie durch das nächtliche Rom.

Die Lichter glänzten im Nieselregen. Die Straßen wurden leerer, Schemen von hohen Gebäuden hoben sich aus dem Grau der Nacht. Sie kurvten in ein Industriegebiet, Francesca hatte keine Ahnung, wo sie gelandet war. Suchend schaute sie aus dem Fenster. Ihr wäre wohler gewesen, hätte sie irgendwo ein weiteres Taxi entdeckt. Schließlich bremste Antoine vor einem verlassenen Fabrikgebäude. Es war fast Mitternacht. Autos parkten am Straßenrand. Einzelne Gestalten eilten über das Kopfsteinpflaster zu dem Fabrikgebäude. Der Tanzlehrer schaute in den Rückspiegel, korrigierte den schrägen Sitz des Hutes und sagte: »Hier wären wir. Keine Sorge – es wird dir gefallen, Fra.«

Er war der Erste, der sie nicht Franci statt Francesca abkürzte, und das gefiel ihr außerordentlich. Hatte er Fra zugezwinkert? Sie schauderte. Also los. Morgen früh war morgen früh, sie würde schon irgendwie zu ihren Bilanzen ins Büro kommen. Es war ohnehin zu spät für einen Rückzug.

Es begann ernsthaft zu regnen, Fra lief hinter der schmalen Gestalt ihres taxifahrenden Tanzlehrers durch die Dunkelheit, wich Pfützen aus, hinüber zur alten Fabrik, immer in Richtung einer Lampe, die an der Mauer hing und ihren Lichtkegel vor eine Stahltür warf. Es gab kein Schild, keinen Hinweis, aber diese schwere Tür wurde von innen aufgedrückt.

Sie traten in eine Halle, im rot gedimmten Licht bewegten sich Silhouetten von Paaren, die miteinander tanzten. Entspannte Körper, die sich wanden und streckten, sich aneinanderschmiegten und umeinander drehten. Eine raue Männerstimme sang, getragen von einem dumpfen Bass, eine elektrische Gitarre, dann jammerte eine Mundharmonika – Fras Körper vibrierte. Sie blieb elektrisiert stehen. »I live the life I love – and I love the life I live …«, sang diese Männerstimme. Jemand nahm Fras Hand, zog sie leicht an sich. Sie stolperte, trat Antoine auf die Füße – er lachte leise. »Entspann dich, Fra. Schritt – tapp, Schritt – tap …«

Fra fühlte die einfache Bewegung, hörte die Musiker und den Sänger, und der Refrain dieses Blues-Songs sickerte in eine Schublade ihres Bewusstseins, die »Glücksmomente« hieß. Hier, in dieser Halle, in diesem Augenblick, umschlungen von dieser Musik. »I live the life I love – and I love the life I live …«

Später stand sie mit Antoine an einem provisorisch zusammengezimmerten Tresen und trank Whiskey – furchtbares Zeug. Fast alle tranken Whiskey, gehörte das dazu? Fra hörte sich lachen.

»Ich wusste, dass du Blues magst«, sagte Antoine, als ob sie nun Verbündete seien.

»Ich nicht«, antwortete Fra, »ich wusste nicht mal, dass man Blues tanzen kann.«

»Blues wurde immer auch getanzt, nicht in feinen Tanzsalons, sondern in Kaschemmen, in verrauchten Bars. Blues ist nicht die choreografierte Vorstellung vom Leben. Blues ist das Leben. Ehrlich und niemals perfekt. Man muss sich trauen, sich gehen lassen. Wenn du willst, bring ich's dir bei.«

Sie tanzte weiter. Mit Antoine, mit anderen Männern, anderen Frauen. Irgendwelche Schritte, mal holperte sie, mal passten die Schritte zusammen, und einmal, für einen kurzen Moment, war alles eins, und Fra verschwand mit Antoine in der Musik. Das war es, was sie gesucht hatte.

Erst im Morgengrauen saßen sie wieder im Taxi. Das Leben da draußen in Rom schlich sich heran. Was war das gewesen? In dieser schummerigen Fabrikhalle im Irgendwo, erfüllt von trägen und beschwingten Blues-Songs, von Menschen, die sich genussvoll dazu bewegten. Eine Parallelwelt – mitten in Rom. Mitten in der Stadt, in der Fra aufgewachsen war – und sie hatte nichts davon geahnt, nie davon gehört – wie war das möglich?

Antoine öffnete die Taxitür vor dem Haus, in dem Mario seine Wohnung hatte. Fra stieg aus, er küsste ihre Hand. Sie sah einen Schatten hinter dem Küchenfenster im zweiten Stock. Mario saß hustend und übernächtigt im Trainingsanzug in der Küche. Sie hatte keine Ausrede.

Danach begann die Zeit, in der Mario alles ertrug, es kam der frühe Morgen, an dem er mit überraschender Wucht die Wohnzimmertür eintrat und Fra die Dachkammer mietete.

Es war einfach vorbei mit der braven Francesca. Sie kündigte die Buchhalterei, lernte, Blues zu tanzen und zu singen und nahm einen Aushilfsjob als Eisverkäuferin an.

Leo, ihr Chef, richtete im Laufe der Jahre ihre Arbeitszeiten so ein, dass sie morgens halbwegs ausschlafen konnte und abends rechtzeitig zu ihren Auftritten kam. Er wusste, was er an ihr hatte. Sie war eine Augenweide als Eisverkäuferin: kugelig, mit bunten Haaren, pink geschminkten Lippen und Bäckchen, grünem Lidschatten und aufgeklebten Wimpern für Minnie-Mouse-Augen – diese personifizierte Eiswaffel war ein Anblick, der die Kunden in der Schlange bei Laune hielt.

Fra mochte diese Arbeit, freute sich über die erwartungsvollen Kinderaugen, während sie das Eis auf die Waffeln strich und vielleicht noch in Schokostreusel oder Smarties drückte. Warum wollte man als Kind eigentlich immer schon erwachsen sein, und wann kippte dieser

Wunsch? Wann verlor sich die Neugierde auf die Zukunft, auf das Leben? Wann begann man sich nach dem Glück zu sehnen, noch ein Kind zu sein? Nach der wievielten Enttäuschung?

Papa war tot. Es gab die Zeit der Trauer und die Zeit für Träume. Der Blues hatte Fra gefunden und begonnen, ihr Leben zu dirigieren. Eine Saite in ihr berührt, und gegen diese Schwingung war jeder Widerstand sinnlos. »I live the life I love …«

Laura stieg die drei Stufen aus dem BluNight hoch auf die Straße, ging durch die Sackgasse zurück. Dachte über Fra nach, wusste nicht mehr, was sie tun sollte. Erinnerte sich an die Schlaftabletten. Würde eine Packung reichen, um einfach und endgültig einzuschlafen?
Sie sollte Rolf anrufen.
Die Piazza vor der Basilika Santa Maria in Trastevere war verwaist, keine Bettler, die morgens in den Arkaden vor dem Kirchenportal hockten. Am Brunnen wärmten sich in der Dunkelheit einige Paare aneinander. Im Sommer war die Piazza das pulsierende Herz des Viertels mit Straßenkünstlern, herumtollenden Kindern, Liebespaaren, Trauben von Freunden, die durch die laue Nacht schlenderten, und staunenden Touristen, die Laura vermutlich um ihr Leben in Rom beneidet hätten – eine kitschige Postkarte.

Laura ging an Trattorien, geschlossenen Eisläden und Bars vorbei. Im Sommer waren die Tische auf der Piazza um diese Zeit voll besetzt. Durch die Fenster sah Laura Gäste im warmen Licht essen, Wein trinken, gestikulieren – das Leben der »Normal-Glücklichen«. Laura ging weiter.

Sie hatte Hunger. Der kleine Eckladen von Samir hinter ihrem Palazzo war noch geöffnet.

»Signora, buonasera!«, rief der Inder von der obersten Stufe einer Leiter. Er schob die letzte Cornflakes-Packung ins oberste Regal, kletterte hinunter und klappte die Leiter zusammen, damit Laura an das Regal mit Keksen, Pasta und Konserven kam. In dem winzigen quadratischen Laden gab es alles und nichts. Ein paar Obst- und Gemüsekisten standen im Eingang, an der Rückwand das Kühlregal, darüber und an beiden Seitenwänden türmten sich Regale bis unter die Decke, in denen man von Kaffee über Mozzarella bis zu Haarshampoo so ziemlich alles Überlebenswichtige fand.

»Signora, ich habe süße Orangen, nehmen Sie ein paar. Sie brauchen auch etwas Schokolade. Sind sehr dünn geworden«, Samir sah sie mitfühlend an, »immer noch traurig?«

Laura zuckte mit den Schultern, legte drei Orangen in ihren Korb. Samir war monatelang der einzige Mensch gewesen, der sich getraut hatte, zu fragen, wie es ihr ging. Zurückhaltend freundlich, aber immer wieder, obwohl sie selten überhaupt etwas, und kaum mehr als ein gemurmeltes »Geht so«, geantwortet hatte.

Der Inder hatte Laura damals gesehen, wie sie dem Krankenwagen hinterhergelaufen war.

Laura nahm Joghurt und einen Salatkopf, ein paar Tomaten. »Gibt es noch Brot?«

Er nickte, zog eine Plastikkiste hervor, hob den Deckel und nahm zwei Brötchen heraus. »Wie viele möchtest du?«

»Eins reicht«, sagte Laura.

Er schüttelte den Kopf, legte ihr beide in eine Tüte.

»Das ist dann alles«, sagte Laura.

»Ein Großeinkauf«, scherzte Samir, »hast du Gäste?«

In der Wohnung war es still, die kleine Stehlampe an der Garderobe leuchtete in den Flur. Die Tür zum zweiten Gästezimmer war geschlossen, falls Samantha da war, schlief sie vermutlich. Fra sollte erst früh am Morgen zurückkommen, sie wollte noch am Tresen aushelfen. Laura entspannte sich. Sie hatte die Wohnung für sich, konnte sich auf dem Sofa ausstrecken, mit Rolf telefonieren oder einfach gar nichts sagen. Sie hatte heute schon viel geredet und gehört.

Sie ging in die Küche, wollte sich ein Brötchen machen – fand keinen Teller, kein Messer in der Spüle. Alles Geschirr verschwunden. Sie schaute sich suchend um. Auch der Küchentisch war abgeräumt, fast. In der Mitte stand ein Glas, auf dem Etikett stand »Ranch Sauce« über dem gezeichneten Konterfei von Paul Newman. Darunter ein Notizzettel: »Grazie. See you tomorrow, S.«

Nett, sicher, und diese quietschige Amerikanerin hatte tatsächlich abgewaschen. Was aber sollte Laura mit »Ranch Sauce«?

Sie nahm einen Teller aus dem Schrank, fand auch ein Messer und schnitt das erste Brötchen auf, legte rohen Schinken darauf, nahm einen Joghurt und Löffel und setzte sich an den sauberen alten Holztisch, der noch in der Küche gestanden hatte, als sie das erste Mal mit Fabio die Wohnung besucht hatte. Dunkles, altes Holz, sie hatte ihn damals mehrfach gewachst, bis er wieder glänzte, und sich darauf gefreut, mit Fabio, mit ihren Freundinnen, ihren Söhnen daran zu essen. Laura löffelte ihren Joghurt, kein angetrockneter Marmeladenklecks mehr, kein einziger Krümel. Diese Samantha hatte alles abgewaschen und abgewischt.

Es war kurz vor elf, als sie sich mit einem Glas Rotwein auf dem Sofa ausstreckte. Noch früh genug, um Rolf anzurufen, Tagesthemen waren gerade erst vorbei. Sie könnte sich jederzeit melden, hatte er Weihnachten versichert. Natürlich. Laura hatte genickt, es aber nicht geglaubt.

Er meldete sich mit einer abwesenden Stimme, im Hintergrund rumorten Stimmen aus dem Fernseher.

»Hallo. Ich bin's«, sagte Laura. Sie hörte ihn atmen, saß seine Freundin neben ihm? Es war Laura immer noch unangenehm, wenn sie wusste, dass die andere zuhörte.

»Schön, dass du mal anrufst«, sagte Rolf nun wacher. Er saß vermutlich allein auf dem Sofa. »Wie geht's?«

»Vielleicht etwas besser. Ich weiß es nicht«, Laura nippte am Rotwein.

»Du musst doch wissen, wie es dir geht?«, der typische Vorwurf in seiner Stimme.

»Es geht so.« Warum hatte sie ihn eigentlich angerufen? »Ich brauche mal eine vertraute Stimme. Ich muss immer so viel an ihn denken, es hört nicht auf, ich ...«

»Schön, dass du mich anrufst«, er klang geschmeichelt. »Was tust du so? Wann arbeitest du wieder?«

Die allerletzte Frage, die sie hören und erst recht nicht beantworten wollte. Eine unangenehme Pause entstand.

»Weiß nicht. Erst mal noch nicht.«

»Du solltest einfach wieder mal rausgehen, unter Leute. Rom ist doch eine wunderbare Stadt.«

Sie schwieg. Wenn das so einfach wäre.

»Manchmal muss man sich einen Tritt geben, sich selbst überwinden. Wie lange ist es jetzt her?«

»Fünf Monate, eine Woche und drei Tage, ich ...«, der dunkle Vorhang glitt vor ihr hinunter. Sie hätte ihn nicht anrufen sollen.

»Willst du nicht doch zurückkommen, nach Deutschland«, fragte Rolf. Er war so gnadenlos pragmatisch. »Ich meine, was willst du da noch?«

Sie begann zu schluchzen. Fühlte sich so verdammt allein.

»Soll ich kommen?«

Fragte Rolf im Ernst, ob er nach Rom kommen sollte? Sie war so überrascht, dass sie nicht antworten konnte.

»Ich könnte ein paar Tage Urlaub nehmen, und Platz hast du ja genug.«

Du liebe Güte. Platz hatte sie ja gerade gar nicht. Die

Gästezimmer waren belegt. Oder etwa in ihrem Schlafzimmer? Auf gar keinen Fall. Sollte Rolf auf dem Sofa schlafen, während Fra in ihrem Aufzug in der Küche tanzte oder nackte, tätowierte Männer durch die Wohnung tigerten? »Ich habe gerade Handwerker in der Wohnung. Ein Rohr ist gebrochen«, sie fasste sich. Wie hätte sie Rolf erklären können, dass zwei Frauen sich ohne zu fragen bei ihr einquartiert, die Gästezimmer okkupiert hatten und sie, Laura, total überfordert damit war, die beiden einfach rauszuschmeißen. Und nun auch noch Rolf – wollte sie ihren Ex überhaupt in Rom haben? In *dieser* Wohnung, in der jede Frage eine unkontrollierte Lawine von Erinnerungen auslösen konnte.

Sie konnte sich nicht mehr rühren, war eingefroren. Es musste aufhören, alles, irgendwie, irgendwann.

»Ich melde mich, wenn alles geregelt ist«, beendete Laura das Gespräch.

Er schwieg einen Moment. »Gut. Mach das. Melde dich.«

Sie hätte ihn nicht anrufen sollen.

7

Nach einer Woche hatte Samantha ihren Jetlag ausgeschlafen. Ihr Fitness-Tracker, der Tag und Nacht an ihrem Handgelenk Puls, Schlaf, Schritte und Work-outs protokollierte und kontrollierte, zeigte dank Ohropax und Augenbinde wieder einen normalen Schlafrhythmus. Sie hatte ihr Studium organisiert, in einem Projektplan Aufgaben und Ziele bis zum Semesterende festgelegt, den Pflichtkurs »Leben in Rom« für neue Studenten absolviert, einen Laden mit Energiedrinks und Brainfood aufgetan und bei Mum Nachschub von »My Own Ranch Sauce«, ihrem Lieblings-Salatdressing nach dem Bio-Rezept von Paul Newman, geordert. Auf der Merkliste für neue Studenten stand »Ranch Sauce« unter den Dingen, die es in Italien nicht gab, aber das hatte Samy einfach nicht glauben können – keine Ranch Sauce in einem Land mit der besten Küche der Welt?! Sie hatte nur eine Notration mitgenommen und ein Glas als Gastgeschenk.

Ihre Tage begann sie mit lockerer Fitness: Stretching und Sit-ups auf der römischen Dachterrasse – die ersten

Selfies hatten begeisterte Likes bekommen – oder wahlweise eine entspannte Joggingrunde, die sie allerdings erst im Frühling und ohne ihre Weihnachtspölsterchen fotografisch dokumentieren wollte.

Samantha war zufrieden mit sich und ihrer ersten Woche. Nur von ihren Mitbewohnerinnen hatte sie noch nicht viel gesehen. Am ersten Morgen hatten sich ihre Wege in der Küche gekreuzt. Sie hatte Francesca erklärt, was Ranch Sauce war, Laura war in die Küche geschlurft, hatte, aha, sehr nett von dir, gesagt und war wieder verschwunden.

Samantha hatte keine Ahnung, was die beiden eigentlich machten. Laura war kaum zu sehen und nicht zu hören, etwas unheimlich. Francesca schlief noch, wenn Samantha ihr Tagesprogramm in Angriff nahm, nachmittags hörte sie sie manchmal singen – und telefonieren. Abends hingegen hatte sich Samy abgeschottet. Genug Schlaf war das A und O für die erfolgreiche Bewältigung jeder To-do-Liste am nächsten Tag. Mum war ihr mit dieser Art von Sprüchen jahrelang auf die Nerven gegangen. Aber nun, in der Fremde, wo Samantha nur sich selbst hatte und ihre Mum nicht ständig an ihr herumnörgeln konnte, klangen diese Sprüche irgendwie anders.

Am Tag vor ihren ersten Vorlesungen beschloss Samantha, sich etwas zu gönnen. Zeit zu vertrödeln – auch das musste mal sein. Die Sonne schien durch die hohen Balkontüren in die Küche, sie saß am frühen Morgen mit einer großen Tasse Kaffee am Küchentisch – mangels

Kaffeemaschine und Mikrowelle kochte sie ein Tässchen Espresso in einem dieser Alukännchen auf dem Gasherd und verlängerte das schwarze Gebräu mit heißem Wasser – man musste sich zu helfen wissen. Samy blätterte in einem Reiseführer und fand genau das Richtige: Kultur verbunden mit ein wenig stilvoll italienischem Shopping.

Wo, wenn nicht in Italien, konnte sie wahre Schönheit finden und entgiften von all dem billigen Krempel aus Shoppingmalls und Internet, der sie zu Hause zugestopft hatte?

Eine bedeutende Kirche und ein typisch italienischer Markt für Bekleidung schienen Samantha als Einstieg in diese ambitionierte Erfahrung eine gute Wahl. Und nein, sie würde sich nicht hinreißen lassen. Sie würde sich an der Schönheit erfreuen und sämtlichen Verführungen widerstehen. In ihrer kleinen Handtasche fanden nur Reiseführer, Portemonnaie, Schlüssel und Handy Platz. Mehr nicht.

Zunächst die Pflicht: Sie besichtigte die Basilika San Giovanni in Laterano, die »Mutter aller Kirchen«, von vielen Rombesuchern wurde sie übersehen, obwohl die Basilika und das angrenzende Kloster einst das waren, was heute der Vatikan ist: der Sitz des Papstes. Samantha war tatsächlich beeindruckt. Sie wandelte zwischen monströsen Apostelfiguren durch den riesigen Kirchenraum, mühte sich all die Heiligkeit und Schönheit aufzunehmen, zahlte sogar noch Eintritt für den zauberhaften Kreuzgang, erfreute sich an zierlich gedrehten Säulen in den Arkadengängen, machte ein unaufwendiges, natürliches Selfie. Alles in allem very beautiful – und wo war nun die Via Sannio mit dem vielversprechenden Klamottenmarkt?

Samantha blickte vom Kirchenportal über einen weitläufigen Platz – Rasen durchzogen von geraden, gepflasterten Wegen. Keine Marktstände. Google Maps schickte sie quer über den Platz, fünf Minuten Fußweg. An einem Bauzaun entlang und romantisch durch den Torbogen einer antiken Mauer. Dahinter fand sie, wonach sie suchte: Ausladende Sonnenschirme formten ein Dach für Stapel von Schuhkartons, Berge von T-Shirts, Socken, Unterhosen und BHs mit beängstigenden Körbchen, daneben hing der Himmel voll mit Ledertaschen, Tischdecken und Bademänteln, auf Ständern schon die ersten Sommerkleider, daneben noch Pelzmützen im Sonderangebot – eine hübsche Extravaganz für einen Post auf Instagram – und alles, alles zu Schnäppchenpreisen! Ach, es war wundervoll und Samy ein Fisch im Wasser.

Sie erstand eine geräumige pinkfarbene Umhängetasche, später auch als Strandtasche zu verwenden, und weiter ging's. Zwei coole Sonnenbrillen, ein wolliges Cape, drei Pullover, es war ja doch kühler in Rom als erwartet, also auch noch ein Paar echte italienische Lederstiefel. Und das Zehnerpack Socken dazu. Gut, nun war sie eingekleidet, Samantha atmete durch. Sie sollte schleunigst nach Hause gehen. Sie kannte die Symptome, sie kannte das alles. Es begann harmlos und endete in einer Orgie.

Die Verkäufer waren zauberhaft zuvorkommend, ihr

italienisch-amerikanisches Kauderwelsch war genauso lustig wie Samys. Sie fühlte – und kaufte – echtes italienisches Leinen, erstand drei Uhren zum Preis von einer, und der charmante Händler der Smartphone-Cover sah natürlich im Vorbeilaufen, welches iPhone-Modell sie in der Hand hielt. Kurz darauf besaß sie fünf verschiedene Hüllen für jede Gelegenheit und jedes Outfit.

Die Umhängetasche drohte zu platzen, auch eine zweite Tasche war gut gefüllt und Samantha erledigt wie nach dem fettigen Truthahn ihrer Großmutter zu Thanksgiving. Nichts ging mehr. Sie wankte zur Bushaltestelle. Versuchte vor sich selbst diesen Rausch irgendwie zu rechtfertigen, in gewisser Weise bedingten doch innere und äußere Schönheit einander, oder nicht?

Zu Hause schloss sie die Zimmertür hinter sich und ihren Schätzen. Räumte die Taschen aus, sortierte die neuen Klamotten, Taschen und Gürtel nach Farben in den antiken Kleiderschrank und auf das Regal. Gut, das Zimmer sah nun etwas bunter aus. Eine Shoppingtour durfte sie sich erlauben, zum Einleben war das schon in Ordnung. Sie atmete durch. Sie brauchte eine Dusche, eine lange warme Dusche, und morgen früh würde sie mit der Sonne aufstehen und laufen gehen. Lange laufen und entgiften.

Zum zweiten Mal trafen sich Fra und Signora Mattarella bei Virgilio. Es war Samstag, knapp eine Woche nach dem Wasserrohrbruch. Fra fühlte sich in der Traumwohnung inzwischen zu Hause, in der Nacht zuvor hatte sie sogar ihr Ritual mit Antoine wieder aufgenommen. Sie waren, heimlich wie Teenager auf Klassenfahrt, über den Flur in Fras Zimmer geschlichen, und Antoine war noch vor Sonnenaufgang – wie gut, dass die Januarnächte lang waren – wieder verschwunden.

Virgilio, der Zeitungs- und Zigarettenhändler, war ein älterer Herr mit vollem schlohweißen Haar und seidenen Halstüchern. Fra kaufte zwar leider keine Zigaretten mehr – die schnorrte sie nur noch –, aber bei Virgilio konnte man auch Stromrechnungen und Strafzettel bezahlen, Lottoscheine abgeben, Telefon- und Postkarten oder Reißzwecken kaufen, ehrlichen, offenen Landwein (exklusiv für Freunde), Minzbonbons und vermutlich sämtliche Zeitschriften und Heftchenromane, die in Italien publiziert wurden sowie ein paar Ratgeber für alle Lebenslagen. Kurz: Niemand, der an der Piazza lebte, kam um Virgilio herum, eine Institution.

Aber das Beste war sein erlesener Musikgeschmack. Er hatte im Internet eine Radiostation gefunden, die nonstop Jazz und Blues spielte, und so wehten durch den Duft von Papier und Tabak die entspannten Klänge, die Fra so liebte. Nur wenn Roma, sein Fußballverein, spielte, brüllten das Stadion, die Kommentatoren und bei einem Tor auch Virgilio durch den Laden.

Am gleichen Tag, an dem Fra und Mario begonnen hatten, die neue Wohnung zu renovieren, war Fra Stammkundin geworden. Sie deckte bei Virgilio ihren Bedarf an

Kinderschokolade und Gummibärchen und blätterte vor der bunten Zeitschriftenwand in Männermagazinen oder Ratgebern für Hundefreunde, während das Jazzradio lief und Virgilio draußen rauchte. Sie war einfach gerne in seiner Nähe und seinem Laden.

An diesem Samstagmorgen wollte Fra nur auf einen Sprung und eine Tüte Schokobons hereinschauen. Schon von außen hörte sie die heisere Stimme einer älteren Dame und Virgilio, der sich entschuldigte: »Ja, ja, ich habe deine Zeitungen noch nicht zusammengelegt, konnte ich ahnen, dass du heute so früh kommst?«

»Selbstverständlich, Virgilio! Das solltest du ahnen. Du weißt, dass ich in diesem Heim nicht schlafen kann«, sie seufzte, »du fehlst mir einfach ...« und lachte rumpelnd.

»Oh, da bin ich beruhigt«, sagte Virgilio, »ich hatte schon befürchtet, du würdest mich für meine Nachlässigkeit in die zweite Liga degradieren!«

»Ich bitte dich, Virgilio. Nach all den Jahren ...« Sie machte eine sehnsüchtige Pause. Virgilio verschwand unter seinem Kassentresen, wühlte leise fluchend in einer Kiste.

»Komm schon«, setzte die Signora wieder ein, »hast du nun endlich meine Zeitung und das Rätselheft? Oder ist es etwa ausverkauft und nur deshalb bist du so charmant?«

Virgilio tauchte wieder auf, warf einen Stapel Tageszeitungen, Illustrierte und das Rätselheft auf den Tresen und strich sich sein langes weißes Haar zurück. »Roseana, was denkst du nur von mir? Und welchen Eindruck bekommt die junge Dame?«

Er zwinkerte Fra zu, die sich hinter die Signora und ihren Rollator an die Kasse geschoben hatte.

»Buongiorno, Signora Mattarella!«, begrüßte Fra die alte Dame nun. Die drehte sich um, betrachtete Fra irritiert, aber erkannte sie nicht sofort. Kein Wunder. Die halbwegs seriöse Bewerberin für die begehrte Wohnung in Trastevere hatte nur wenig Ähnlichkeit mit der clownesk geschminkten Eisverkäuferin, die auf dem Weg zur Arbeit war. Fra zog den Ärmel ihrer Lederjacke zurück, zeigte das »Wild Women«-Tattoo. »Sie erinnern sich?«

»Oh, aber sicher! Ich bin noch nicht so dement, wie mein Sohn es gerne hätte.« Die Signora reichte Fra ihre knochige Hand. »Fühlen Sie sich wohl in meiner Wohnung?«

»Nun ja«, sagte Fra zögernd und berichtete von dem gebrochenen Rohr, dem Wasserschaden und …

»Kümmert sich mein Sohn?«, unterbrach Signora Mattarella brüsk, »oder sein Wauwau, dieser Agent und Verwalter? Ach, ich hätte das alles nicht zulassen sollen, oh nein, aber ich hatte einen schwachen Moment.« Sie schüttelte den Kopf, beugte sich über den Tresen, »Virgilio, vergiss meine Zigarillos nicht, hörst du? Oder hat mein Sohn dir verboten, sie mir zu verkaufen?«, sie lachte spöttisch und zeigte angriffslustig auf den Korb an ihrem Rollator. »Dieses Ding muss ja für irgendwas gut sein.« Sie wandte sich wieder Fra zu. »Den habe ich nur, weil mein Sohn sich erstaunlicherweise um mich sorgt.«

»Nicht ohne Grund, mein Liebe«, griff Virgilio ein und erklärte Fra, »sie ist beim Fensterputzen von der Leiter geflogen, lag zwei Stunden mit gebrochenem Bein in der Wohnung. Purer Zufall, dass ihr Sohn ausgerechnet an dem Tag nach ihr schauen wollte und sie gefunden hat.«

»Schon gut, schon gut«, übernahm die Mattarella, »Riesendrama, wochenlang im Krankenhaus gelegen, mein Sohn und seine Frau hatten schon alles geregelt, tja, und dann bin ich dem Sensenmann doch noch von der Schippe gerutscht und auf meinen Füßen wieder aus dem Krankenhaus herausspaziert. Leider nicht mehr in meine Wohnung, sondern in diese Seniorenresidenz, in der mein fürsorglicher Sohn und seine noch fürsorglichere Frau mich schon vor Jahren angemeldet hatten.«

»Roseana, bella, du wärst mit deinem gebrochenen Bein in der Wohnung verreckt«, sagte Virgilio.

»Aber du«, sie zeigte mit ihrem spitzen Zeigefinger auf ihren alten Freund, »du hättest doch nach mir geschaut, wenn ich meine Zeitungen nicht geholt hätte – oder etwa nicht?«

»Hatte ich einen Schlüssel für deine Wohnung?«, entgegnete Virgilio, »hatte ich nicht.«

»Hättest gerne einen haben können, Schatz«, Roseana drehte kokett die Hand und wippte mit der Hüfte.

Virgilio lachte. »Sie kann's nicht lassen!« Er schüttelte lächelnd den Kopf und zeigte auf die Zeitungen: »Heute sind es die dicken Wochenendausgaben, kriegst du das alles mit?«

Sie schnaufte empört, muffelte, »habe ja diesen Sportwagen dabei« und stopfte alles in das Einkaufsnetz zwischen den Griffen des Rollators. Hielt suchend inne. »Virgilio! Meine Zigarillos?«

Er tippte die Preise in seinen Taschenrechner, schob die Packung ohne hinzuschauen über den Tresen und horchte auf. Stellte grinsend das Radio lauter, »I'm in the mood …«, sang er leise mit, Francesca begann verhalten im Takt zu nicken, und Virgilio raunte »I'm in the moooood for love …«

»Was habe ich gesagt?«, krähte Signora Mattarella triumphierend, »er hätte meinen Schlüssel haben wollen!«

»17,50 Euro, Teuerste«, sagte Virgilio und reichte ihr den Kassenzettel.

Roseana seufzte und wühlte in ihrer Handtasche, zog ein großes Portemonnaie hervor und sammelte umständlich Münzen heraus.

»Schätzchen«, sie wandte sich Francesca zu, »wo bist du denn nun untergekommen? Oder ist die Wohnung wieder trocken?«

Francesca schreckte auf. Sie war selten sprachlos, aber dieser Szene hatte sie nur staunend folgen können.

»Mein bester Freund kümmert sich drum, zusammen mit einem Klempnerfreund.« Francesca schaute auf die Uhr, sie musste los, wollte sie ihren Eis-Job nicht riskieren. »Sie wollen neue Rohre legen und am liebsten auch ein neues Bad einbauen, aber Ihr Sohn war nicht begeistert von dieser Idee.«

»Geizkragen!«, schnaubte die Mattarella und stopfte Portemonnaie und Zigarillos in ihre Handtasche. »Dem werde ich was erzählen!«

Natürlich spielten Marios Pläne, das zugegebenermaßen verkalkte und etwas muffige Bad zu erneuern, eindeutig auf Zeit. Keine Maßnahme schien zu plump, aber das war der Preis, wenn Fra im Frühling und Sommer noch auf der Dachterrasse tanzen wollte. Mario sollte gerne herumpuzzeln.

»Schätzchen, wo wohnst du denn nun?«, fragte Signora Mattarella erneut.

»Bei der Nachbarin.«

»In der Wohnung obendrüber?«, fragte die Mattarella ungläubig.

»Ja, ja, alles in Ordnung, buona giornata, Signora!« Bevor Fra aus dem Laden stürzte, sah sie noch, wie das Gesicht der alten Dame aufleuchtete.

Einige Tage, nachdem ich Lesley nachts auf der Gasse entdeckt hatte, klopfte es nachmittags an unserer Wohnungstür. Meine Mutter hatte gerade das Haus verlassen. Ich öffnete. Guenda stand mir gegenüber.

»Ciao!« Sie lächelte nervös, versuchte unauffällig hinter mich zu schauen. Ich klebte an ihrem Anblick, sie sah toll aus. Ein buntes Tuch hielt ihre dicken, gewellten Haare zurück, die Lippen – schon am Nachmittag – glutrot.

»Bist du allein?«, fragte sie leise, schaute mich durchdringend an. Sie hatte schon damals diese erstaunlich dunkle Stimme, warm – und unglaublich verführerisch.

»Allein? Ich? Ja …«, haspelte ich, »meine Mutter ist gerade …«

»Hast du einen Moment Zeit?«

Natürlich! Ich trat zur Seite, sie ging an mir vorbei und schloss die Wohnungstür hinter sich.

»Du hast uns neulich nachts auf der Gasse beobachtet, richtig?«

Das war keine Frage, sondern eine Feststellung. Sie hatte mich ertappt, neugieriges, kleines Mädchen. »Ich kann nachts nicht schlafen und, also zufällig …« Aber in ihrem Gesicht fand ich keinen Vorwurf, im Gegenteil, nur ein verschwörerisch kleines Lächeln.

»Tust du mir einen Gefallen?« Sie legte mir ihre Hand auf die Schulter, schwerelos, sie duftete nach Blüten, und zog einen kleinen Briefumschlag aus ihrer Handtasche.

»Lesley erwartet mich heute Nacht. Ich kann nicht kommen. Gibst du ihm diese Nachricht?«

Was für eine Frage! Sie hielt den Umschlag in ihrer Hand, fixierte mich. »Niemand darf davon wissen, auf gar keinen Fall!«

Ich schüttelte ernst den Kopf. Natürlich nicht!

»Kein Wort, zu niemandem«, sie beugte sich näher zu mir, ihr Blick durchdrang mich, »du willst mit deiner Familie weiterhin in diesem Palazzo wohnen, richtig?«

»Dieser Palazzo – gehört dir?«, fragte ich ungläubig.

Sie überhörte die Frage. »Machst du's?«

»Klar!« Ich fühlte den Umschlag in meiner Hand.

»Er kommt um elf Uhr. Wenn die Luft rein ist, pfeifst du kurz und lässt die Nachricht aus dem Fenster fallen. Verstanden?«

Verstanden.

Es war nur der erste ihrer duftenden Briefe, die ich in den kommenden Wochen überbringen sollte. Ich wurde zur Botschafterin ihrer geheimen Sommerliebe und, als es Herbst wurde, auch zu Guendas Freundin.

Lange bevor ihr Bräutigam offiziell als »ehrenvoll gefallen im Kampf« erklärt wurde, hatte Guenda erklärt: »Sergio kommt nicht zurück.« Sie hatte mit Kameraden gesprochen, die mit ihm im Norden gekämpft hatten. Er war in einen Hinterhalt der Partisanen gelaufen, die Kameraden hatten die Explosion gesehen, sich gerade noch selbst retten können. Sergio war ein guter Mann gewesen. Er liebte das Verrückte an ihr, sie seine Bodenhaftung. Sie tanzte, er nur im Notfall – also beispielsweise wenn Guenda ihn sonst nicht heiraten wollte. Ehrenwort! Sie hatte darüber gelacht. Sie kannten sich seit vielen Jahren, die Familien verstanden sich, und schließlich hatte Guenda eingewilligt. Warum nicht? Sie war noch so jung gewesen.

Es ging den ganzen Sommer mit Lesley, und ich fragte mich langsam, wann die Geschichte auffliegen würde. Ich hatte im September begonnen, in einer Osteria das Kellnern und Kochen zu lernen, oft hinterlegten sie dort ihre Nachrichten, und ich reichte sie diskret weiter.

An einem Abend im Oktober bat Guenda mich zum ersten Mal, nachts hochzukommen. Tatsächlich schaffte ich es, unbemerkt aus meinem Zimmer und die Treppe hinaufzuschleichen. Die Wohnungstür war angelehnt, ich irrte den langen Flur hinunter, folgte dem leisen Lachen und Wispern und fand mich in einem riesigen, fast leeren Salon wieder, in dem nichts als ein ausladender Diwan stand. Im Kamin tanzte ein Feuer, daneben lehnte ein eleganter Signore im weißen Anzug, in der Hand ein Champagnerglas. Er blickte auf, als ich den Salon betrat, musterte mich und lächelte freundlich. War das Tom? Der Tom? Ich sah mich selbst im geblümten Kleid, das meine Mutter für mich enger genäht hatte, und schämte mich. Tom, der Klavierspieler, der gute Geist hinter Guendas abenteuerlicher Liebe. Für Guendas Eltern war Tom ein netter, zuverlässiger Kerl. Er holte sie zu den Treffen mit Lesley ab und brachte sie wieder nach Hause. Ich habe nie begriffen, wie er das ertragen konnte.

Guenda lief mir entgegen, umarmte mich und blickte feierlich.

Lesley reichte mir ein Glas – es war tatsächlich Champagner drin. Klar, Guenda stammte aus einem Haus mit Weinkeller – als ob es keinen Krieg gegeben hätte.

Tom und ich waren die einzigen Zeugen ihrer abenteuerlichen Liebe. Deshalb standen wir mit ihnen in dieser Nacht am Kamin. Mit glänzenden Augen schaute Guenda uns an. Der Schein des Kaminfeuers huschte über ihr Gesicht. Ich ahnte, was kommen würde. Guenda war verrückt genug, die würde so etwas tun, aber als Lesley sie verliebt anschaute, seinen Blick auf Tom und mich richtete, schlug der Satz trotzdem wie eine Bombe ein. »We will get married.«

Auch Tom schluckte. Ein Augenblick der Erschütterung, aber dann, natürlich, umarmten wir uns, stießen an, und ich trank mein Glas in einem Schluck aus. Mir schwindelte, ich hatte wenig Erfahrung mit Champagner, mit Alkohol im Allgemeinen und mit solchen gewichtigen Ankündigungen sowieso.

Sicher hatte man schon von Hochzeiten zwischen Italienerinnen und amerikanischen Soldaten gehört. Oben im Norden lebten einige Buffalo Soldiers, die ihre ragazza geheiratet hatten. Dort waren schwarze Soldaten als Helden gefeiert worden, damals als Lesley schon auf dem Weg nach Rom war. Aber so eine Hochzeit war doch in Guendalinas Familie undenkbar. Absolut undenkbar! Er war Amerikaner und Musiker und Schwarzer – in dieser Reihenfolge mit ansteigendem Potenzial für einen Skandal.

Aber Guenda hatte bereits alles detailliert geplant.

»Lesleys Division schifft im November ein. Der Kommandant muss sein Einverständnis für unsere Ehe geben, aber das wird er, Lesley hat ihm das Leben gerettet.« Ihre Stimme wurde zittrig: »Sobald wieder Transatlantik-Liner nach New York fahren, folge

ich Lesley. New York! Ragazzi, wir lassen Champagnerkorken auf allen Wolkenkratzern knallen!«, sie lachte abenteuerlustig, »und wenn ich danach kellnern muss.«

Ich wollte mit. Was sollte ich ohne Guenda noch hier? Kellnern und kochen, das konnte ich überall tun. Aber Guenda? Undenkbar. Die saß am Tisch, aber sie deckte ihn nicht.

Ich schaute auf Tom – dieses eingefrorene Lächeln in seinem Gesicht werde ich nie vergessen. Als er meinen Blick bemerkte, löste sich sein Ausdruck, er stieß mit mir an und sagte: »Ich gehe dann übrigens auch wieder zurück«, er spielte mit seinen langen Fingern in der Luft auf einer unsichtbaren Klaviertastatur, »Rom beginnt mich zu langweilen.«

Guenda schenkte Schampus nach, Lesley legte seine Victory-Day-Discs auf. Mit leisem Knistern erklang die Musik, die ich so oft unten gehört hatte. Ein langsamer Blues. Lesley öffnete seine Arme, sie trat auf ihn zu, legte ihren Arm auf seinen. Sie begannen tastend, kleine Schritte, die weicher wurden, und glitten im schummerigen Licht des Salons durch die Musik.

Ich verstand. Und in all den Jahren, die ich noch mit Guenda erlebte, wann immer ich sie mit anderen tanzen sah, erinnerte ich wehmütig dieses Bild. Lesley war der einzige Mann, der diese Frau, diesen bildschönen Wildfang, nicht zähmen wollte. Ihr Tanz war kein Führen und Geführtwerden, sondern der schwingende Dialog zweier Körper, zweier Seelen.

8

Sonntag. Tiziana erwartete sie zum Mittagessen. Laura musste endlich aufstehen. Es war zu spät, um noch abzusagen.

Sie hatte lange geschlafen, einfach so. Die Tabletten hatte sie jedenfalls nicht angerührt, die waren noch immer sicher im Nachttisch verwahrt. Schon nach elf Uhr. Laura musste aufstehen. Sie schaute zum Fenster, Regentropfen hingen an den Scheiben. Für einen Moment fühlte sie die stille Freude, die Fabio und sie an so einem verregneten Sonntag geteilt hatten. Regen bedeutete, kein Spaziergang nach dem Essen in der Villa Borghese. Laura hätte sich mit Tee und Buch zu Fabio gekuschelt, bis es Zeit war, zum Mittagessen aufzustehen, und bis dahin hätten beide überlegt, was sie nach dem Sonntagsessen noch unternehmen könnten. Welche Ausstellung, welchen Film hatten sie noch nicht gesehen?

Laura wälzte sich aus dem Bett, fischte ihre dunkle Wollhose aus dem Kleiderberg – ziemlich weit geworden im Bund, der Gürtel auf dem letzten Loch. Unterhemd,

Pullover, und während sie zwei gleiche Socken suchte, dachte sie permanent an den Mittagstisch, der ihr bevorstand – was, ja was sollte sie ihrer Fast-Schwiegermutter und der Restfamilie über ihr derzeitiges Leben erzählen?

Laura öffnete vorsichtig die Schlafzimmertür zum Flur und lauschte – Stille. Gut, gut – möglichst lautlos eilte Laura durch den Salon zur Küche, sie könnte noch ungestört ihren Tee trinken, bevor sie sich auf den Weg machte.

»Buongiorno!«, brüllte Francesca und winkte Laura vom Gasherd zu. Sie hatte Samanthas dicke rote Kopfhörer auf den Ohren, nickte im Takt und brüllte: »Ich wollte dich nicht mit meiner Musik aufwecken. Kaffee ist gerade fertig …« Sie hörte ihre eigene Stimme offensichtlich nicht, ging wippend zum Herd, goss aus der Caffettiera eine Tasse voll, schob Milchschaum aus einem Alukännchen darauf und reichte Laura die Tasse: »Zucker?!?«

Laura war schon wieder festgenagelt und nahm automatisch die Tasse. Francesca schmetterte den letzten Refrain durch die Küche, »I feeeeel so funny, I feeheel so sad …« und zog sich mit einem genussvollen Seufzer die Kopfhörer von den Ohren.

»Tutto bene?«, sie strahlte Laura an, »Samy ist schon unterwegs, die hat ihr Leben in Rom perfekt durchorganisiert, inklusive Fitnessstudio, sie meinte, sie würde sonst total fett werden«, Fra lachte laut, »stell dir das vor! Die und fett!«, sie schüttelte ihre Schultern vor und zurück, sodass ihr Busen hin- und herwankte, »dabei rennt sie den ganzen Tag durch die Gegend. Gott, bin ich froh, dass ich aus dem Alter raus bin. Aber die Kleine könnte bisschen guten Sex vertragen«, Fra fing Lauras Blick auf, stockte, »sorry, ist grade nicht dein Thema, richtig?«

Laura wollte raus aus der Küche, aber ihre Beine gehorchten nicht, zwei Gummistelzen. Sie setzte sich. Trank den Cappuccino. Sie musste sich anziehen. Losgehen. Zu Tiziana, Mittagessen. Heute war Vittoria mit ihrem Mann da, und auch Enrica mit Familie. Hoffentlich regnete es weiter, dann verzichtete Tiziana auf den Gang zum Friedhof.

»Lauraaaah!«, sie schreckte hoch, »kommst du heute Abend?« Hatte Francesca das gerade schon mal gefragt?

»Ich singe heute Abend, es ist Sonntag. Neues Programm, zusammen mit dem schnuckeligen Eric und einem Pianisten – ich muss los. Eis verkaufen. Obwohl bei dem Regen … mal sehen.« Erst jetzt fiel Laura die rosa Riesenschleife im blauen Haar auf. Wollte sie in Disneyland auftreten?

»Livemusik und Blues Dance, jeder tanzt mit jedem, du kannst dir also die Männer aussuchen, mit denen du tanzen willst und sie selbst auffordern, machen alle Frauen, völlig normal.«

Wovon redete Francesca?

»Ich sag am Eingang Bescheid, dass du kommst, dann lassen sie dich umsonst rein. Ab 21 Uhr, bis später!« Und weg war sie.

Es sollte selbst gemachte Ravioli gefüllt mit Kräutern und Ricotta an Salbeibutter geben, danach geschmortes Kaninchen und Rosmarinkartoffeln und schließlich

Pannacotta mit Waldbeeren. Die Menüfolge stand seit dem letzten Sonntag fest, und Laura war in der Woche detailliert über die Vorbereitungen auf dem Laufenden gehalten worden.

Tiziana war gestresst und glücklich – die ganze Familie wuselte durch ihr Haus und saß endlich wieder einmal zusammen am Tisch. Nur neben Laura blieb ein gedeckter Platz leer.

Ausführlich wurde noch einmal jede Zutat und jeder Ratschlag der Gemüsefrau haarklein auseinandergenommen, kritisiert und schließlich natürlich gelobt. Laura hatte sich auch nach zwei Jahren Sonntagsessen noch immer nicht an diese endlosen Exkurse über das Essen und die italienische Küche überhaupt gewöhnt. Fabios Schwestern hingegen stiegen voll ins Thema ein. Laura versuchte den leeren Teller neben sich zu ignorieren, sie hoffte, das zarte Kaninchen gäbe noch einiges an Gesprächsstoff her, denn sie wusste auch, was ihr danach bevorstand.

»Habt ihr gehört, was bei Laura los war?«, platzte Tiziana wie befürchtet in die Runde und schüttelte mitfühlend den Kopf. Es war so weit. »Konnte deine Nachbarin wieder in ihre Wohnung einziehen?«

Was sollte Laura sagen? Auch in dieser Nacht war sie vor Sonnenaufgang aufgewacht, hatte Geräusche und wispernde Stimmen im Flur gehört, vorsichtig ihre Tür geöffnet und durch den Spalt noch diesen Typ gesehen, diesen Antoine oder wie immer er hieß, in einem weiten Mantel mit Fellkragen und Filzhut, er schlüpfte gerade aus der Haustür.

Seit einer Woche ging das nun so. Fast jede Nacht ein anderer Kerl. Antoine verschwand, bevor es hell wurde, der Mundharmonika-Spieler blieb bis zum Morgen, sie hörte ihn in der Küche und vermutete sogar noch einen dritten Kerl, der eines Mittags stumm und ohne Umwege aus Francescas Schlafzimmer durch die Haustür verschwunden war. Lauter fremde Männer, die selbstverständlich in ihrer Wohnung herumliefen – seit einer Woche ging das so.

Seit einer Woche wurde sie belagert und betrachtete hilflos die Szenerie, als hätte sie einen Stehplatz im Kino. Zwei unbekannte Frauen tobten über die Leinwand, tauchten auf und verschwanden, Laura hörte Stimmen, Lachen, Singen, eilige und getänzelte Schritte, das Klappen von Türen – und dann für ein paar Stunden – endlich – wieder – Stille. Stille. Die sich wie Staub auf ihr Leben legte.

Francesca ließ sich selten vor Mittag sehen, verstreute summend Bonbonpapierchen in der Wohnung, ernährte sich – dem Geruch und den Pappkartons nach zu urteilen – vorzugsweise von Pizza, stellte den Kühlschrank mit Cola-light-Dosen voll. Nachmittags belegte sie trällernd das Bad, tänzelte zwei Stunden später lauthals singend über den Flur in die Küche, leerte eine Tüte Chips, genehmigte sich einen kleinen Whiskey und verließ perfekt gestylt die Wohnung.

Samantha dagegen stand früh auf und ging früh ins Bett. Dazwischen wehte sie frisch wie ein Eukalyptusbonbon durch die Wohnung und rief »How are you today?«, wenn Laura ihren Weg kreuzte. Noch bevor die irgendwie reagieren konnte, war Samantha schon wieder verschwunden. Meistens allerdings rannte die Amerikanerin mit ihren dicken Kopfhörern herum, und Laura hörte sie laut italienische Sätze nachsprechen. »Welche Zutaten sind in diesem Gericht?« oder: »Das war sehr lecker!« Abends gabelte sie Salat aus der Plastiktüte mit ihrem Ranch-Dressing und hinterließ eine perfekt aufgeräumte Küche. Der Salon war nach wenigen Tagen entstaubt, »No problem! Don't worry«, sie wäre allergisch auf Staubmilben. Und auf Laktose und Sojamilch inzwischen auch. »Kann ich hier irgendwo Reismilch kaufen?« Aber was Laura am meisten störte, waren ihre ewigen Dauerduschen, morgens und abends. Wenigstens war das Badezimmer danach immer tipptop gewischt.

Der Film lief, und Laura griff nicht ein. Seit Fabios Beerdigung steckte sie in einem tonnenschweren Mantel. Innen rührte sich nichts, und von außen drang nichts hinein. Bis dieser singende Wummerbrocken in ihre Stille gekracht war, mitsamt ihren Liebhabern, die sich nachts auf den Fluren der Wohnung herumtrieben, und einem besten Freund, der nach Feierabend und am Wochenende mit seinem Klempnerfreund unter ihrem Schlafzimmer hämmerte. Ständig kreuzte dieser Mario in der Küche auf, brühte in *Lauras* Küche einen Espresso nach dem nächsten und stürzte ihn hinunter. Irgendwann tauchte Samy auf und befreite den Herd von angebrannten Kaffeeflecken. Mario und der Klempnerfreund betrachteten die junge Amerikanerin dabei wohlwollend. Oder belustigt? Einmal hatte Mario eine Weinflasche aus der Tasche und den Korkenzieher aus der Tischschublade gezogen – woher wusste er überhaupt, wo der lag? Samy hatte überschwänglich höflich abgelehnt, in ihrem niedlich naiven Mix aus American English und italiano, sie müsse noch – sie zeigte auf ihre Armbanduhr – ein paar Tausend Schritte gehen und dabei eine Lektion italienische Verben lernen.

Laura beobachtete das alles. Sie trampelten auf Fabios Andenken herum, und Laura hatte keine Idee, wie sie sich gegen diese freundliche Übernahme ihrer Wohnung wehren konnte.

Die Gespräche am sonntäglichen Mittagstisch waren verstummt, ihre Fast-Schwiegermutter und Fast-Schwägerinnen schauten sie an. »Ja, also, nein, noch wohnen sie bei mir«, beantwortete Laura Tizianas Frage.

»Sie?« Laura hatte sich verplappert, und Tiziana hatte sofort reagiert. »Ich dachte, es wäre nur diese Sängerin?«

»... und ihre Untermieterin«, räumte Laura ein und behauptete, »die Wohnung unten ist wirklich in einem schlimmen Zustand«, obwohl sie noch keinen einzigen Blick hineingeworfen hatte. Selbstverständlich hatte sie alle beide aufnehmen müssen. Ordentliche, kultivierte Frauen: die Sängerin sehr begabt und die amerikanische Studentin unglaublich strebsam. Beides ruhige Personen. »Die Wohnung ist ja groß, also ich bemerke sie kaum«, lavierte sich Laura aus der Affäre. Es war ja nur für ein paar Tage und das Wasser schließlich aus Lauras Badewanne und Waschmaschine gekommen.

Hätte sie erzählen sollen, dass aus der Wohnung ihres verstorbenen Sohnes ein stilvolles Stunden- und Studentenhotel geworden war? Wenigstens gammelte das Geschirr nicht mehr in der Spüle, aber das konnte Laura erst recht nicht erzählen.

Tiziana wiegte misstrauisch den Kopf. »Wenn es dir nichts ausmacht, komme ich mit dem Klempner unseres Vertrauens in den nächsten Tagen mal vorbei, der soll sich das ansehen.«

Um Himmels willen! »Keine Umstände, Tiziana.« Laura spürte eine dieser Panikattacken aufsteigen, die sie im vollen Bus manchmal überrollten. Ruhig bleiben. Atmen. Sprechen. »Sehr freundlich, wirklich, aber Signor Mario, ein Freund der Sängerin, und sein Klempner haben ja bereits mit der Reparatur angefangen. Sie arbeiten gründlich und machen einen guten Preis.«

Hatte ihre Stimme vernünftig geklungen? Laura schaute zum Fenster, es regnete immer noch zuverlässig. Nach der Pannacotta also nur noch caffè und definitiv kein Spaziergang mehr über den Friedhof.

»Sicher, meine Liebe«, insistierte Tiziana, »aber es macht mir wirklich nichts aus, auf einen Sprung mit meinem Klempner bei dir reinzuschauen. Die römischen Handwerker …«, sie verdrehte die Augen, »sie sind nicht so präzise und verlässlich, wie du es aus Deutschland gewohnt bist.«

»Wir haben die ganze Wohnung mit römischen Handwerkern renoviert«, wandte Laura ein.

»Damals hatte Fabio ja …« Tizianas Stimme brach im Laufe des Satzes. Natürlich, Fabio war da gewesen. Ein Moment Stille. Laura betrachtete den letzten Rest Espresso in ihrer Tasse, die nicht aufgelösten Zuckerkörnchen. »Danke, Tiziana«, sagte sie schließlich leise, »ich melde mich, wenn ich Hilfe brauche.«

Sollte Laura gestehen, dass sie nicht mehr in der Lage war, überhaupt noch irgendetwas in ihrem Leben vernünftig zu regeln? Seit einer Woche stand das Leben in ihrer Wohnung kopf. Nein, wenn sie ehrlich war – und egal, ob es ihr auf die Nerven ging oder nicht –, seit einer Woche gab es überhaupt wieder Leben in dieser Wohnung.

Abends rief Rolf an. Laura saß im Flur und zog sich endlich die durchgeweichten Stiefel von den Füßen.

»Na?«, Rolfs Stimme klang betont munter, »störe ich?«

»Hm …« Der Rückweg von Tiziana war ein Desaster gewesen. Durch den Regen zur Bushaltestelle, biestige Windböen hatten den Schirm zerlegt, der Regen war durch ihre mürben, ewig nicht gefetteten Lederstiefel gedrungen – endlich die Haltestelle. Sie wartete auf einen Bus, der nicht kam. Streikten die jetzt schon am Sonntag? Sie fror, stand mit quatschnassen Füßen allein im strömenden Regen an dieser verdammten Haltestelle und hätte heulen können. Das Taxi, das plötzlich vor ihr bremste und hupte, hielt sie für eine Fata Morgana, aber nein, tatsächlich ein Geschenk aus finsterem Himmel.

»Komme gerade zur Tür rein.« Laura zog mit einer Hand ihre nassen Strümpfe von den Füßen.

»Du warst unterwegs?«, fragte Rolf. »Gutes Zeichen. Solltest du öfters tun. Solange du nur in der Wohnung rumhockst, wird es nicht besser mit dir werden.«

Bitte keine Ratschläge. Fabio wurde nicht wieder lebendig, egal, ob sie rausging oder in der Wohnung hockte. »Ich war nur bei Fabios Mutter«, sagte Laura müde, »wie jeden Sonntag, Mittag essen.«

»Immerhin, Gesellschaft tut dir sicher gut.«

Laura konnte es nicht mehr hören. Gleich kam wahrscheinlich, »manchmal muss man sich einfach zusammenreißen, dann sieht die Welt schon anders aus«, aus dem Repertoire der wirklich gut gemeinten, aber hilflosen Ratschläge. Laura riss sich ständig zusammen, sonst lägen die Schlaftabletten nicht mehr unangetastet im Nachttisch.

»Was hältst du davon, wenn ich in der Karnevalswoche ein paar Tage zu dir komme? Ella hat vollstes Verständnis.«

Ella war seine Freundin, und Karneval war irgendwann im Februar. Also bald. Laura wusste nicht, was sie davon halten sollte.

»Dann sollten deine Handwerker fertig sein, und du kannst mir Rom zeigen, was meinst du?«

Meinte er das ernst? Der stramme Wandersmann in Rom? Er hatte keine Ahnung, in welchem Zustand sie und ihr Leben sich befanden.

»Ich weiß nicht«, zögerte Laura, »die Handwerker und alles …« Wäre er ohne zu fragen nach Rom gekommen, einfach da gewesen, in einem Hotel, ohne etwas zu erwarten – einfach da, vielleicht fände Laura das gut. Aber sie war unfähig, irgendetwas für irgendwen zu entscheiden. Ihre Kraft reichte nur für sich selbst und immer nur gerade jetzt.

Aber in seiner Stimme lag diese jahrelange Vertrautheit, die sie wie ein Windhauch streifte. »Das ist nett von dir, Rolf. Ich sage dir Bescheid.«

Laura beendete das Gespräch, blieb im Flur sitzen. Keine Musik, keine Stimmen in der Wohnung. War Francesca schon in diesem BluNight? Die Tür von Samanthas Zimmer stand halb offen. Laura ging hin, schaute hinein. Das Regal war voll mit akkurat zusammengelegten T-Shirts und Pullovern, Hüten und Taschen, bunten Kartons, Jacken und Blusen hingen auf Bügeln – es sah aus wie in einer Boutique. Samantha konnte unmöglich all diesen Kram aus den USA mitgebracht haben.

Laura ging durch die Stille. Den Flur hinunter, in den Salon, ließ sich auf das Sofa fallen. Zog die Wolldecke über sich. Die Wahrheit war, sie wollte Rolf nicht in Rom haben. Rom war ihr Leben mit Fabio.

Also doch zurück nach Deutschland, nach Buxtehude? Weihnachten war Weihnachten gewesen – emotionaler Ausnahmezustand, das normale Leben war anders.

Das normale Leben – Laura hatte kein Bild, wie das aussehen könnte. Weder in Rom noch in Buxtehude. Da war einfach nichts.

Laura ging in die Küche, blitzblank und aufgeräumt. Setzte sich an den Küchentisch. Sie hörte Fra singen, den Tattoo-Mann Mundharmonika spielen, Samy italienische Sätze wiederholen, »Haben Sie die Schuhe auch in einer anderen Farbe?«, und ein gänzlich fremder Gedanke schlich sich in ihren Kopf, eine Frage: War das alles, was in dieser Wohnung gerade vor sich ging, wirklich so schlimm?

Fra stand rund und prall im Scheinwerferkegel auf der Bühne, ihr silbernes Paillettenkleid funkelte. Rechts neben ihr blies der Tattoo-Mann in die Mundharmonika, links saß ein Typ am Flügel – war der dritte Mann neulich morgens in ihrer Wohnung gewesen?
   Laura saß im Schatten einer Säule, lehnte den Kopf an die Wand. Allein an einem kleinen Tisch, mit einem goldig schimmernden Whiskey vor sich. Ihr gefiel die Musik. Schmeichelnd, angenehm. Tröstlicher Text.

> *Everyone is facing changes*
> *No one knows, what's going on*
> *Everyone is changing places*
> *Still the world keeps moving on*

Fra sang mit geschlossenen Augen, ihre Stimme vibrierte, ihr weicher, glitzernder Körper wiegte sich mit der Melodie. Vor der Bühne tanzten einige Paare. Der Mann mit den Pranken stand plötzlich vor Laura. Machte eine auffordernde Geste. Sie stand auf, unentschieden. Folgte ihm. Auf die Tanzfläche. Er drehte sich zu ihr, nahm ihre Hand. Laura schaute auf den Boden, auf seine schwarzen Lederschuhe. Er hielt sie an den Händen, legte einen Arm um ihre Hüfte, ein Schritt nach rechts und ein Tipp mit dem anderen Fuß. Ein Schritt zur anderen Seite, tipp. Sie schaukelte hin und her, roch einen Minzbonbon, der den Geruch einer gerade gerauchten Zigarette verwischte. Schritt tipp, Schritt tipp, sie trat ihm auf den Fuß. Laura konnte nicht tanzen, war auf Partys früher so mitgehüpft, ohne richtigen Spaß dabei. Schritt-Tipp-Schritt-Tipp – »geht doch gut«, hörte sie den Mann sagen, »wunderbare Musik, oder?«. Laura nickte stumm, fühlte die Wärme seiner Hand an ihrem Rücken. Die ruhigen Bewegungen, den Puls der Musik und – ein Schauer durchfuhr sie, ein leichter Ruck, der eine verrostete Schraube in ihr löste – Tränen rannen über ihr Gesicht, sie fühlte sich so … im gleichen Moment war die Musik verklungen, Applaus. Laura tauchte auf, ihr Tanzpartner wollte noch einmal ihre Hand nehmen. Sie schüttelte heftig den Kopf, winkte ab, wischte sich die Tränen aus dem Gesicht und lief zu ihrem Tisch. Trank den Whiskey mit einem Schluck aus, griff ihre Tasche, und als sie sich zum Ausgang umdrehte, traf sie Francescas erstaunten Blick von der Bühne.

Laura spürte die nächste Welle Tränen aufsteigen. Sie griff ihren Mantel, schob sich durch das Publikum und die Tische Richtung Ausgang, vorbei an einem riesigen goldgerahmten Spiegel. Was sie dort sah, war ein Schock. Eine abgemagerte Frau in schlabberiger Wollhose und Strickjacke, ausgefranste Haare, verheultes, eingefallenes Gesicht. Sie schaute weg. Das pure Elend, 53 Jahre alt, aber sie sah unendlich viel älter aus und hatte sich gerade wie ein Teenager benommen. Auf der Tanzfläche mit diesem unbekannten Mann. Sie hatte sich von ihm berühren lassen – und von dieser Musik. Von Francescas behutsamer Stimme, die auf den Tönen des Klaviers balancierte. Darunter ein verlässlicher Bass, Herzschlag und Schwungrad des Songs, und Erics Mundharmonika, die sich dickköpfig mit einem sehnsüchtigen Verlangen in dieses Trio gedrängt hatte. Laura hatte ein Vibrieren gespürt, ein feines Pulsen, leise, zu leise, um dafür Worte zu finden. Ein Glimmen im Dickicht ihrer Trauer.

Sie drückte die Tür zum Ausgang auf und trat in die Nacht.

9

Fra hatte diesen verregneten Sonntagnachmittag in der Gelateria vertrödelt, kaum Kunden und kein Chef – die Grippewelle hatte Leo vom Eiskübel ins Bett befördert. Fra hatte Zeit gehabt, ihre vernachlässigten Fingernägel zu retten, während Mario ihr am Telefon von Wasserhähnen und Kacheln vorschwärmte. Signora Mattarella schien ihren Sohn im Griff zu haben. Mario wollte sich selbst ans Werk machen und das neue Bad einbauen, sein Klempnerkumpel würde die Verantwortung für fachgerecht montierte Anschlüsse übernehmen. Fra pustete den veilchenblauen Nagellack mit Silberstaub trocken. Es würde der längste Einbau eines Badezimmers werden, der jemals in der Ewigen Stadt realisiert worden war.

Antoine hatte sie im Taxi aus der Gelateria abgeholt und ins BluNight mitgenommen. Er hatte den Musikclub vor einigen Jahren mit seinem Freund Edoardo übernommen, kurz nachdem er Fra zum Blues verführt hatte. In die alte Fabrik waren luftige Hochglanzbüros eingezogen, der Blues und seine Liebhaber brauchten ein neues Zuhause, und seitdem manövrierten Edo und Antoine das BluNight wie ein wrackes Schiff durch eine permanente Flaute, gegen den Zeitgeist und die Flut all der coolen, antiseptischen Loungebars. Ehrlicher fetter Blues, wie das echte Leben ihn geschrieben hatte, lustvoll improvisiert mit schrägen Tönen und immer ein wenig dreckig, lag nicht im Trend, aber um Edoardo und Antoine hatte sich eine kleine verschworene Blues-Community versammelt, Musiker, Tänzer und Fans. Sie waren Überlebenskünstler, die den Blues ohnehin im Blut hatten, oder auch gutbürgerliche Existenzen, die sich im BluNight eine kleine geheime Auszeit gönnten.

Edo kümmerte sich um Programm und Werbung, Antoine pflegte den leicht verruchten Vintage-Charme im Club, er verehrte den Blues, gespielt und getanzt, in all seinen unendlichen Varianten.

Solange der Laden nicht Schiffbruch erlitt, machte sich Antoine nichts aus Geld. Man brauchte es eben, es kam und ging, man sollte sich nicht daran klammern, so war das Leben eben. Lieber heute feiern und morgen Tütensuppe löffeln, als ewig ängstlich die rechte Spalte auf dem Menü des Lebens kontrollieren. Ohne sein Taxi und die Jobs als einer der gefragtesten Swing-Tanzlehrer in Rom wäre der Gerichtsvollzieher längst der letzte Gast im BluNight gewesen.

Fra wusste das alles nur zu gut. Sie gehörte zum schillernden Mobiliar des Etablissements, war Sängerin des Hauses und Tanzlehrerin für Blues, half als Bardame aus und putzte notfalls auch die Klos. Aber Francesca erledigte auch die Buchhaltung – ein allerletzter Rest aus ihrem alten Leben.

An diesem Januarsonntag war das BluNight fast ausverkauft. Fras neues Bühnenprogramm hieß wie einer ihrer liebsten Songs, »Wild Women Don't Have the Blues«. Der Hit von Ida Cox war Fras Mantra, seitdem Blues ihr Leben dirigierte. Ein Song zum Festhalten, trotzig, rebellisch, gegen den Strich gebürstet. Nicht rumjammern, Baby, Kopf hoch und weiter geht's! – Das war der Spirit der schwarzen Blues Queens in den USA gewesen, Ma Rainey, Bessie Smith, Alberta Hunter, Ida Cox oder später auch Billie Holiday. Die hatten keine Luxusdepression in einer Traumwohnung gepflegt, die waren durch richtig finstere, stinkende Keller gestapft. Du hast mich mies behandelt, hast mich sitzen gelassen, aber pass bloß auf, ich werd's überleben, und dir wird's noch leidtun. Kopf hoch, Baby! Weiter geht's.

Kurz vor der Pause entdeckte Fra sie. Etwas hölzern stakste sie im Arm von Edo vor der Bühne herum. Ausgerechnet als Fra »Changes« sang, kein typischer Blues, und er fiel aus dem sonstigen Programm des Abends heraus, aber sie liebte den Song, vor allem wenn Jaco sie mit dieser federleichten Melancholie am Klavier begleitete. Laura war also gekommen. Tatsächlich.

Fra war glücklich auf der Bühne, die neuen Blues-Songs liefen wie Milch und Honig, das Publikum umarmte sie. Kein Wunder, Fra fühlte, was sie sang. Die meisten Songs waren ein Tribut an ihre schwarzen Schwestern, die Königinnen des Blues. Fra bewunderte nicht nur, wie sie gesungen hatten, sondern auch, was: Im ›Empty Bed Blues‹ klagte Bessie Smith über fürchterliche Kopfschmerzen am Morgen, weil ihr neuer Mann sie verlassen hatte – einer, der gewusst hatte, wie er sie Tag und Nacht im Bett glücklich machen konnte. Ihr »Downhearted Blues« dagegen erzählte von Misshandlungen und wurde in den 1920er-Jahren ein Superhit mit 800 000 verkauften Platten – in einem Amerika, das säuberlich Schwarz und Weiß trennte, aber diese schwarzen Sängerinnen in den größten Konzerthäusern feierte, vor ausschließlich weißem Publikum.

Bessie Smith war mit 44 Jahren bei einem Autounfall verblutet. Fra wünschte sich kein ähnliches Schicksal, aber glaubte einfach nicht daran, alt zu werden. 44 Jahre, das war eine schöne Zahl. Vier plus vier machte acht, die Zahl der Unendlichkeit, jung genug, um zur Legende zu werden. Fra war nur zwei Jahre davon entfernt. Also pflegte sie ihren genussvollen Lebensstil. Trank Whiskey, aß, was ihr Spaß machte und hatte genug Liebhaber, die sich an ihren weichen Formen erfreuten.

Erst nach drei Zugaben taumelte Fra trunken vor Liebe von der Bühne. Als Kirsche auf der Torte tauchte noch dieser Journalist hinter der Bühne auf. Der, den sie am Morgen nach dem Wasserschaden verschlafen hatte. Er bat sie tatsächlich erneut um ein Interview, nächste Woche wollte er sie anrufen. Leider verschwand er dann, aber Fra stand morgens um drei noch unter Strom, als sie das BluNight verließ. Allein, das war der einzige Wermutstropfen dieses Abends. Antoine musste früher gehen, Eric war erkältet, es war erstaunlich gewesen, dass er auf der Bühne überhaupt genug Puste gehabt hatte, und Lollo, der Pianist, hatte zwar traumschöne lange Finger, aber leider hatte sie feststellen müssen, dass er ansonsten nicht ihr Typ war. Zu jung, zu ernsthaft beim Sex, zu klein.

In der Küche war noch Licht. Laura saß am Tisch, starrte in ein Whiskeyglas, als befrage sie eine Kristallkugel. Whiskey, schon wieder – hatte Fra Laura unterschätzt? Sie schob sich durch die Küchentür und summte, »If the river was whiskey, I'd be a diving dove!«, es gab doch für jede Situation den passenden Blues. Sie war noch immer auf Trip: die Euphorie nach ihrem Auftritt, der Applaus, die drei Zugaben – die Glückshormone pulsten wie eine Droge.

»Buona notte, Signorina!«, rief Fra, und ihr Lachen hallte in der hohen Küche. Laura rührte sich nicht. Fra nahm sich ein Wasserglas aus dem Geschirrschrank, griff nach der Flasche und genehmigte sich einen großzügigen Whiskey. »Salute!« Sie setzte sich Laura gegenüber. Die wich ihrem Blick aus, schwieg. Fra wartete einen Moment, fragte dann aber doch: »War's so schlimm?«

»Was?«, hauchte Laura.

»Der Club, die Musik, der Mann, mit dem du getanzt hast ...«

Laura schüttelte den Kopf, murrte irgendwas.

»Ja, was? Komm schon, Laura! Hat's dir etwa nicht gefallen? Unser Auftritt war doch, also ehrlich, fantastisch!

Und der Typ? Heißt übrigens Edo und ist Antoines Kompagnon. Der sieht doch ganz knuffig aus, vielleicht nicht so wahnsinnig sexy, aber immerhin …«

»Peinlich«, zischte Laura und trank entschlossen ihren Whiskey, ohne Fra anzusehen, »das war so peinlich!«

»Peinlich? Was?«

»Alles. Ich, der Mann, dieses …«

»Dieses Milieu?«, fragte Fra und lachte leise, »aber du bist gekommen, länger als einen Whiskey geblieben, hast sogar getanzt, und zumindest irgendetwas hat dir gefallen – gib's zu!«

Laura atmete schwer: »Ich war so unfassbar peinlich!« Sie verbarg ihr Gesicht in den Händen.

Erst jetzt bemerkte Fra das Tablettenröllchen, das Laura in den Fingern hielt. Scheiße, waren das Kopfschmerztabletten? Vermutlich nicht.

»… und in einem Moment war alles weg, das Dunkel, die Erstarrung, die Enge …« Laura presste die Lippen aufeinander, Tränen rannen über ihr Gesicht.

»Du warst heute Abend einen klitzekleinen Moment mal nicht traurig?«, fragte Fra vorsichtig.

Laura nickte kaum sichtbar, heulte und heulte, fast tonlos, ohne zu jammern, vollkommen in sich gekehrt. Sie hatte tatsächlich Schlaftabletten in der Hand und sah nicht so aus, als wollte sie nur eine halbe zur Nachtruhe mit einem Schluck Wasser nehmen.

»Gib mir mal die Tabletten«, sagte Fra. Cool bleiben. »Ich habe das auch mal probiert, ehrlich, es macht keinen Spaß.«

Lauras Augen weiteten sich. »Das ist meine Sache.«

»Vielleicht, aber heute Nacht hast du keine Chance«, Fra streckte die Hand aus, »ich werde die Ambulanz rufen, dir wird der Magen ausgepumpt, und zwar rechtzeitig. Das ist echt unangenehm, also vergiss es. Zumindest bis morgen.«

Laura drehte die Tablettenpackung auf dem Tisch versonnen hin und her.

»Hör mal, ich kann dich nicht retten, niemand kann das. Aber ich habe eine Vorstellung davon, wie's dir geht«, sagte Fra. »Ich war auch mal davon überzeugt, ich könnte niemals wieder einen Sonnenstrahl sehen. Auf ewig gefangen im finsteren Loch. Aber irgendetwas in mir hat rebelliert und angefangen, Dinge zu tun, die mich glücklich machten. Kleinigkeiten für einen Glücksmoment, den ich mit einem tonnenschweren schlechten Gewissen bezahlte. Ich habe mir nicht mehr erlaubt, glücklich zu sein.«

Laura schaute hoch. »Und dann?«

»Langer Text.« Fra würde ihr nicht das komplette Drama erzählen. »Irgendwann fand mich Mario und schließlich Antoine. Der tanzte Blues mit mir, und das war's. Das war so überzeugend richtig für mich, es gab kein Zurück.«

»Blues, ausgerechnet«, murmelte Laura und goss sich noch einen Whiskey ein.

»Blues ist dein Seelenschmerz und gleichzeitig das Gegengift«, Fra hob pathetisch die Arme, dann lehnte sie sich über den Tisch zu Laura, »und ehrlich, das sah doch gar nicht schlecht aus, du mit Edo beim Tanzen, also, was ich von der Bühne da unten im Dunkeln gesehen habe ...«

»Blödsinn!«, raunzte Laura, »ich kann nicht tanzen – und schon gar nicht so, so ...«

»Jeder kann tanzen!«, wischte Fra dazwischen, »wenn ich es kann, kannst du es auch. Ich war immer zu dick, und oh Wunder, ich kann's eben doch!«

»Guck mich doch mal an!« Lauras Stimme quietschte, als ob sie seit Wochen zum ersten Mal ernsthaft benutzt wurde. Und sie hatte Fra zum ersten Mal geduzt.

Fra nickte ruhig und stand auf.

»Komm mit. Komm schon.« Sie zog Laura vom Stuhl hoch, die taumelte, guckte irritiert und leerte im Stehen das Whiskeyglas. Fra hakte Laura unter. »Los komm schon. Ich muss dir was zeigen.«

Laura schien willenlos in ihrer Verzweiflung, ließ sich in den dunklen Flur führen. Vor dem großen Spiegel an der Garderobe blieb Fra mit ihr stehen, zog einen Stuhl heran und drückte Laura darauf. »Bleib! Ich bin sofort wieder da!«

Sie huschte in ihr Zimmer, fand mit einem Griff, was sie suchte, und war wieder bei Laura.

»Schließ die Augen. Los, mach schon. Ich tu dir nichts!«

Tatsächlich schloss Laura die Augen. Fra knipste die Stehlampe neben dem Spiegel an, sie brauchte nur einen Lichtstrahl. Laura zuckte zusammen, als Fra ihre Haare mit einer Spange im Nacken zusammenfasste. »Alles gut, Baby, Augen zu«, sie hielt Laura die Hand vor die Augen, »lass dich überraschen, du wirst dich wundern.«

Fra goss Whiskey aus der fast leeren Flasche nach, führte das Glas an Lauras Lippen. »Noch ein Schlückchen, entspann dich, tut nicht weh!«, und öffnete den brombeerroten Lippenstift, »Augen zu! Mund leicht öffnen«. Zog die Kontur der Lippen nach und malte sie sorgfältig aus. Ein schönes Gesicht, Fra hätte gerne noch Eyeliner, Wimperntusche, Rouge und Puderdose zum Einsatz gebracht – nicht in dieser Nacht.

Sie setzte Laura einen schwarzen Hut auf den Kopf, schob die breite Krempe tief ins Gesicht. Dann drehte sie den Schirm der Stehlampe, sodass der Hut einen geschwungenen Schatten über Lauras Augen legte. Ein Schwarz-Weiß-Foto, auf dem nur die roten Lippen leuchteten. Fra legte ihre Arme von hinten auf Lauras magere Schultern, auf diesen Hauch von Frau.

»Okay, nicht erschrecken, du darfst gucken – langsam!«

Fra spürte den Stromschlag in Lauras Körper, das Vibrieren in den knochigen Schultern. Stumm stand Laura auf, näherte sich diesem geheimnisvollen Gesicht mit den vollen roten Lippen.

»Schau dir diese Frau an«, flüsterte Fra, »schau hin, schau genau hin.«

»Das, nein, das bin ich nicht«, wisperte Laura und schluchzte schon wieder. Ein, zwei Tränen rollten die Wange hinunter – ein wenig pathetisch, aber sehr fotogen, fand Fra. »Doch, doch, das bist du«, lächelte sie über die Schulter in den Spiegel.

»Das bin ich nicht«, wiederholte Laura, »so war ich noch nie.«

»Dann wird es höchste Zeit. Und wenn du mal wieder anfängst zu essen, so etwas wie eine Figur bekommst und Kleider ausfüllst, garantiere ich, dass du noch immer ein paar Kerle flachlegen könntest.«

»Was?« Laura drehte sich erschrocken um, aber Fra drehte sie sanft zurück zum Spiegel, Fra tippte auf eine Playlist in ihrem Smartphone und begann, leise mitzusingen, »You gotta move, you gotta move …«

Fra wiegte sich im Takt, hatte die Hände auf Lauras magere Hüften gelegt und nahm sie in diese kleine Bewegung mit.

»Da ist diese große dunkle Wolke, die dich begleitet«, sagte sie leise, »warte nicht darauf, dass sie sich auflöst. Wahrscheinlich wird sie das niemals tun. Trotzdem liegt jeden Tag irgendwo ein kleiner Glückskeks für dich herum, du musst ihn nur finden.«

Laura betrachtete sich im Spiegel, und Fra entdeckte ein fast unscheinbares Lächeln in ihrem traurigen Gesicht. So eins, das manchmal bei Tanzschülern in den ersten Stunden auftauchte. Ein untrügliches Zeichen dafür, dass ein Blues in ihnen geankert hatte – vermutlich, ohne dass sie es selbst ahnten. »Nichts macht deinen Mann wieder lebendig, aber hätte er dich traurig sehen wollen?«

Fras Hüfte schwang mit Lauras immer noch von einer zur anderen Seite, Fra stellte die Musik etwas lauter, »You may be high, you may be low – you may be down, no place to go – but when the love gets ready, you gotta move.«

»Mmmhmmh«, machte Laura, und Fra musste lachen.

Wahrscheinlich war Laura ziemlich betrunken, wer so dürr war, sollte sich nicht am Whiskey vergreifen.

»Könntet ihr bitte eure Flurparty beenden?«, platzte Samys Stimme dazwischen »Ich finde das nicht in Ordnung!« Ihr verschlafenes Gesicht schaute durch einen Türspalt in den Flur. »Ich habe morgen früh mein erstes Seminar, stehe in zwei Stunden auf, und ihr könntet jetzt auch ins Bett gehen.«

Die Tür knallte zu. Oh, là, là, wer hätte das von diesem freundlichen Mädchen gedacht? Fra ließ Laura los, stoppte die Musik. Laura schwankte, grinste schief und traurig in den Spiegel, »Überleben mit Glückskeksen ...«, dann sackte sie plötzlich in sich zusammen, Fra konnte sie gerade noch auffangen.

»IchmussinsBett« nuschelte Laura. Fra legte sich ihren Arm über die Schulter, schleppte sie den Flur hinunter und in ihr Schlafzimmer, sie stolperten über einen Wäschehaufen, und Laura landete auf ihrem Bett.

Fra zog ihr die Schuhe von den Füßen, legte die Beine auf die Matratze und deckte sie zu. Dann steuerte sie zufrieden durch den dunklen Flur zurück in Richtung ihrer Zimmertür. Sie hatte ihren üblichen Alkoholpegel nicht überschritten, aber fühlte sich ausgelaugt. Lauras Gesicht ließ sie nicht los. Am Küchentisch, dieser stiere Blick, nicht mehr auf dieser Welt – hatte sie etwa nicht nur Whiskey getrunken, sondern vorher schon Schlaftabletten geschluckt? Fra erschrak und drehte sich um, torkelte zurück in Lauras Schlafzimmer – ein gleichmäßiges, beruhigendes Schnarchen säuselte durch die Dunkelheit.

10

7.12 Uhr, Samy hätte vor 27 Minuten aus dem Bett federn und vor 12 Minuten loslaufen sollen, wollen – wie auch immer. Sie zog die Schnürsenkel ihrer Joggingschuhe straff, dehnte die Waden und verließ die stille Wohnung. Eine gute Nacht war die Voraussetzung für einen guten Morgen, dieser Radau mitten in der Nacht, sehr rücksichtslos. Sie hätte abends sofort ihre Ohrstöpsel einsetzen sollen, damit hörte sie nichts mehr, leider auch den Wecker nicht. Okay, okay, konnte passieren, sie sollte gnädig mit sich sein. Reserven waren das A und O jeder realistischen Tagesplanung.

Sie hüpfte die Treppe hinunter, drückte sich ihre schnurlosen Kopfhörer in die Ohren. Auf der kleinen Piazza blinzelten die ersten Sonnenstrahlen durch die kahlen Bäume und versöhnten Samy mit sich und ihrer verschlafenen Morgenroutine. Der Fitnesstracker war startklar, auf dem Smartphone wartete die Hip-Hop-Playlist »Run This Town«, sie sollte das morgendliche Work-out trotz Verspätung locker angehen, sich nicht auch noch eine Zerrung einfangen. Zu lässigen Beats trabte sie los, am Ende der Piazza links die Gasse hinunter Richtung Tiber. Ein Straßenkehrer fegte die Kippen und Plastikbecher der Nacht zusammen, von irgendwoher wehte der Duft von frischem Brot herüber, eine Mutter zog ihr müde stolperndes Kind hinter sich her, die kleine Kirche hatte schon ihr Portal geöffnet – so niedlich, dieses Trastevere, eine italienische Puppenstube. Aber Samy sollte das Zimmer wechseln. Super Apartment, aber zu viel der Ablenkungen.

Neulich war sie nachts vom Knall der Haustür hochgeschreckt, Fra war singend mit einem Typ über den Flur und mit einem ›wumms‹ gegen ihre Zimmertür getorkelt. Danach aufgeregtes Stöhnen und Keuchen – sehr eindeutig, sehr unangenehm, das wollte Samy nicht hören.

Sie verließ die verschlafenen Gassen des Viertels, auf der breiten Uferstraße dröhnte der Berufsverkehr, pulste durch die Ampelphasen, Hupen und kurze Pausen der Ruhe, bevor der nächste Schwarm Motorräder losbrauste, gefolgt von einer Horde Autos. Hopp hopp hopp, die Treppe an der Ufermauer hinunter zum Fluss, der gelassen in seinem Kanal durch Rom zog. Dort unten konnte man in aller Ruhe Kilometer um Kilometer am Tiber laufen. Samy schaute auf ihre Pulsuhr – Tempo und Herzfrequenz leicht anziehen, sie zog den Reißverschluss ihrer Windjacke etwas herunter.

Trab, trab, trab – sie sollte sich ein anderes Zimmer suchen, in einer Studenten-WG mit Amerikanern. Dieses ständige Musikgedudel, diese Singerei, Blues in allen

Höhen und Tiefen – geschenkt. Aber Fras nächtliche Nummern waren eine Zumutung, und wenn jetzt auch Laura noch mitmachte ... nein, das war unvorstellbar, ausgerechnet Laura! Die war bislang nur muffig durch die Wohnung geschlichen. Und nachmittags hingen diese beiden Typen, die sie bei ihrer Ankunft auf der Straße gesehen hatte, ständig in der Küche herum, und der Rauch ihrer Zigaretten zog vom Balkon in die Wohnung. Okay, dieser Mario war sehr höflich, bot ihr immer einen Espresso an, furchtbares Zeug. Als Samy vergeblich nach der Mikrowelle in der Küche gesucht hatte, hatte er ihr ausführlich und mit vielen Gesten die Funktionen des Gasherdes erklärt: »Fire, you see?« Sollte der Typ nicht in der unteren Wohnung ein Rohr und noch irgendwas reparieren, was sie nicht verstanden hatte, aber sich nach viel Arbeit anhörte?

Samy wechselte die Playlist, erhöhte die beats per minute, es war Zeit für »Energetic Run«, wollte sie noch dehnen und duschen, bevor ihr Seminar losging. Samy spurtete zur nächsten Brücke. Die Frau am Geländer zwischen den Engelsstatuen – war das etwa Laura? Samy hechtete die Treppe hinauf zur Uferstraße und rannte auf die Brücke – tatsächlich! Dort lehnte Laura über der Brüstung und schaute hinunter auf den braunen Fluss. Um diese Zeit? Nach dieser langen Nacht?

»Hi! Laura?!«, keuchte Samy, lief auf der Stelle weiter, Puls hochhalten, »bist du okay?«

Laura drehte sich um, sah Samy. »Hi!«, grüßte sie, »ein schöner Morgen, nicht wahr?«

Wie bitte? Samy erkannte sie nicht wieder – Laura sprach und Laura lächelte!

»Großartig!« Samy nickte anerkennend, zeigte den Daumen hoch und lief weiter. Kurzer Blick auf die Uhr. Sie beschleunigte, Puls wieder hochfahren, ihre Zeit pro Kilometer halten. Spurtete durch die Gassen von Trastevere, wich Schlaglöchern und Kindern auf dem Schulweg aus, der Inder schloss seinen Laden auf und glotzte ihr verschlafen hinterher. Sie winkte kurz, später Salat und Frischkäse kaufen, notierte sie im Kopf. Sie flitzte um die Ecke auf die Piazza, wäre fast in den Zeitungshändler – wie hieß der noch? Vir-irgendwas – reingerannt, der gerade mit Espresso im Plastikbecher aus der Bar geschlappt kam, »sorry!«, rief Samy, nur wenige Meter noch bis zur Haustür, sie fingerte ihren Hausschlüssel aus der Jackentasche – Endspurt! Tür auf, Treppe hoch, hoch, hoch – Samy schnappte nach Luft – geschafft! Sie stoppte die Laufuhr – perfekt, sie war wieder im Plan.

Brillant gelaunt erreichte sie die Uni. Erblickte im Gewühl am Eingang einige der Kommilitonen, mit denen sie in der Einführungswoche schon Pizza gegessen hatte. »Hi guys!«, alle mit breitem Lächeln und vertrautem Akzent, allen ging es prächtig, alle wollten loslegen an dieser fantastischen Uni.

Samy schlängelte sich zum Brett mit den Zimmeranzeigen. Nichts, was auch nur annähernd so stilvoll und großzügig wirkte wie Lauras Wohnung. Aber Mum hatte recht gehabt. In den Studentenwohnungen, die die Uni verwaltete, gab es eine Hausordnung, klare Regeln, Putzpläne. Sollte sie Fra und Laura mal einen Putzplan vorschlagen? Die eine würde vermutlich brüllen vor Lachen, die andere apathisch aus dem Fenster schauen. Aber dieser ständige Abwasch, die leeren Coladosen, Schokopapiere und Pizzapappen, die Fußnägel im Waschbecken, die blauen Haare in der Dusche, der Staub überall – Samy kam sich vor wie ihre eigene Mutter.

Sie musste ins Seminar – und los! Ein guter Start war der erste Schritt in ein erfolgreiches Studium. Sie würde ihr Ding überzeugend durchziehen. Ungewöhnlich sein, witzig, kreativ, zielgerichtet, teamfähig und entschlossen – go for it, Samy!

Es begann glänzend. Der amerikanische Professor war unfassbar cool, drahtig mit Dreitagebart – ein echter Hingucker. Es ging um soziale Medien, »ihre Risiken und Nebenwirkungen« – witzig! Nach zwei Stunden Seminar wusste Samy, dass sie brillant sein würde. Schon am Anfang des Semesters machten sich die Teilnehmer Gedanken über das Thema ihrer Hausarbeit am Ende. Möglichst praxisnah, am Leben orientiert, kein theoretisches Gefasel. Sie seien als Amerikaner in Rom ja alle ein wenig »Strangers in Paradise« – welche Rolle spielten Social Media in ihrem Leben, wie beeinflussten sie ihre Wahrnehmung? Samy ging ein Licht auf – das war ihr Thema. Ein Selbstversuch, orientiert an ihrem neuen Leben in der Fremde. Eine Amerikanerin in Rom, sie würde sich richtig weit aus dem Fenster hängen. Mum sollte sich wundern.

Vergessen war die Studenten-WG. Laura, Fra und sogar dieser Mario, die wunderbare Wohnung – es war das perfekte Setting. Fra musste nur ein wenig italienischer und Laura etwas lustiger werden. Mehr »dolce vita« ging nicht. Direkt, authentisch, mitten aus dem prallen Leben gegriffen. Go for it, Samy!

11

Hatte Laura geträumt? Sie drehte ihren Kopf zu Fabios Kissen, da lag ein schwarzer Hut. Wischte sich über die Lippen – blassrote Streifen auf ihrem Handrücken. Kein Traum, Laura war diese Frau im Spiegel gewesen.

Wie Morgennebel lösten sich die Bilder der Nacht auf. Laura versuchte noch das Gesicht im Spiegel zu lesen, fremd und vertraut, nicht mehr jung, noch nicht alt und noch etwas lag darin – Sehnsucht?

Laura blieb auf dem Rücken liegen, Fra hatte mit ihr gespielt, und sie hatte sich darauf eingelassen. War sie so betrunken gewesen?

Der Whiskey. Wäre Laura nach dem Telefongespräch mit Rolf zu Hause geblieben, hätte sie sich in ihr Schlafzimmer verkrochen und erneut über die effektivste Methode gegrübelt, ihr Elend zu beenden. Eine Pistole in den Mund schieben und – peng. Weg. Sie hatte keine Pistole und keine Idee, wie sie sich eine beschaffen könnte. Puls aufschlitzen? Sie war ein Angsthase. Oder doch ein Versuch mit Schlaftabletten? Das BluNight war die tröstlichere Alternative gewesen. Was waren ein paar Drinks schon gegen eine Überdosis? So war sie im BluNight gelandet und hatte mit dem Whiskey begonnen.

Laura setzte sich auf, stellte die Füße neben das Bett, trug noch immer Hose und Strickjacke vom Tag zuvor. Sie sollte duschen und sich frische Kleider anziehen. Am Ende war sie wohl ziemlich betrunken gewesen, trotzdem kein Schwindel, keine Kopfschmerzen – erstaunlich. Laura zog die Vorhänge zurück. Sonne. Sie könnte einen Morgenspaziergang machen. Frische Luft – wie spät war es eigentlich? Halb acht. Sie konnte nicht mehr als vier oder fünf Stunden geschlafen haben, aber war wach, richtig wach.

Erst als Laura auf der Brücke zwischen den Engeln stand und dem Fluss hinterherschaute, fiel ihr auf, dass sie an diesem Morgen noch nicht an Fabio gedacht hatte. Nicht einen Moment. War sie etwa dabei, ihn zu vergessen? Sie überprüfte die Erinnerungen, sein schüchternes Lachen, als sie ihm das Straftticket hinterhergetragen hatte, seine wackelige Stimme, als er ihr auf dem Petersplatz sein Leben angetragen hatte, seine heimlichen Seufzer, wenn die Telefonnummer seiner Mutter Tiziana auf dem Handydisplay erschien ... Laura war beruhigt, alle Erinnerungen noch lebendig. Nur das dumpfe graue Gefühl, das sich jeden Morgen ausbreitete, fehlte. Stattdessen fühlte sie einfach Stille.

Glückskekse finden, hatte Fra gesagt.

In diesem Moment tippte Samy ihr auf die Schulter.

Laura schaute der Amerikanerin hinterher, dem wippenden Pferdeschwanz, während sie die Uferstraße entlangtrabte. Sie hatte noch nie so eine perfektionistische junge Frau erlebt. Vor einigen Tagen hatte Laura aus der Küche beobachtet, wie Samy im Wohnzimmer ein Selfie arrangiert hatte. Zunächst hatte sie Fras verstreute Spuren – Noten, CDs, Puderdosen, Lippenstifte, Strümpfe, Pumps und die üblichen Schokopapierchen – kurzerhand in einen Zeitungskorb geworfen. Danach Sessel und Beistelltisch an das hohe Fenster geschoben, einen Strauß Rosen dazugestellt, Schal und Jacke über die Sessellehne drapiert, als hätte sie sie gerade dort hingeworfen. Schließlich stellte sie ihr Handy mit Selbstauslöser ins Regal und spurtete zum Sessel, setzte sich in die Szenerie, griff nach einer leeren Espressotasse und tat so, als schnuppere sie genussvoll. Laura hatte ja schon einige Selfie-Hampeleien bei ihren Schülern gesehen, aber Samys Arrangement schlug alles. Als sie fertig war, räumte Samy in Rekordzeit alles wieder weg, und das Wohnzimmer sah tipptopp aus, wie früher – nur entstaubt.

Sonnenstrahlen blinkten auf dem braunen Wasser des Tiber. Ihr erstes Selfie hatte Laura mit Fabio gemacht, hier, bei dem Engel auf der Brücke. Als wäre sie damals noch ein junges Mädchen gewesen – und nun …? Atmen, weitergehen.

Über die Brücke in die Altstadt. Sie streunte durch den Morgen, tauchte ein in die schattigen, kühlen Gassen. Das Kopfsteinpflaster war noch feucht – wie oft war sie mit Fabio hier …? Ein Polizist schlenderte an den Schaufenstern der geschlossenen Läden entlang, grüßte sie mit einem Lächeln.

Die geschwungene Schrift einer Gelateria leuchtete so pink wie die Schleife, die sich Fra neulich ins blau-grüne Haar gewunden hatte, farblich passend zu ihrem Lippenstift und Nagellack. Sie war die schrillste Person, der Laura jemals begegnet war, und sie hatte sich mit penetranter Selbstverständlichkeit ausgerechnet in ihrer Wohnung ausgebreitet. Neulich hatte sie Fra im Wohnzimmer angetroffen, Sofas und Sessel an den Rand geschoben, aus Fabios Hi-Fi-Anlage brüllte Muddy Waters. Fra mit einem Fuß auf dem Kaminsims, die Zehen umfasst, um mit wohligem Grunzen ihren Rücken über dem voluminösen Bein zu dehnen. Dann zog sie den Fuß zurück, ließ sich mit gespreizten Beinen auf den Boden sinken und röhrte den Refrain: »I'm in the mood – I'm in the mooohooohooood for love!«

Trotz allem, irgendwie begann Laura Fra und auch Samy zu mögen.

Am Ende der Gasse öffnete sich die Piazza Navona, friedlich, ein wenig verloren lag diese lange Ellipse zwischen hochgewachsenen Häusern. Morgendliche Frische umwehte den Obelisken, die monumentalen Brunnen, die Statuen wilder Männer mit riesigen Füßen und Händen. Noch bevölkerten keine Straßenmusikanten, Clowns oder Feuerschlucker den Platz, keine reglosen goldenen Gestalten in historischen Gewändern, die mit dem »Pling« einer Münze ihre Pose änderten, keine Maler, die ihre zweifelhaften Gemälde ausstellten – Fabio war immer seufzend und kopfschüttelnd durch diese Straßengalerie spaziert, ohne den ambitionierten Künstlern auch nur einen Blick zu schenken. Laura spürte das Ziehen in der Brust – ein Blick in den Himmel, weitergehen – die Piazza lag wieder im Glanz des Morgens vor ihr. Pur, ohne Touristen-Tamtam. Damen in Wintermänteln führten ihre Hundchen aus, blieben stehen, plauderten.

Sie war so schön, diese uralte Stadt, und morgens vor zehn gab es in all der Monumentalität tatsächlich noch Alltagsbilder.

Auf dem Campo dei Fiori waren die Marktstände aufgebaut, schön sahen die bunten Kisten voller Obst und Gemüse aus, die schillernden Fische, sogar die Wolken bunter Blumen ertrug Laura heute Morgen. Sie könnte etwas einkaufen, hörte, wie sich Hausfrauen von den Händlern umwerben ließen, »schauen Sie, dieses Kalbfleisch, für Sie ein besonderes Stück. Sehr gute Wahl, Signora!« und nebenan, »noch einen bitteren Radicchio zum milden Kopfsalat? Probieren Sie eine dieser zuckersüßen Clementinen aus Sizilien. Und der Schwarzkohl, frisch aus der Toskana, sehr zu empfehlen. Ihnen gefallen die Kürbisse? In der Tat Prachtstücke, nicht wahr? Nehmen Sie ein paar säuerliche Äpfel dazu …«

Laura stand unbeteiligt in diesem Geschwätz, für wen sollte sie einkaufen? Für Fra, die sich nur von Junkfood und Süßkram ernährte? Samy, die überall ihr komisches Dressing draufschüttete? Mit Fabio hätte sie überlegt, was sie abends kochen könnten … es reichte erst mal. Laura spürte die wenigen Stunden Schlaf. Sie musste nach Hause, bevor die Trauer sie wieder einhüllte.

Auf dem Weg zurück zum Fluss fiel ihr ein Laden auf, den sie vorher nie beachtet hatte. Ein Fahrradgeschäft. Vor dem Schaufenster waren gebrauchte Fahrräder angekettet, und ganz außen stand eine »Graziella«, eine Art Hollandrad mit geschwungenem Lenker, an dem sogar ein Korb befestigt war.

Laura hatte kein Auto in Rom. Sie hatten Fabios Auto gehabt, wenn sie ans Meer wollten oder an den Bolsenasee oder in dieses Dorf in der Toskana, wie hieß es noch …? Seine Nichte hatte den Wagen gerne übernommen, Laura hätte nicht mal mehr die Tür öffnen können.

Sie blieb stehen, stützte sich am Sattel der Graziella ab. Atmen. Ein, aus. Ein Preisschild hing am Gepäckträger. Sie schaute genauer hin, 120 Euro.

In Deutschland war sie immer Fahrrad gefahren, in Rom schien es verrückt, in diesem Verkehr. Aber in den Gassen? Als Mädchen war das Fahrrad ihre Freiheit gewesen. Ihre Rettung, wenn die Geschwister zu laut plärrten, ihre Mutter nur noch kreischte und Laura in den Wald flüchten wollte. Auf schmalen Wegen zwischen Feldern hindurch, der Geruch nach Kuhdung, der hohe Himmel, die jubilierenden Lerchen – 120 Euro. Kein Gedrängel im Bus, keine Angst zu ersticken, Laura spürte den Fahrtwind. Und betrat den Laden.

Fra saß in ihrer knappen rosa Seide am Küchentisch und feilte sich die Fingernägel. Das übliche Morgen-

Arrangement: Cafettiera und Milchtopf auf dem Herd, Cappuccino-Tasse und Schokokekse, auf dem Tisch. Laura hörte ein müdes »Ciao!«, ohne dass Fra den Blick von den Fingernägeln hob. Zu früh für ihr permanentes Geschnatter, gut so. Laura wollte nur einen Tee und zurück ins Bett. Sie war erschöpft nach dieser kurzen Nacht, dem frühen Morgenspaziergang, den ungewohnt lichten Gedanken zwischen den Erinnerungen. Schließlich die Fahrrad-Nostalgie – sollte sie nachmittags tatsächlich das Fahrrad bezahlen und abholen? Sie hatte sich vor dem Laden auf die »Graziella« gesetzt und war bis zum Ende der Gasse geradelt – ein rollendes Sofa. Sie hatte kein Geld dabeigehabt, aber der Händler wollte bis zum Nachmittag ohnehin alles noch einmal ölen und das Licht kontrollieren. Sie sollte es sich überlegen.

Laura füllte den Wasserkessel und stellte ihn auf den Herd, fand Teebeutel in der Schublade unter den Gewürzen, und wo war nun die Kanne? Seitdem Samy hier ständig aufräumte, fand Laura nichts mehr. Fra summte eine Melodie, demnächst würde das Gequatsche losgehen.

Laura fühlte sich beklommen. Wie sollte sie mit Fra reden? Nach dieser letzten Nacht, dieser unangemessen intimen Situation mit dieser eigentlich fremden Person? Fra hatte das Gesicht im Spiegel hervorgelockt, hatte ihre Hände auf Lauras Hüften gelegt und sie mitgenommen in die Musik, in die Bewegung, in dieses tröstliche Wiegen. Laura war sich selbst fremd gewesen, und diese Fra, die hatte das alles gesehen. Auch die Sehnsucht.

Die Lieblingstasse, wo, verdammt, war die bauchige Tasse, die Laura mit Fabio bei der Töpferin in der Toskana gekauft hatte? An diesem Herbsttag, als der Wein auf den Hügeln rot und golden in der Sonne strahlte und ... – Schluss. Die Tasse stand im Schrank beim Frühstücksgeschirr.

Laura beeilte sich, Fra hatte die Nagelfeile zur Seite gelegt, betrachtete ihre Nägel und trällerte sanft kletternde di-di-di-di und fallende du-du-du-du. Teebeutel in die Kanne, Wasser drauf, Honig, Löffel, Tasse, alles aufs Tablett –

»Ich denke«, hob Fra in diesem Moment an, »ich sollte Antoine auf dich ansetzen.«

Laura stolperte, konnte das Tablett gerade noch retten. »Was?!«, der Löffel klirrte auf den Fußboden.

»Antoine wird sich in seiner zauberhaften Art um dich kümmern und dir einige Tanzschritte zeigen.« Fra lächelte.

Laura starrte diese rosa glänzende Erscheinung in ihrer Küche an, stellte scheppernd das Tablett auf dem Tisch ab. Wovon redete die? Der Löffel, wo war der Löffel? – Unter dem Tisch, zwischen rosa Hausschühchen mit Federpuschel.

»Antoine ist der Beste, maßlos charmant und extrem geduldig, alte Schule, auch in schwierigsten Fällen.«

»Ich will nicht tanzen lernen ...«

»Du willst, Schätzchen. Du weißt es noch nicht, aber dein Körper sehnt sich.«

Raus hier. Mit dem Fuß angelte Laura nach dem Löffel unter dem Tisch, während Fra versonnen weiterplapperte.

»Wenn ich tanzen gelernt habe, kannst du es auch. Ich war nie dünn, sah nie auch nur annähernd aus wie eine Ballerina, aber mein Körper wollte tanzen. Immer! Ich habe damals mit Swing angefangen. Mario hat mich mitgeschleppt – stell dir das vor! Mario!«, sie gluckste, »der kann nicht bis zwei den Takt halten. Aber diese Swing-Tanz-Hopserei würde ich dir ohnehin nicht empfehlen. Du bist Blues. Langsame Bewegungen, achtsam das Nichts zwischen den Noten auskosten …« Sie summte eine getragene Melodie, ließ ihre Hand dazu durch die Luft gleiten und schaute Laura mit ihren noch ungeschminkten Kulleraugen an. Die war mit Teetasse, Löffel und wieder mal sprachlos im Boden festgeschraubt. »Du wirst es lieben, Laura. Antoine und ich haben schon ganz andere Knochen weichgekocht. Don't worry.«

12

Fra schaute nervös auf die Uhr. Gleich sollte Antoine kommen, und Mario hing immer noch mit seinem Klempnerkumpel in der Küche rum. Auf dem Tisch hatte er verschiedene Kacheln ausgelegt, Muster für das neue Bad, obwohl noch niemand irgendetwas entscheiden musste. Bislang war nur eine Wand aufgestemmt und das kaputte Rohr ausgetauscht worden. Weitere Rohre waren zu erneuern, hatte Mario beschlossen, und Pippo, sein kleiner drahtiger Klempnerkumpel, hatte wissend genickt. »Jetzt sind wir schon mal dran …« Von Mörtel und Putz geschweige denn Kacheln und Armaturen konnte also noch lange nicht die Rede sein. »Aber wir müssen einen realistischen Kostenvoranschlag machen und das Material schon mal bestellen«, eiferte sich Mario. Die Farbpalette der Kacheln auf dem Küchentisch changierte zwischen Eierschale und Jägergrün. »Unterirdisch«, schnaufte Fra, wo hatte Mario diese Restposten bloß ausgegraben?

»Diese Kachelauswahl liegt in dem Preisrahmen, den sich dein Vermieter vorstellt«, erklärte Mario. Fra beschloss, mal wieder früh aufzustehen und Signora Mattarella bei Virgilio abzufangen. Die sollte sich ihren preisbewussten Sohn vorknöpfen. Bevor Fra die beiden Baumeister aus der Wohnung scheuchen konnte, klingelte Antoine.

Mario sollte ihn besser nicht treffen. Er meinte, Antoine wäre verantwortlich für Fras schräge Abwege und also auch für ihre, genauer: *seine* verunglückte Liebe. Seitdem jedoch Fra in dieser gutbürgerlichen Wohnung bei Signora Laura lebte, war Mario nachsichtig und hielt sich mit Kommentaren über »diesen Taxifahrer« zurück. In dem gediegenen Ambiente von Lauras Wohnung wähnte er Fra sicher vor dem bunten Vogel, und das sollte so bleiben.

Fra flitzte zur Haustür, aber Laura war schon aus ihrem Schlafzimmer geschlappt, hatte die Haustür geöffnet und stand Antoine gegenüber.

»Buonasera Signora Laura.« Antoine nahm seinen Hut ab, deutete eine Verneigung an und reichte Laura seine Hand. »Fra ist in der Küche.« Laura trat zur Seite, hinter ihrem Rücken gestikulierte Fra, Antoine sollte dort bleiben, wo er war.

»Ich war gerade in der Ecke, und wenn Sie erlauben, nehme ich Sie in meiner Taxe mit.« Antoine war in Bestform.

»Taxe? Wohin?«, fragte Laura irritiert.

»Es ist Donnerstag, und leider regnet es«, Antoine trat in den Flur, nahm Lauras Hand und umschloss sie, »darf ich mir erlauben, Sie trockenen Fußes zu Ihrer Tanzstunde mit mir zu entführen? Sie sind fertig?«

Laura sah aus wie immer. Fader Strickpulli, zu weite Wollhose, Filzpantoffeln und sowieso ungeschminkt, aber Antoine strahlte sie an, als sei sie Königin Kleopatra, und ließ ihre Hand nicht los. »Kommen Sie!« Er nickte kurz zur Tür. Fra stand wie das Mäuschen hinter der Flurecke und wäre vor Eifersucht gestorben, hätte sie das Theater nicht selbst inszeniert. Antoine machte den Prinzen, und draußen wartete sein Schimmel.

»Nein, also, nein, das geht nicht …«, wehrte sich Laura, aber das klang wackelig. Fra hielt die Luft an.

»Aber sicher geht das«, strahlte Antoine, »ziehen Sie sich bequeme Schuhe an und los geht's!« Er war fantastisch, und Laura? Fra beobachtete das Gesicht im Spiegel, tatsächlich, es hellte sich auf, und da zeigte sich ein Lächeln! Vorsichtig, ungläubig, aber ein Lächeln war über ihr Gesicht gehuscht! War es die nächtliche Hutnummer vorm Spiegel gewesen oder dieses Fahrrad, auf dem Laura neuerdings durch Trastevere schaukelte? Seit einigen Tagen regte sich etwas in ihr.

Auch Antoine hatte dieses kleine Lächeln gesehen, hob erfreut die Augenbrauen und schloss die Tür hinter sich. »Dann warte ich sehr gerne auf Sie.«

In diesem Moment hörte Fra, dass Mario und sein Klempnerkumpel in der Küche die Kacheln zusammenpackten. Sie platzte hinter der Flurecke hervor: »Wunderbar! Dann fahren wir alle zusammen. Wartest du *unten*?«, sie fixierte ihn und öffnete die Haustür, »das wäre wirklich zauberhaft …« Mario musste nicht mitkriegen, dass Antoine dabei war, auch Laura zu verführen »Mädchen haben es nicht gerne, wenn ihnen Jungs beim Wimperntuschen über die Schulter gucken.« Fra schloss die Tür hinter Antoine und drehte sich zu Laura um.

Dieser Blick – als ob sie als Hauptdarstellerin in die Geisterbahn verschleppt werden sollte.

»Er ist charmant, nicht wahr?« Fra klatschte in die Hände, »Hopp hopp, kein großer Aufriss heute, es ist nur eine Tanzstunde.« Sie schob Laura ins Schlafzimmer. »Dein Pullover ist zu warm. Zieh dir eine hübsche Bluse an, fertig.«

»Geht ihr noch aus?« Mario stand an der Haustür.

»Frische Luft schnappen«, antwortete Fra kurz und verwickelte Mario in einen Diskurs über stilvolle Kacheln, weniger erträgliche Kacheln und absolute No-go-Kacheln und welchen Effekt solche Friedhofsfarben auf ihre Morgenlaune hätten, und: »Es muss in diesem Kachel-Discounter doch bitte schön auch bisschen was Freundliches geben, ein wummeriges Rot oder quietschiges Gelb.«

Mario verdrehte die Augen. »Ich finde die Farben meiner Musterkacheln angenehm schlicht, damit macht man nichts verkehrt.«

Fra seufzte. Schon klar, Mario. »Wie wäre es mit einem munteren Mausgrau?«, spottete sie und beschloss, die Diskussion abzubrechen. Antoine saß inzwischen in seinem Taxi. »Ciao Mario, grazie und bis morgen.«

Du lieber Himmel, die erste Tanzstunde ihres Lebens! An das zufällige Gestolpere bei ihrem ersten eiligen Besuch im BluNight mochte Laura sich nicht erinnern. Und schon gar nicht an diesen Typ, in dessen Maurerhänden sie sich in Tränen aufgelöst hatte. Ein umfassend peinlicher Auftritt.

Warum also stand sie vor ihrem Kleiderschrank und hielt Ausschau nach einer »hübschen Bluse«?

Vielleicht war es die gleiche Laune, die sie zum Kauf des Fahrrades bewogen hatte – das eine war so unvorstellbar gewesen wie das andere. Sie hatte Tiziana am Telefon von dem Fahrrad erzählt und hörte zum ersten Mal in einem Gespräch mit ihr – nichts! Aber dann: »Fahrrad?! In Rom? Lebensgefährlich! Bist du des Wahnsinns? Wo willst du hier Fahrrad fahren? Du bist nicht in Deutschland, bei euch ist das geregelt und organisiert mit Fahrradwegen, aber was glaubst du, wo du hier lebst? In diesem irren Verkehr!« Laura hatte auf jeden Einwand verzichtet. Sie rollte einfach gerne auf ihrer gemütlichen Graziella durch die Gassen von Trastevere, das genügte.

Wenn ich schon Fahrrad fahre, dachte Laura mit leichtem Trotz und in Gedanken an Tiziana, kann ich auch Blues tanzen. Also, eine hübsche Blues-Bluse. Die cremefarbene? Die mit den Rosen? Luftig, leicht, bunt – Laura schauderte. Sie konnte es einfach nicht. Stand vor ihrem Schrank mit sommerlichen Kleidern und Blusen, all diesen Klamotten aus einem anderen Leben.

Aber Antoine war nachhaltig mit seinem Flutlicht-Lächeln durch die Wolke gedrungen, die Laura nachmittags eingehüllt hatte. Also gut, vielleicht die dunkelblaue mit den kleinen schimmernden Knöpfen? Ja, die ging.

Kurz darauf saß Laura in Antoines Taxi und stand eine halbe Stunde später im Kreis der Tänzer. Versuchte ihre Schultern zu rollen, Hüften zu kreisen, in den Knien zu wippen und locker zu sein. Nicht hoch gestreckt wie eine Tangotänzerin, sondern tief, tief, tief, tief, sich mit der Erde verbinden. Afrikanische Wurzeln, Mutter Erde, großer Atem, weiche Knie. Die Gelenke knirschten, die Muskeln zerrten, die Bewegungen holperten – nicht denken, Laura, einfach nicht denken.

Nach dem lässigen Warm-up der erste Grundschritt. Zum Glück jeder für sich. Ohne Partner, ohne anfassen. Schritt nach links und tipp, rechts – tipp, Schritt – tipp.

»Sehr schön«, freute sich Fra.

»Das gefällt mir«, lobte Antoine und drehte die Musik lauter. Blues-Gitarre, raue Stimme, dumm-de-dumm-de-dumm. Durch den Raum wippen. Schritt-tipp, vor einem anderen Tänzer stehen bleiben, Schritt-tipp, anschauen, Schritt-tipp, in die Augen – Hilfe! – und sich vorstellen, »Antoine!«, hörte Laura und schaute hoch. Da war er wieder mit seinen flimmernden Augen – Schritt-tipp, »Laura«, sagte sie leise. Schritt-tipp, weitergehen. »Alessandro« – kastanienbraune Augen, sie presste »Laura«, hervor. Schritt-tipp. Weiter. Es ging. Schritt-tipp. Füße rollen, tief bleiben, Schultern locker, ausatmen. Laura schritt und tippte durch den Raum. Hörte Namen, Elena, Fulvio, Andrea, Lollo, Daniela …, stehen bleiben, angucken, lächeln,

Name, weiter. »Edo«, hörte sie. Sie sah die Hände, nein, nicht der ... »Edo«, wiederholte er leise. Lächelte. »Laura«, hauchte sie und Schritt-tipp, Schritt-tipp.

Sie standen wieder im Kreis.

»Wer will führen? Wer will folgen?«, fragte Fra, »jeder und jede hat die freie Wahl!«

»... und ich lasse mich auch gerne mal führen«, ergänzte Antoine mit feinem Lächeln. Auch das noch. Laura wollte nichts entscheiden. Aber da stand schon der Maurer, wie hieß der noch?, vor ihr und legte eine Pranke weich um ihre Taille, nahm ihre Hand und Laura erstarrte.

Rhythmischer Gitarrensound erfüllte den Saal, eins und zwei und – selbst Laura konnte schwer neben den Takt treten. Sie konzentrierte sich auf die Musik. Schön, wirklich schön, sie vergaß ihre steifen Beine – gut fühlte sich das an.

»Partner wechseln!«, rief Antoine, und ein junger Typ löste den Maurer ab. Gepflegter Vollbart, holperiger Schritt. Und wechseln – der Nächste war viel zu groß, wippte in den Knien, als ob sie in einem Boot auf hoher See gleich kenterten – aber sollten sie das nicht so machen? Weich in den Knien? Laura hörte den Blues, versuchte mitzuschwingen, stolperte. Atmen. Schritt-tipp, und manchmal war er da, der richtige Pulsschlag, schön. Und Partner wechseln.

Dann Drehungen, unter dem Arm des anderen hindurchgehen. Was bei Fra und Antoine so leicht aussah, fand Laura fürchterlich kompliziert. Antoine stand vor ihr. Flutlichtlächeln. »Noch mal probieren?« Sie nickte.

Wurde leichter, drehte sich, Schritt-tipp, Ton für Ton, wie Tropfen fielen die Töne in einen See und zogen Kreise. »Schließ die Augen«, sagte Antoine, »hör die Musik.«

Einfach mitgehen, im Blues sein. Alles gut.

Dann war die Stunde vorbei. Schon? Fra kam zu ihr. »Bleibst du noch? Ich stehe heute Abend hinter dem Tresen.« Die ersten Gäste hatten sich in den geschmeidigen Sesseln niedergelassen. Der Barraum wirkte wie ein Vintage-Wohnzimmer, in der Ecke verschwand ein Sofa im Dämmerlicht. »Ich bringe dir einen Whiskey. Hier hängen ständig einsame Blueser herum, halten sich an ihrem Glas fest und hören Musik.«

Aber Laura schüttelte den Kopf, sie war erschöpft.

»Ich muss noch meine Swing-Tänzer im Fitnessstudio unterrichten.« Antoine tauchte in seinem Mantel mit schmuckem Fellkragen auf, den kessen Filzhut schräg auf dem Kopf. »Ich bringe Laura nach Hause, es regnet immer noch.«

»Danke«, sagte Laura, und wollte eigentlich ablehnen, »sehr gerne.«.

Antoine lächelte zufrieden, nahm Lauras Mantel und half ihr hinein und als sie die Knöpfe geschlossen hatte, reichte er ihr galant seinen Arm. »Darf ich …?«

Fra kicherte: »Mach ihm die Freude!«

Und so geschah noch etwas, das Laura vor wenigen Tagen nicht für möglich gehalten hätte. Sie verließ am Arm von einem Typ, der aus einem Film mit Fred Astaire und Ginger Rogers gefallen und ihr vor Kurzem noch nachts in einer völlig absurden, gleichsam obszönen Szene erschienen war, diese Bar, diesen Musik- oder Nachtclub – ja, was war das hier eigentlich für ein Etablissement im Souterrain? –, in dem sie gerade ihre erste Blues-Tanzstunde absolviert hatte. Sie, die trauernde Deutschlehrerin, Anfang 50, mit Theaterabonnement, fühlte sich am Arm dieser Comic-Figur geborgen.

Dann saßen sie allein im Taxi.

»Es hat dir gefallen?«, fragte Antoine und schaute kurz zu ihr hinüber. Laura nickte.

»Das freut mich«, er bremste langsam an einer roten Ampel, »sehr«, setzte er hinzu und betrachtete sie im Dunkeln. »Dann darf ich mir erlauben, das Du anzubieten?«, er lachte verhalten, »ich bin der Ältere.«

»Nein!«, sagte Laura, »also, nein, ich meine, Sie sind doch nicht älter …, also du, aber älter doch nicht!« Sie verhaspelte sich wie ein Teenager.

»Doch, doch«, Antoine legte den Gang ein und fuhr gemächlich an, »es geht hart auf die sechzig zu.« Er schnalzte kokett mit der Zunge. »Das ist die Wahrheit. Die kleine Fra möchte es auch nicht wahrhaben.«

»Das hätte ich nicht gedacht«, sagte Laura brav und steif. Sie hatte keine Ahnung, was sie gedacht hätte. Eigentlich hatte sie bislang gar nichts gedacht. Antoine setzte den Blinker und bog in die Gasse, die zu ihrer Piazza führte. In der Dunkelheit leuchtete die Neonschrift »We're open!« von Samirs Laden an der Ecke. Der Inder war dabei, die Gemüsekisten zusammenzustellen.

»Du kannst mich hier rauslassen. Ich kann noch eine Kleinigkeit einkaufen.«

Antoine nickte und rollte auf den Kantstein. Er hielt und wandte sich zu Laura. »Also dann.« Die Straßenlampe streute Licht in das dunkle Taxi. Laura sah ein feines Lächeln unter dem Strich des Schnurrbartes. »Sehen wir uns zur nächsten Blues-Stunde?«

»Wahrscheinlich ja, aber ...«, sie zögerte, »ich verspreche lieber nichts. Es geht mir zurzeit nicht besonders, also mal so, mal so ...«

»Aber heute Abend eher mal so«, Antoine hob den Daumen, »richtig?«

»Es hat Spaß gemacht«, gab sie zu, »ich habe nicht geahnt, also, ich kann ja gar nicht tanzen, aber die Musik war so, angenehm, in mir irgendwie ...« Sie schluckte, was brabbelte sie hier, noch dazu mit diesem Antoine?

Sie hörte ein verständiges, tiefes »Hmhm«, dann weitete sich eine Pause. Laura öffnete den Sicherheitsgurt, wollte aussteigen.

»So ist es«, sagte Antoine leise, »du tanzt nicht den Blues. Der Blues ist schon in dir.«

Antoine stieg aus, ging um das Taxi und öffnete Laura die Tür. »Dann bis nächsten Donnerstag«. Er nahm ihre Hand, deutete einen Kuss an. Da war es wieder, dieses schelmische Lächeln, sehr merkwürdig, das alles.

»Ich muss weiter, meine Swing-Tänzer bewegen«, Antoine verdrehte leicht die Augen, »die Welt ist verrückt nach Swing«, er streckte seinen Arm aus und trippelte einige schnelle Schritte vor und zurück und beendete die

Einlage mit einer Drehung auf der Stelle. »Swing für mein Konto, Blues für die Seele.«

Laura drückte die Tür zu dem kleinen Laden auf, Samir zählte schon das Geld in der Kasse. »Verkaufst du mir noch eine Flasche Rotwein?«

Samir schaute hoch. »Sicher!«, er lächelte erstaunt, »und eine richtig dunkle Zartbitterschokolade?«

Ein kurzer Stich. Atmen. Die perfekte Vereinigung von Aromen. Atmen. Laura liebte dunkle Schokolade, Fabio Rotwein. Die Kombination war genial. Rotwein hatte Fabio zwar nur in allerhöchster Not bei dem Inder gekauft, aber dann immer den teuersten, den Roten aus der Toskana für 9,50 Euro, und immer zusammen mit 70-prozentiger Zartbitterschokolade, am besten die mit Meersalz, die Samir vermutlich exklusiv für Laura ins Sortiment genommen hatte. Zartbitter und Rotwein, eine kongeniale Verbindung, deutsch-italienisch, Laura und Fabio. Atmen.

»Ja, gerne.« Laura ließ die Schultern fallen und wippte ein-, zweimal in den Knien. Spürte ihre Füße. Schritt-tipp.

Samir stellte die Leiter ans Regal, kletterte hinauf, zog den Rosso di Montalcino hervor, schaute Laura von oben an. »Was ist passiert? Wo kommst du her? Gelächelt hast du zum letzten Mal, als …«

»Ich bin ausgegangen«, unterbrach Laura schnell. »Tanzkurs.«

Er kletterte die Leiter herunter, betrachtete sie. »Tanzen macht glücklich, wusstest du das? Kinder tanzen, bevor sie sprechen können. Alle Völker auf der Welt tanzen, schon immer, seit es Menschen gibt. Was tanzt du?« Er studierte das Regal mit den Süßigkeiten.

Laura zögerte. »Blues …«

»Blues?« Samir drehte sich überrascht um.

»Ich habe gerade erst angefangen, also nicht so richtig …«

»Hier, in Rom? Blues?«, fragte Samir, »tatsächlich?«

Er zog eine Schokoladentafel aus einer hinteren Schachtel, ging zur Kasse.

»Im BluNight – kennst du das?«

»Leider nicht«, sagte Samir.

Er tippte 9,50 Euro in die Kasse und packte Rotwein und Schokolade in eine Plastiktüte. »Die Schokolade ist geschenkt.«

Laura lächelte, suchte nach ihrem Portemonnaie.

»Als ich in London war, habe ich Blues getanzt«, sagte Samir und klang ein wenig sehnsüchtig, als erzählte er von lange vergangenen Zeiten.

Laura gab ihm einen Zwanzigeuroschein. »Auch in London tanzt man Blues?«

»Ja«, sagte Samir leise, schaute an Laura vorbei in die Nacht.

13

»Wild women don't worry – wild women don't have the Blues«, brummte Fra selbstbeschwörend ihr Mantra. Sie stapfte durch die Stadt im Nieselregen. Es wurde gerade dunkel, pure Februar-Tristesse. Nicht mehr richtig Tag und noch nicht Abend. Nicht rumjammern, Kopf hoch, Baby, weiter geht's!

Fra zog ein Taschentuch aus ihrer Jackentasche, schnäuzte sich. Scheiße. Hör endlich auf, rumzuheulen. Von wegen wild women. Fra, du dummes Huhn. Sie war geschmeichelt gewesen, als der Journalist sie nach ihrem Interview erneut angerufen hatte. Ob sie auf einen Sprung mal eben vorbeikommen könne. Nur ein paar Nachfragen, er sitze gerade am Artikel, außerdem sei auch eine Radiosendung denkbar, ein befreundeter Redakteur habe Interesse angemeldet. Eine Radiosendung! Über Fra – die römische Blues Queen! Sie war schon unterwegs. Im Kopf seinen Blick, als sie sich nach dem Interview verabschiedet hatten. Eindeutig. Sehr charmantes Lächeln, schnuckeliger Typ. Bisschen jung für ihr Beuteschema, aber warum nicht mal eine Erfrischung?

Fra hätte stutzig werden sollen. Ob sie sehen dürfte, was er schon geschrieben habe, hatte sie gefragt. Und er: »Noch nicht fertig, habe gerade so viel auf dem Tisch.« Dabei grabbelten seine Hände schon unter ihrem Pullover.

Grundsätzlich war Fra ja nicht abgeneigt gewesen. Sex am Nachmittag konnte gleichzeitig wunderbar schläfrig und aufregend sein, aber doch nicht so! Schwupps, hatte er sie auf dem Sofa, zwischen herumfliegenden Zeitungen und seinem überfüllten Schreibtisch begann dieser wahnsinnig beschäftigte Journalist auf ihr herumzuruckeln, keine Raffinesse, keine Spielerei, Fra versuchte, ihn zu bremsen, er stierte sie blöde an, keuchte wie eine Dampflok, bis er nach einem letzten Stöhnen seufzte: »Nette Anzahlung, Blues Queen.« Ob sie morgen Nachmittag schon etwas vorhabe, der Artikel sei dann vielleicht geschrieben ... Fra hatte ihm eine gescheuert, »bestell dir eine Gummipuppe ...« Ein paar billige Quickies für den Artikel eines aufgeblasenen Jünglings, der vögelte wie ein Kaninchenbock?

Mit verschränkten Armen hatte er an der Haustür gelehnt, Fra beobachtet, während sie ihre Klamotten eingesammelt und angezogen hatte, die Tür wortlos geöffnet und leise hinter ihr geschlossen. Sie hätte kotzen können.

Von wegen groß rausbringen, du dummes kleines Mädchen, von wegen »Wild women ...« Fra lehnte an der Brüstung der Brücke über den Tiber, ihre Lippen zitterten immer noch, wütende Tränen rannen über ihr Gesicht. Sie hätte es mit Ester Philipps halten sollen: I like my men like I like my whiskey – aged and mellow. Ein Whiskey wie Antoine oder auch Eric – angenehm gealtert, ein wenig herb, aber doch weich im Geschmack.

Fra schaute dem Lauf des Flusses hinterher. Mit der Gummipuppe und der Ohrfeige hatte sie nicht nur ihre Chancen auf eine tolle Presse versenkt, nein, diese Geschichte war noch nicht beendet. Sie kannte solche Typen, Scheiße, verdammte.

Fra schauderte, die feuchte Luft kroch durch ihren Mantel. Über die Brücke trottete sie zurück nach Trastevere, zurück in die Traumwohnung mit dem wunderbar weichen Sofa. Sie würde sich in den Polstern zwischen all den Büchern und Gemälden verkriechen, mit ein paar Schokoriegeln und einem dicken Kakao – mit Schuss? Mit Schuss. Sie könnte den Kamin anfeuern. Musik hören. Ins Feuer gucken. Noch ein bisschen traurig sein. Vielleicht war Laura da. Bestimmt war Laura da. Gut so.

Laura hatte sich verändert, sie war in Bewegung gekommen. Der Blues zeigte seine Wirkung. Wenn Laura tanzte, lächelte sie, manchmal zumindest. Träumte sie sich zu ihrem Fabio? Sie stakste immer noch etwas unbeholfen, schaute auf ihre Füße und nur selten ihren Partner an, aber schien die Berührungen beim Tanzen, die Umarmungen zu genießen. Vor allem wenn Antoine sie in seiner galanten Art zur Seite nahm und sie sanft durch Schrittfolgen und Figuren führte, von denen Laura vermutlich nie geahnt hatte, dass sie in der Lage sein könnte, so etwas zu tanzen. Das konnte Antoine, er war ein begnadeter Tänzer. Wusste genau, wie er seinen Körper bewegen musste, damit Frauen ihm blind folgen konnten. Wie fest oder weich er seinen Arm um ihre Hüfte legen konnte, damit sie sich entspannten und nicht nachdachten. Ihm vertrauten. Sich in den Blues mitnehmen ließen. Und vielleicht sogar lächelten.

Antoine liebte Frauen, manche Männer und Fra. Er gab jeder das Gefühl, etwas ganz Besonderes, Einzigartiges zu sein. Dann verschwand er aus dem Leben der meisten Frauen. Das Erstaunliche war: Sie waren ihm nicht böse. Jede Frau hatte mindestens ein liebenswertes Detail. Antoine fand es und schenkte es ihnen. Vielleicht waren es nur die feinen, weichen Härchen am Ohrläppchen, ein unscheinbarer Flaum, der im Gegenlicht der Sonne luftig schimmerte. Eine Ader am Hals, die in höchster Erregung anschwoll, und er strich mit dem Finger darüber – eine Geste, die ausreichte, um diese Frau aufjubeln zu lassen. An dieser Explosion der Lust wiederum erfreute sich Antoine.

Zu Fra kam Antoine immer wieder, vermutlich weil sie so viele erstaunliche Details verbarg und er noch immer etwas Neues fand. Er konnte sich in ihren großen weichen Körper schmiegen und verlieren. Bis zum Sonnenaufgang, höchstens. Fra wusste, dass sie niemals ein Paar sein würden.

Zusammen verfolgten sie Lauras Erwachen aus der Trauer mit stillem Amüsement. Zauberhaft, wie dieses zarte Persönchen auf ihrer rollenden »Graziella« über das Pflaster der Gassen schaukelte, als ob sie auf einem gutmütigen Brauereipferd reiten würde. Neulich war Laura sogar allein, ohne dass Tanzstunde gewesen wäre, im BluNight, bei einer Jamsession aufgekreuzt und für einen Late-Night-Auftritt von Fra bis nach Mitternacht geblieben. Sie hatte mal wieder nicht schlafen können, brauchte Frischluft und – Fra hatte einen Hauch Rot auf Lauras Lippen entdeckt. Sie saß mit ausgestreckten Beinen in ihren zu weiten, piefigen Wollhosen an dem üblichen Tisch, hielt sich an einem Whiskey fest und schaukelte unscheinbar mit den Knien, tippte mit den Füßen. Edo hatte sie aufgefordert – checkte Laura das vielleicht endlich mal?

Fra hatte sie sogar einmal durch das Schaufenster in Samirs Laden gesehen. Vor dem Kühlregal, mit dem Rücken zu Fra und ihre Füße drehten bedächtig in kleinen Fishtail-Kurven von links nach rechts und rechts nach links und … dann sah Fra Samirs Lächeln. Er hatte es auch bemerkt, aber als Laura sich umdrehte, tat er so, als klebe er in höchster Konzentration Preisetiketten auf Waschpulverpakete.

Fra erinnerte sich, wie der Blues ihr eigenes Leben auf den Kopf gestellt hatte. Wie ihr Körper elastischer und sie empfindsamer geworden war, für sich selbst und ihren Tanzpartner. Wie sich ihre Wahrnehmung von Körpersignalen geändert hatte und sie sich mit Antoine im Blues verständigen, vieles ausdrücken konnte, für das sie niemals Worte gefunden hätten, es vielleicht gar keine Worte gab. All die Liebesaffären, die nur für einen Blues entflammten, solange man verbunden war durch den gemeinsamen Puls des Songs. Magische Momente, von denen Fra nichts verraten hatte. Sie war sicher, Laura würde es eines Nachts selbst erleben. Der Blues hatte in der trauernden Deutschlehrerin längst geankert. Sie würde sich noch wundern. Blues war das Symptom. Aber Blues war auch die Heilung.

Von alldem hatte dieser arrogante Kaninchenbock, dieses schwitzende Reporterwürstchen keine Ahnung, nicht die allerleiseste. Für so einen schlampigen Quickie bezahlten andere Männer, so gehörte sich das.

Fra wollte an diesem Abend nur noch mit Kakao aufs Sofa und vor den Kamin, Schluss mit Blues Queen, wüsten Affären und all dem Klimbim. Kleines Mädchen sein, behütet und unschuldig. Sie sehnte sich nach ihrem anderen Leben. Nach der Zeit, in der Papa ihr Held gewesen war und nichts anderes. Nach der Zeit vor dem Mann, der ihr Leben viele Jahre dirigieren sollte. Den sie niemals wiedersehen wollte. Niemals. Aber Fra war sich nie sicher, ob sie ihn wirklich abgehängt hatte.

An finsteren Tagen wie diesem erinnerte sie sich an das Haus am See, an die Sonne, die ihr Zimmer im obersten Stock geflutet hatte. Den Hund, der sie mit seiner kalten Schnauze am Morgen wachstupste. Die köstlichen Düfte aus der Küche, die an den guten Tagen das Haus erfüllten. Ihre Großmutter, ihre Mutter und später auch sie selbst, sie hätten die Welt bekochen können. Fra hatte es vergessen. Nein, Francesca hatte die Erinnerung nur in eine Schublade gestopft, und die war aufgesprungen, als Fra durch Lauras Traumwohnung gestreift und in diese einst so herrschaftliche Küche gekommen war, in der noch der Geist einer anderen wehte.

Laura hockte auf dem Sofa, die Wolldecke, die sie Fra in der ersten Nacht gereicht hatte, um die Beine geschlungen. Sie sollte langsam an Gewicht zulegen, wer so dürr war, fror doch bei jedem Lüftchen. Am Ohr klebte das Handy, sie verdrehte kurz die Augen, als Fra hereinkam, nickte ihr zu, und ließ ein »mmh« hören. Wahrscheinlich hing ihre Schwiegermutter am anderen Ende der Leitung.

Neben dem Kamin stand ein Korb mit eingestaubten Holzscheiten und Zeitungen mit Schlagzeilen aus dem letzten Winter. Fra wischte die Spinnweben zur Seite, Samy war offensichtlich noch nicht in diese Kaminecke vorgedrungen.

»Nein, ich werde nicht feiern, Tiziana, ich bitte dich. Mir ist wirklich nicht danach …«, hörte Fra nun doch mal Lauras Stimme, während sie einige Zeitungsseiten zusammenknüllte, Zweige und zwei dünne Holzscheite darüberlegte, »nein, mach dir keine Umstände. Wir sehen uns doch am Tag danach sowieso zum Mittagessen. Nein, keine Umstände, wie immer sonntags.« Fra fand Streichhölzer am Boden des Weidenkorbes. Das Papier flackerte auf, fiel zusammen, während die Flammen mit leisem Knistern die Stöckchen ergriffen, sich zum Holzscheit hinaufhangelten. Der Duft, die Wärme – Fra fühlte sich geborgen. Ruhe breitete sich in ihr aus. Sie betrachtete Laura, die es nicht schaffte, ihre Schwiegermutter abzuwimmeln. Sie war auf ihre Art rührend und großzügig. Fra sollte sich langsam mal bei ihr bedanken für die Gastfreundschaft. Die Gelegenheit war wunderbar.

14

Jede Gegenwehr war nutzlos – Laura hatte einen weiteren Termin in der Woche. Sonntag Mittagessen, Mittwoch Psycho, Donnerstag Tanzstunde – Blues.

Laura hatte sich ergeben. Nein, sie freute sich auf die Donnerstage. Über die anderen im Kurs wusste sie nichts, und die wussten nichts über sie. Einige schätzte sie auf Anfang dreißig, andere waren wohl schon sechzig oder älter. Keiner fragte, was sie sonst im Leben so tat, ob Kinder oder keine, verheiratet, geschieden, Single – nichts. Sie kannten ihren Namen, Laura. Sonstiges Leben? Hätte die heitere Atmosphäre der Tanzstunden im schummerigen Licht des BluNight nur gestört. Sie kamen zum Tanzen, und Laura gefiel das alles, der Blues und die Bewegungen dazu, die anderen Tänzer, denen sie fremd und im Blues doch nah sein konnte.

Mancher Tanz war wie eine warmherzige Umarmung, und manchmal stolperte Laura sich irgendwie durch. Sie hatte nicht geahnt, dass der rotzige Lauf einer Mundharmonika von der Hüfte wohlig quer durch den Bauch und hinauf in die Schulter ziehen konnte. Dass sie die Wärme eines fremden Armes um ihre Taille genießen konnte und manchmal sogar einen Blick in die Augen eines unbekannten Mannes.

In schlaflosen Nächten stand Laura einfach auf und radelte durch die dunklen Gassen ins BluNight. Am Tresen bekam sie von Antoine inzwischen ungefragt einen Whiskey, »der geht aufs Haus«, und sie verzog sich an ihren Tisch im Schatten des Pfeilers.

Von alldem erzählte Laura niemandem. Weder Rolf noch ihrer Ärztin und erwähnte erst recht nichts beim sonntäglichen Mittagessen. Blues – tanzen? Wie? Wo? Und mit wem? Keine dieser Fragen wollte sie beantworten. Sie wusste ja selbst nicht, was vor sich ging. Nur, dass es ihr guttat.

Was hätte Fabio dazu gesagt? Ihm hätte die Musik gefallen. Er hatte einige Jazzplatten, richtige alte Vinylscheiben. In seinem Arbeitszimmer.

Sein Arbeitszimmer.

Atmen. Nicht weiterdenken. Nicht durch die Tür denken. Sein Arbeitszimmer blieb ein weißer Fleck in der Wohnung. Nicht an der Tür rütteln. Weitergehen.

Vielleicht hätte Fabio versucht zu tanzen, vielleicht, wenn Laura es sich sehr gewünscht hätte. Aber das waren überflüssige Gedankenspiele. Fabio und Laura wären niemals mitten in der Woche nach Mitternacht in ein finsteres Souterrain gestolpert. Und Laura wäre von allein niemals auf die Idee gekommen zu tanzen. Schon gar nicht Blues. In ihrem gesamten Leben nicht, ob vor oder nach dem Filmriss.

Im März kam der Tag der Wahrheit. »Wenn ich Sie so sehe«, befand ihre Ärztin, und das erste Mal sah Laura sie lächeln, »finde ich spontan keinen Grund, Sie noch länger krank zu schreiben. Was meinen Sie? Wollen Sie es wieder probieren?«

Laura hatte es geahnt. Befürchtet? Gehofft? Konnte sie wieder unterrichten? Vor einer Klasse stehen, freundlich entschlossen in verschlafene Gesichter blicken und in klaren Worten, laut, aber nicht zu laut, und begeistert von Effi Briest am Rand moralischer Abgründe, Goethe im Land, wo die Zitronen blühen, oder von den Abenteuern des jungen Tschick auf Schlingerkurs durch Deutschland erzählen?

Am Sonntag vor dem ersten Schultag setzte sie sich an ihren Schreibtisch. Blickte auf die verschlossene Tür zu Fabios Arbeitszimmer. Fuhr den Computer hoch. Das leise Summen, der Startbildschirm, ihr Passwort – Fabio2010, das Jahr, in dem sie sich kennengelernt hatten. Das Hintergrundbild, ein Foto von ihm. Lesend vor dem Caffè an der Piazza San Cosimato, neben dem Markt, wo sie die köstlichsten Erdbeeren ihres Lebens … – Unterricht vorbereiten.

Wie die Stunde anfangen, nach all der Zeit? Am ersten Tag könnte sie auch erst mal – ja, was? Böll wurde gerade gelesen. ›Die verlorene Ehre der Katharina Blum‹, Laura kannte den Text nach all den Jahren fast auswendig. Sollten ihr die Schüler doch erst mal eine Zusammenfassung liefern. Mal hören, was ihnen zum Roman so einfiel. Laura fuhr den Computer wieder runter.

Ging früh ins Bett. Mit Buch und Tee, wie immer vor Schultagen. Schlief ein und wachte wieder auf. Wälzte sich hin und her, mühte sich um Entspannung, versuchte, das Kopfkino auszuknipsen. Eine schlaflose Stunde später atmete Laura tief durch und stand auf. Fra sang nach Mitternacht.

Und so saß Laura in der Nacht vor ihrem ersten Schultag wieder an ihrem Tisch, Fra sang tief und schön, Jaco, der junge Mann am Klavier, begleitete sie selbstvergessen, der Whiskey war mild, aber hatte Charakter.

Es war nicht viel los, familiäre Stimmung. Sie betrachtete die wenigen Paare beim Tanzen. Einige schienen durchlässig, weich wie Wasser, wenn sie sich miteinander bewegten. Laura fand sich selbst immer noch steif. Das waren die Muskeln, aber sie fühlte sich auch innerlich steif, wie ein gut verschnürtes Päckchen. Nur so hatte sie die Zeit nach Fabios Tod überlebt, sich beherrscht, war nicht außer Kontrolle geraten. Fest verschnürt. In den letzten Wochen hatten sich einige Bänder gelöst. Die einfachen Tanzschritte führte sie wahrscheinlich korrekt aus, aber zum »Tanzen mit dem Herzen«, wie Antoine es nannte, fehlte ihr auch der Mut. Sie konnte nicht loslassen, die Bewegungen gehen lassen.

Wenn Fra und Antoine tanzten, schien die Musik in ihren Körpern zu pulsen, sie steppten lässig umeinander, ließen Hüften kreisen, fanden zusammen und lösten sich wieder, endeten in einer umschlungenen gemeinsamen Drehung. Laura traute sich kaum hinzuschauen, so lasziv und unverschämt schön. »Der Körper erinnert sich an alles«, seufzte Fra gerne, »in jeder Hinsicht«, und strich sich dann mit den Fingerspitzen über ihre Kurven.

Laura saß mit ihrem zweiten Whiskey hinter dem Pfeiler. Der Typ mit den kräftigen Händen näherte sich, mussten Maurer nicht noch früher aufstehen als Lehrer? Er schaute sie freundlich an, unrasiert, streckte seine Hand aus und deutete mit einem Nicken auf die Tanzfläche vor der Bühne. Laura setzte sich auf, also gut. Sie musste es ja niemandem erzählen – sie tanzte ganz gerne mit dem Maurer. Der leicht rundliche Bauch fühlte sich gut an. Oder war das der Whiskey?

Von der Bühne klangen die letzten Töne. »Grazie«, bedankte sich der Maurer, legte sich die rechte Hand auf sein Herz, deutete eine Verbeugung an und verschwand.

Laura kehrte zu ihrem Tisch zurück, streckte gedankenverloren die Beine aus. Der Pianist improvisierte, Fra lehnte im Halbschatten am Flügel und schaffte es, auf ihren unsäglich steilen Absätzen noch lässig im Takt mit dem Fuß zu steppen. Eine Wuchtbrumme in knallengen, knallroten Wurstpellen-Jeans, dazu ein nonnenhaft züchtig zugeknöpftes schwarzes Hemd – Fra war einfach ein Knüller.

Nach dem letzten Applaus balancierte sie auf ihren Mörderhacken die drei Stufen am Rand der Bühne hinunter, winkte Laura zu sich. »Gehen wir zusammen nach Hause? Ich kann heute keinen Kerl gebrauchen … hole nur schnell meine Jacke.« Und stöckelte ohne eine Antwort abzuwarten zum Tresen, Küsschen links und rechts für den Maurer – war das auch einer ihrer Liebhaber? Laura erinnerte sich nicht, dass sie ihn schon in der Wohnung gesehen hätte. Konnte ja noch kommen.

In weißer Felljacke und weißen Sneakers tauchte Fra wieder auf, als ob sie auf dem Nachhauseweg durch die Arktis joggen wollte, die Eisbärin mit blauen Haaren.

»Du hast gelächelt!«, triumphierte Fra, als sie rausgingen. »Pass bloß auf, Laura. Du bist auf dem besten Weg, eine echte Blueserin zu werden. Ich sehe das, und so ein Abend wie heute ist dein perfektes Terrain.«

»Wie bitte?«

»Du musst üben.«

»Was?«

»Tanzen natürlich!«

»Ich wollte heute nicht tanzen ...«

»Aber ja, natürlich wolltest du. Also solltest du auch mal jemanden auffordern. Es war nicht viel los, und die, die da waren, kannten dich fast alle ...«

»Ich kannte niemanden«, fuhr Laura dazwischen.

»Dein halber Tanzkurs war anwesend, meine Liebe. Du warst sozusagen *in famiglia*.«

Laura fummelte am Fahrradschloss herum, hörte Fra hinter sich dozieren: »Also, das geht so: Du schaust im Saal herum, guckst dir den tollsten Tänzer aus, und dann gehst du hin, fragst, ›Möchtest du tanzen?‹ und lächelst.«

Laura nahm die Graziella am Lenker und schob los. »Auf gar keinen Fall.«

»Aber so ist das im Leben: Wenn man etwas möchte,

muss man Bescheid sagen, sonst weiß es ja niemand. Falls – was höchst unwahrscheinlich ist –, aber *falls* du ein ›Nein danke‹ kassieren solltest, nimmst du's nicht persönlich. Das kann passieren, du gehst einfach weiter zum zweitbesten Tänzer. Sei sicher, alle, auch Männer!, freuen sich, wenn sie aufgefordert werden.«

Fra betrachtete sie amüsiert, Laura fand, sie sollte das Thema wechseln. »Ist Blues Dance eigentlich deine persönliche Erfindung?«

»*Meine* Erfindung?«, sie juchzte auf, »ich bitte dich, Blues wurde immer getanzt. Wie jede anständige Musik!«

Die Eisbärin mit blauen Haaren blieb unter einer Straßenlaterne stehen, begann »I ain't got nothing but the Bluuuhuhuuus«, zu singen, schwang dazu ihre enormen Hüften und tippte sich mit ihren Fingern an die Stirn. »Hören und bewegen, in unseren Köpfen ist das verbunden. Musik und Tanz, in afrikanischen Sprachen gibt es dafür nicht zwei Worte, sondern nur eines«, sie sackte summend in die Knie, drehte sich in einer Spirale wieder hoch, »du hörst Musik, und dein Körper ruft, ›move me‹, automatisch wippt dein Kopf, deine Knie, es ist das Natürlichste von der Welt.« Fra zog Laura an ihren puddingweichen Busen, steppte summend hin und her. »Aber Musik hören und dabei reglos auf Stühlen hocken, das ist eine fragwürdige Kulturleistung der bürgerlichen, westlichen Gesellschaft, der Kirche und weiß der Teufel noch welcher Sittenwächter.«

Sie entließ Laura, die schnappte nach Luft und hielt sich an ihrer Graziella fest.

»Und Blues, meine Liebe, Blues ist überall drin«, legte

Fra nach, »Blues ist die Ursuppe unserer Musik. Elvis Presley, der weiße Bursche aus Memphis, Michael Jackson – schon mal gehört? Rolling Stones – alles Blues, mit so vielen Farben wie der Regenbogen. Aber ich, zu viel der Ehre, ich habe gar nichts erfunden.«

Sie standen sich gegenüber, schauten sich in die Augen. »Okay, ich habe verstanden«, sagte Laura und dachte an »Die verlorene Ehre der Katharina Blum« und an ihren Unterricht, der in deutlich weniger als acht Stunden beginnen sollte. »Blues tanzen und singen, das hast du aber doch irgendwo gelernt?«

»Antoine hat mich zum Tanzen gebracht und mein Papa zum Singen – Arbeitsteilung könnte man das nennen«, erklärte Fra, »aber Antoine fühlte nur, was ich schon immer wollte, Papa dagegen sah in mir, was er sich wünschte. Eine Diva, eine Opernsängerin. Papa hatte eine große Schwäche: italienische Opern. Jeden Sommer reiste er nach Verona in die Arena zu Verdi und jeden Winter mindestens einmal in die Mailänder Scala. Das war seine Leidenschaft«, Fras Stimme klang brüchig, »und ich war sein Stern. Kirchenchor, Gesangsstunden, klassische Laufbahn. Ich wollte meinem Papa natürlich gefallen, aber jeden Sonntag«, Fras Stimme wurde dünn, »jeden verdammten Sonntag vor dem Mittagessen«, sie hustete, fügte heiser hinzu, »musste ich ihm vorsingen.«

Sie verschränkte ihre Arme, als ob sie frieren würde, ihre Schritte wurden eiliger, »ich habe es gehasst. War nie, nicht ein einziges Mal war ich gut genug für ihn.« Sie stapfte weiter, Laura kam kaum noch hinterher. »Zur

Opernsängerin hat es nicht gereicht«, sie lachte traurig, »dann sollte ich wenigstens Steuerberaterin werden, seine Kanzlei, sein Lebenswerk übernehmen. Wenigstens das. Auch danebengegangen.«

Fra blieb stehen und grinste schief: »Niemand kann sich seine Familie aussuchen.«

Sie waren vor ihrem Palazzo angekommen. Fra schloss die Eingangstür auf, Laura schob ihr Fahrrad in den Innenhof. »Und du, mit dieser Traumwohnung in Rom«, begann Fra wieder, »besucht dich deine deutsche Familie überhaupt gar nicht?«

»Besser nicht«, murmelte Laura und schob ihr Fahrrad in eine Ecke. »Meine Familie ist vermutlich das Gegenteil von deiner gewesen, aber auch ich hätte mir den Haufen nicht ausgesucht.«

Sie blickten sich an. »Komm«, sagte Laura, »wir trinken noch einen Absacker.«

»Frau Sommer, wie schön, Sie wieder bei uns zu haben!«, Direktor Dr. Rath schüttelte Lauras Hand und schloss die Tür seines Büros hinter ihr, »bitte setzen Sie sich einen Moment.«

Der Schulgeruch, diese Mischung aus Bohnerwachs und Papier, das hallende Stimmengewirr in den Gängen, das mit dem Pausengong ausbrach und wieder verstummte – alles fühlte sich sofort wieder vertraut an. Nun noch einige gesetzte Worte des Direktors anlässlich ihrer

Rückkehr in den Schuldienst – dann gehörte Laura wieder dazu. Sie war noch benommen von der langen Nacht, nicht gerade die spritzigste Rückkehr.

»Gut sehen Sie aus«, log der Direktor und betrachtete sie. Also bitte, sie sah anders aus als vorher, schon klar. Nicht mehr ganz so mager wie noch vor einigen Wochen, aber »gut« sah anders aus. Laura setzte sich.

»Ich sehe, es geht Ihnen besser«, holperte Direktor Rath weiter durch seine Floskeln, »das freut mich sehr.«

Was war los? Bei Lauras erstem Versuch, wieder zu unterrichten, hatte er sich nicht einmal aus seinem Büro getraut. Nun hatte die Sekretärin Laura noch vor dem Lehrerzimmer abgefangen.

»Danke«, sagte Laura, sie brauchte vor ihrem ersten Unterricht noch einen Kaffee, Fra hatte ihr einen Schokoriegel mit Nüssen in die Tasche gesteckt. »Nervennahrung, Baby!«

»Nun«, räusperte sich Direktor Rath, »es scheint Ihnen bereits seit geraumer Zeit besser zu gehen. Sie waren aus gutem Grund bis heute krankgeschrieben, wurden aber gesehen, außerhalb Ihrer Wohnung.«

Was wurde das hier? »Ich hatte keine Grippe«, verteidigte sich Laura, »im Gegenteil, meine Ärztin hat mir Spaziergänge sozusagen verschrieben«, versuchte sie zu scherzen.

»Nachts? In Bars?«, präzisierte Direktor Rath, die Stirn in Falten geworfen, »ein Elternvertreter hat mich vor einigen Tagen zur Seite genommen, er hatte Hinweise bekommen. Sie seien gesehen worden, nachts, in den Gassen von Trastevere und«, er räusperte sich, »wohl auch in irgendeinem Club. Man fragte sich, ob Sie eigentlich noch krankgeschrieben sind oder schon wieder unterrichten. Sie wissen, wir sind eine private Schule, die Eltern bezahlen eine Menge Geld und erwarten ...«

»Stehe ich unter persönlicher Beobachtung?«, unterbrach Laura, wo war sie hier eigentlich?

»Natürlich nicht, ich wollte Sie nur darauf hinweisen, das Thema könnte auf der nächsten Schulkonferenz zur Sprache kommen.«

Darum ging es also. Die Schulkonferenz, auf der die Verlängerung ihres Vertrages durchgewinkt werden sollte. In der Regel war die Verlängerung um weitere drei Jahre kaum mehr als eine Formalie, es sei denn, die Lehrer selbst wollten nicht länger an der Deutschen Schule unterrichten.

»Ich stehe natürlich hinter Ihnen, Sie sind eine erfahrene, engagierte Lehrerin. Wenn Sie wieder so einsteigen, wie wir Sie kennen und schätzen, sehe ich überhaupt keine Probleme.«

Direktor Rath erhob sich hinter seinem Schreibtisch, knipste ein Lächeln an: »Willkommen zurück!«

15

Am Sonntag war es wieder so weit. Auf ihrer morgendlichen Joggingrunde trabte Samy durch Trastevere, und wie der Zufall es wollte: Der Trödelmarkt war gerade eröffnet worden. Samy verhedderte sich zwischen den Verkaufstischen, versuchte tapfer, Trödel und Klamotten an sich vorbeiziehen zu lassen und unbeeindruckt nach Hause zu finden.

Doch ganz am Ende, sie war fast schon aus der Gefahrenzone, funkelte hinter Fußballtrikots und »I love Italy«-Shirts, die Samy bereits im Regal liegen hatte, noch ein letzter Tisch. Ein Afrikaner hielt ihr bunte Ketten entgegen, glimmende Räucherstäbchen produzierten süßliche Duftwolken über dem Tisch, auf dem Hunderte bunter Ketten in der Sonne blinkten und glitzerten. Die Farben, der Duft und inmitten der verführerischen Pracht ein Schild: Fünf Euro! Samys Herz klopfte, Wärme kroch ihren Nacken hinauf, ihr Gesicht wurde heiß. »Bin gleich zurück«, keuchte sie und zog das Tempo an.

Eine flotte Dusche, rein in die Jeans, Handy und Portemonnaie in die Tasche, und schon war Samy wieder da. »Alles echt! Kein Plastik«, versicherte der Händler, ließ sein Feuerzeug aufflammen, hielt es an die Steine. »Siehst du, nichts schmilzt. Lapislazuli, Koralle, Bernstein, Muranokristall, echte Perlen …« Er ließ die Ketten klackernd durch seine Hände gleiten, und die Farben flimmerten in Samys Augen. Sie legte einige Armbänder zur Seite, griff nach einer Kette mit nachtblau glänzenden Kugeln, »very nice!«, lobte der Händler, »passend zu Ihren Augen!« Für fünf Euro konnte sie nichts verkehrt machen. Drei zusammenhängende kurze Ketten mit verschiedenen farbigen Kugeln waren »etwas ganz Besonderes, sehr alt, sehr kostbar«, und natürlich deutlich teurer als fünf Euro. »90 Euro«, der Händler wiegte den Kopf, »ich gebe sie dir für 65.« Er hatte die Ketten, die ihr gefielen, bereits in eine Plastiktüte gesteckt. »Ich gebe dir einen Skonto, und du machst *bella figura!*«

Samy seufzte. Okay, dieses besondere Schmuckstück, als Krönung ihres Feldzuges. Sie machte noch ein Selfie mit dem afrikanischen Verkäufer inmitten des farbenprächtigen Sammelsuriums, dann zahlte sie. Das waren genau die Hingucker, die ihr auf den Selfies für ihren Blog meist fehlten, entscheidende Kleinigkeiten. Und mal ehrlich, es war doch ein Genuss, sich von diesem Glitzern und Flimmern blenden zu lassen. Die Schönheit der Dinge zu entdecken, auch dafür war Samy schließlich nach Italien gekommen. Nun musste sie nur noch das richtige Maß finden.

Mit dem Schmuck-Flash war es natürlich nicht getan. Samy schlenderte weiter und kaufte weiter und stopfte weiter ihre Taschen voll, bis das Portemonnaie leer und kein Geldautomat in der Nähe war. Sie schlich erschöpft nach Hause, die Nachwirkungen setzten langsam ein, das schlechte Gewissen, ihr wurde schwindelig, sie geriet in einen Strudel aus Selbstvorwürfen und fand sich selbst gierig, maßlos, widerwärtig.

Sie kam nach Hause, links und rechts Tüten in den Händen, stieß mit dem Fuß ihre Zimmertür auf. Ein Kleiderständer fiel ihr entgegen, sie zwängte sich in das Zimmer, stieg über einen Karton mit Designer-Tassen, die sie am Tag zuvor in einem Ausverkauf erstanden hatte, und ließ sich auf das Bett fallen. Sie konnte keinen Schritt mehr in ihrem Zimmer tun. Klamotten quollen aus den Regalen, die Schranktüren schlossen nicht mehr, auf dem Fußboden stapelten sich kleine und große Kartons. So ging es nicht weiter. Samy brauchte mehr Platz als dieses kleine Zimmer. Aber in so einer riesigen Wohnung sollte ein Eckchen als Stauraum kein Problem sein.

Samy war allein zu Hause. Sie stromerte durch den Salon, neben der Küchentür war die Tür zu Lauras Arbeitszimmer nur angelehnt. Ein schlichter Schreibtisch mit Computer, einigen Büchern und zwei Fotorahmen. Samy trat näher. Auf einem Foto lachten zwei junge Männer – ihre Söhne? Auf dem anderen strahlte Laura, etwas voller im Gesicht und im Arm eines Mannes mit munteren Augen – war das ihr Mann?

In dem Büro gab es noch eine Tür, vielleicht ein Abstellraum?

Samy musste diese exzessiven Shopping-Touren irgendwie in den Griff kriegen. Ihr normales Tagesprogramm hatte sie inzwischen ausbalanciert – Jogging-Runden und Yoga auf der Dachterrasse, Uni-Seminare und Super-Learning-Programme, das Ganze gewürzt mit Brain Food und Energy Drinks und – sehr banal – früh ins Bett gehen. Alle erfolgreichen Menschen sorgten für ausreichend Schlaf, sieben Stunden mindestens, eher acht.

Natürlich war sie nicht perfekt. Nicht nur die Shopping-Touren brachten sie und ihr Tagesprogramm ins Schlingern. Sie sollte nicht so häufig in der WG ihrer Freundin Sally abhängen und staffelweise Serien zu Bergen von Marshmallows glotzen. Die Chats mit Mark hatte sie bereits drastisch eingeschränkt. Ihr Freund langweilte sich noch immer an seiner No-Name-Uni im Nirgendwo von Nebraska und nörgelte und nörgelte. So jemand konnte Samy nur runterziehen.

Auch mit Mum telefonierte sie nicht häufiger als nötig. Hatte keine Lust sich anzuhören, was Mum vor 25 Jahren alles in Frankreich gesehen, gemacht, erlebt hatte. Sie schwelgte in ihren Erinnerungen, Samy kannte die Texte auswendig. Durfte sie jetzt endlich mal ihr eigenes Ding machen? Aber das war so einfach auch wieder nicht. Allein die tausend kleinen Ablenkungen im Internet. Die coolen Klamotten, die ständig aufblinkten, die Links zu Schminktipps, und natürlich konnte Samy nicht widerstehen, die Follower-Zahlen und Likes auf ihren Online-Kanälen ab und zu und auch mal öfters zu checken, kurz einen Smiley oder ein lol auf einen Kommentar zu schicken. Doch waren all das nicht Herausforderungen?

Sie sollte sich nicht kasteien, sondern sich selbst verzeihen können. Stand zumindest so in den Blogs und Anleitungen, die sich mit Methoden für mehr Produktivität und weniger Prokrastinieren befassten. So in etwa zumindest.

Keep cool, Samy. Der Foto-Blog war super angelaufen. 2453 Follower hatte sie an diesem Sonntag nach dem Shopping Flash, und stündlich wurden es ein paar mehr. Nicht schlecht für den Anfang, sie war auf einem guten Weg.

Alles hatte sich schlagartig geändert nach der ersten Begegnung mit Brad, ihrem Prof für soziale Kommunikation. Alles, was Samy in Italien zunächst als überraschend, speziell oder schwer erträglich empfunden hatte, alles bekam mit ihrem Uni-Projekt »Samy – eine Amerikanerin in Rom« einen Sinn. Samys Blickwinkel änderte sich radikal. Jede noch so verschrobene oder stilvolle Eigentümlichkeit war ihr nun herzlich willkommen, sofern sie fotogen war. Kein Wäschetrockner? Ihre bunten Shirts sahen super auf den Wäscheleinen vor dem Fenster aus. Keine Mikrowelle? Der große Gasherd mit großem Kochtopf, yummy! Gleich gibt's Pasta! Kein Kaffeeautomat, der selbstständig morgens um sieben losblubberte? Dafür gab es Mario, der in der Traumküche Espresso in diesen glänzenden Alukännchen brühte und aus einer kleinen Tasse entschlossen hinunterstürzte – *das* war doch Italien.

Er kapierte sofort, wie Samy ihn gerne im Selfie hätte, wirkte alles total spontan, blonde Amerikanerin mit lustigem Italiener in ungebremster Charmeoffensive. Italienischer ging nicht. Mario – allein dieser uritalienische Name, seine etwas holperige Freundlichkeit, die dunklen Augen, der Schnauzer – sie hätte ihn erfinden müssen. Er wollte ihr Rom zeigen, *sein* Rom! Sie könnte dabei ihr Italienisch verbessern und er sein nicht vorhandenes Englisch. Warum nicht? Solche Touren killten jedes durchkomponierte Tagesprogramm, aber ja, klar! Warum nicht?

Sally hatte Samy neulich gesteckt, man könnte im Netz auch Follower kaufen, um die Sache in Schwung zu bringen. Im Tausenderpack, sei gar nicht mal teuer. Ein paar Tausend mehr Follower, Fake hin oder her, sie beeindruckten, erhöhten ihre Chancen als Influencer, und wer fragte schon, woher die kamen. Verführerisch, aber Samy hatte das als schäbig verworfen. Sie wollte einen lebendigen Blog mit echten Fans und echten Likes. Für die, die Rom ganz real besuchten, entwickelte Samy mit Marios Hilfe sogar eine Rätseltour: Detailfotos zeigten die Putte in einer berühmten Freske, das Schwert einer Statue, den Fensterbogen einer Kirche – wo fanden sich diese Details? Eine Art Schatzsuche, auf der Samy ihre Follower durch die Stadt schickte. Sie konnten sich treffen, miteinander weitersuchen oder auch Pizza essen gehen – die »best Pizza in town« hatte Samy natürlich verlinkt, der Pizzaiolo war ein guter Freund von Mario. Ihre Anhänger sollten sich austauschen, kennenlernen, nicht nur virtuell, sondern real in den Gassen von Rom.

Die meisten Likes aber gab es bislang für Samys sorgsam arrangierte »Schnappschüsse« aus ihrem alltäglichen Leben im bunten Trastevere und dieser traumhaft italienischen Wohnung. Vom efeuumrankten Portal bis zu den Szenen aus der romantischen Küche, dem weitläufigen Salon oder von der Dachterrasse. Authentische, persönliche Posts blieben der Renner.

Die Geräuschkulisse von Fras nächtlichen Aktivitäten und dieses ewige Gedudel konnten die Leute im Netz glücklicherweise nicht hören. Die Blueserei ging Samy gehörig auf die Nerven. Kleiner Trost: Wenige Gesten reichten, um zu verstehen, dass Mario ganz ihrer Meinung war.

Samy traf Mario am späten Nachmittag zu einer ihrer Touren, von denen sie mit Tonnen toller Fotos zurückkehrte. Mario verbreitete die Aura der Fünfzigerjahre, er machte aus jedem abgenudelten Sight noch etwas Besonderes, allein die gigantischen Eistüten, mit denen er und Samy die Menschenmassen am Trevi-Brunnen geteilt hatten, als hielten sie Lichtschwerter in der Hand.

Am späten Sonntagnachmittag ließen sie die Beine am Tiberufer baumeln. Mario hatte ein kleines Picknick mitgebracht, zwei Bier, zwei Tramezzini, aber die schüchterne Märzsonne wärmte kaum noch. Mario versuchte engagiert Englisch zu sprechen, verhedderte sich, schnitt wunderbar hilflose Grimassen – eine tolle Porträtserie.

Sie schlenderten noch durch Trastevere und endeten in einem Restaurant nahe der Basilika Santa Maria in Trastevere, dem Touristen-Highlight des Viertels.

Samy hatte sich vorgestellt, draußen einen Teller Pasta zu essen – Candle Light und Dolce Vita im März. Es war zu kalt, also setzten sie sich drinnen an einen Tisch. Der Kellner reichte beiden eine englische Speisekarte, Mario zischelte empört, »place for tourists«, aber nun waren sie drin, und Mario begann seine Mission. Samy sollte Cacio e Pepe kennenlernen, Spaghetti mit Pfeffer und Pecorino, eine römische Spezialität. Die Teller kamen, Mario kostete und rief den Kellner. Hielt ihm den Teller hin und begann einen Vortrag über die wahre Kunst, ein einfaches Gericht aus drei Zutaten korrekt herzustellen. Spaghetti, Pecorino und Pfeffer – mehr war da nicht dran. War das so schwer? »Nein«, sagte der arme Kellner.

»Nein?«, empörte sich Mario, »aber sicher! Schau dir diese missratene Pampe an! Wer hat die verbrochen? Steht da ein Chinese in der Küche? Kennt der Chef seinen Pecorino? Seine Würze? Den Punkt, an dem er schmilzt? Offensichtlich nicht!«

Samy verstand das Theater nicht, die Pasta war doch okay, Spaghetti mit Käse und Pfeffer eben, aber Mario textete und gestikulierte und schüttelte ärgerlich – und extrem fotogen – seinen Kopf, ja, *so* war doch Italien!

»… und dann hat er garantiert mit großer Geste deklamiert«, rief Fra, »›in der Schlichtheit trennt nur ein winziger Schritt den Triumph vom Abgrund‹.« Fras röhrendes Lachen erschütterte die Küche. Sie war mit Laura kurz nach Samy nach Hause gekommen. Nun saßen sie noch am Küchentisch, und Samy hatte die Fotos gezeigt und gefragt, ob Fra sich Marios Ausbruch erklären könnte. »Aber am Ende hat er sich verzweifelt über den Tisch geworfen und voller Verachtung die Pasta aufgegessen, richtig?«

Samy nickte erstaunt. Fra kannte den exakten Wortlaut dieser Szene und konnte ihr übersetzen, was sie selbst nicht verstanden hatte. Dieser Mario, der ja gar kein Klempner war, sondern, wenn Samy das richtig verstanden hatte, auch Briefmarken in der Post verkaufte, er war *so funny!*

»Dabei wirkt er so freundlich, zurückhaltend, ist immer hilfsbereit.«

Fra nickte mit einem höflichen Lächeln. »Aber es gibt drei Themen, bei denen Mario durchdreht. Erstens: die beiden römischen Pastagerichte, Cacio e Pepe und Pasta Carbonara. Du möchtest ihn nicht erleben, wenn jemand Sahne in Carbonara kippt«, Fra erhob sich drohend und fuchtelte mit dem Zeigefinger, »Eier, Käse, Speck – basta!«, rief sie und lachte, »allerdings gebe ich zu, dass ich bei diesem Thema ganz bei Mario bin. Sahne in Carbonara ist die Pest! Kann sich jeder seine Pasta verderben, wie er will – aber dann nennt es nicht Carbonara!« Sie setzte sich und griff nach dem Whiskeyglas, nahm einen Schluck und setzte die Aufzählung fort.

»Zweitens: Nach den heiligen römischen Pastagerichten folgen die roten Teufel von Roma, Marios Fußballverein, da gibt es auch nichts zu lachen, und drittens sein morgendlicher Cappuccino. Tag für Tag erklärt Mario seinem Barista Luca das Konzept des perfekten Cappuccino, und Luca erträgt das jeden Morgen«, erzählte Fra mit breitem Grinsen, »Mario nimmt einen Schluck, wiegt den Kopf, kräuselt die hohe Stirn und schüttelt dann den Kopf. Die Temperatur des Milchschaums, zu heiß? Zu kalt? Die Prise Kakao, zu üppig? Zu knauserig? Und ganz schlimm wird der Tag, wenn Mario sehr grundsätzlich das Mischungsverhältnis von Milch und Caffè bemängelt. Ein Wunder, dass er in der Bar noch kein Hausverbot hat.«

Natürlich könnte er einfach die Bar wechseln, aber er war ein Pedant und glaubte mit erbarmungsloser Geduld an das Gute im Menschen. Er war überzeugt, dass Luca begreifen und ihm eines Morgens den perfekten Cappuccino hinstellen würde.

»Genauso glaubt er, dass ich eines Tages zur Vernunft komme«, Fra schüttelte verzweifelt den Kopf, »aber ansonsten ist er der freundlichste, zuverlässigste Freund, den ich habe.«

Laura gähnte, rückte ihren Stuhl zurück. »Ich muss morgen irgendwie unterrichten. Schlaft gut!«

Auch Samy stand auf. Sie musste umgehend ins Bett, die Morgenroutine konnte sie schon mal streichen, wenn sie pünktlich und ausgeschlafen bei Brad im Seminar auftauchen wollte.

Fra griff nach ihrem Arm. »Warte!«, sie schaute Laura hinterher, bis sie die Küche verlassen hatte. »Samstag ist Lauras Geburtstag. Sie will natürlich nicht feiern, weiß auch nicht, dass ich es weiß, aber ich finde, wir muntern sie etwas auf, okay? Ich koche und …«

»Du kochst?«

»Aber sicher. Bin am Ende des Tages immer noch Italienerin – hoffe ich zumindest, wir werden sehen«, Fra ließ ein kullerndes Lachen hören, »jedenfalls lade ich ein paar Leute ein, und wir lassen's mal locker knallen – kleine festa all'italiana für unsere traurige Laura, wenn du verstehst. Coole Idee?«

Samy war begeistert. »Klar! Eine italienische Geburtstagsparty! Super cool!« – Und super fotogen. Hier, in dieser Kulisse, schwummeriges Kerzenlicht, funkelnde Gläser, lachende Gesichter – Fotos mit persönlichem Touch, dichter Atmosphäre. Nur Fra, die müsste etwas italienischer aussehen, Tattoos und blaue Haare waren nicht so ideal, aber möglicherweise am Computer zu retuschieren? Vielleicht könnte sie Fra überreden, eine langärmelige Bluse anzuziehen und eine weiße Kochschürze umzubinden. La mamma am Herd, la mamma tischt auf ...

»Ist natürlich eine Überraschung«, flüsterte Fra, »also kein Wort! Und Laura muss Samstag tagsüber aus der Wohnung verschwinden. Spätestens mittags muss sie weg sein – übernimmst du den Job?«

»Klar, großartig!«, rief Samy, ihr würde schon etwas einfallen.

Eine Tür knallte im Wohnzimmer. Die Küchentür wurde aufgerissen. Laura – krebsrot im Gesicht – kreischte, »wer war das?« und zeigte in Richtung ihres Arbeitszimmers.

Samy erschrak, was war denn nun los? Sie sagte vorsichtig, »ich habe nur ...«

»Was fällt dir ein? Ist das *dein* Zimmer?!«

Samy erschrak. »Das Zimmer benutzt doch niemand, ich habe nur etwas Staub …«

»Du – hast – dort – nichts – zu – suchen!« Laura hyperventilierte und brach in Tränen aus. Fra war aufgesprungen, hielt sie fest.

Hinter der Tür in Lauras Arbeitszimmer hatte Samy ein total verstaubtes, muffiges Büro gefunden. Samy hatte die Fenster aufgerissen, entstaubt, bisschen aufgeräumt und ein paar ihrer Sachen reingestellt, so what? Ein riesiger alter Schrank war fast leer gewesen, perfekt für Hüte, ein paar Schuhkartons. Ihre bunten Ketten hatte sie auf dem Schreibtisch wunderbar ausbreiten und betrachten können. Was bitte war daran so dramatisch?

»Pack deinen Kram und verschwinde!«, sagte Laura mit eisiger Stimme, sie zitterte am ganzen Körper. Fra schloss kurz die Augen, schaute dann Samy vorwurfsvoll an.

»Aber was?« Samy verstand nicht. »Was ist los mit dem Zimmer?« Hatte sie die Tür nicht ordentlich geschlossen? Wahrscheinlich.

Laura riss den Kopf hoch, blitzte Samy an, und fast tonlos presste sie hervor: »Es – ist – Fabios Zimmer.«

Samy fühlte eine Erschütterung, wer war Fabio? Bleierne Stille legte sich über die Küche. Fra fixierte Samy und sagte langsam und mit einer Ernsthaftigkeit, die Samy niemals von ihr erwartet hätte: »Du gehst jetzt besser in dein Zimmer.«

16

Fra spürte, wie die Spannung in Lauras Körper nachließ, wie aus dem Schluchzen ein langes weiches Weinen wurde. Fabio – der Name stand riesengroß in der Küche. Es war das erste Mal, dass Laura ihn ausgesprochen hatte.

»Die Tür«, schluchzte Laura, »die Tür zu Fabios Zimmer war offen, und sie, sie hat – ihr verdammter Ordnungsfimmel! Sie ist da einfach rein«, Lauras Stimme war nur noch ein leises Fiepen. »Fabios Schreibtisch ... alles voll mit ihrem ganzen Kram ... Sie soll ...«, Laura hob ihr Gesicht, wischte mit dem Handrücken über ihre Wangen, »... verschwinden.«

Ein naiver Trampel. Fabios Zimmer. Niemand hatte seit seinem Tod dort irgendetwas angerührt, ein Museum. Das hatte ja sogar Fra bei ihrem ersten heimlichen Rundgang durch die Wohnung kapiert. Wie konnte Samy in dieses Zimmer marschieren, munter Staub wischen und rumräumen, Platz schaffen für ihr überflüssiges Zeug?

»Es ist nicht Samy«, Fra strich Laura über den Kopf, »Samy hat nur die Tür geöffnet.«

»Es ist alles wieder da, alles ... wie kann sie das tun?«

Laura weinte nur noch leise, ein Sommerregen, der dem wilden Gewitter folgte.

»Ich nehme ihre Sachen raus und schließe die Tür wieder«, versprach Fra.

»Sie soll verschwinden«, sagte Laura leise.

»Sie wusste von nichts«, sagte Fra. »Sie ist jung. Schlaf drüber.«

Fra hatte sich geschworen, rechtzeitig aufzustehen, aber Samy joggte schon über den Flur, die Haustür flog ins Schloss, Fra taumelte hinterher, sah sie die letzten Stufen hinunterspringen und – »Hey, hey! Komm hoch!« – bremste die Frühsportlerin aus. »Avanti!« Kommentarlos nahm sie Samys Hand und zog sie zurück in die Wohnung und in Fabios Arbeitszimmer.

»Ausräumen!«, sagte sie, »und wenn du in deinem Zimmer an dem Gerümpel erstickst, in diesem Zimmer hat dein Kram nichts zu suchen. Und du erst recht nicht.«

»Kann ich das später erledigen, ich wollte gerade meine Morgenrunde ...«

Fra packte sie an ihrer Jacke, schloss die Tür hinter ihr und erklärte mit schneidender Stimme. »*Das* war Fabios Zimmer. Fabio war Lauras Mann. Fabio ist einfach umgekippt. Auf der Terrasse. Tot.«

Samy erstarrte. »Oh my God!«, ihre Augen füllten sich mit Tränen.

»Kein großes Kino, bitte«, fuhr Fra sie an, »hättest du dich etwas weniger um deinen optimierten Bauchnabel gekümmert, wäre dir klar gewesen, dass Laura nicht nur schlecht drauf ist und du in diesem Zimmer *nichts* verloren hast. Wenn du nicht schleunigst deinen Krempel zusammenpackst, erledige ich das und du kannst alles auf der Straße einsammeln, bevor du dir ein neues Zimmer suchst.«

»Oh, I'm so sorry«, hauchte Samy, »ich wollte doch nur ...«

»... ein bisschen aufräumen und Staubmilben entfernen«, unterbrach Fra sie genervt, »nimm deine Sachen, geh brav studieren und schlaf heute bei einer Freundin. Besser, Laura sieht dich erst mal nicht. Ich versuche die Lage zu retten und sage dir Bescheid.«

Samy nickte stumm.

Zumindest war das Zimmer nun sauber – was auf dem Schreibtisch herumgeflogen war, hatte Samy zu ordentlichen Stapeln zusammengeschoben, Bücher ins Regal gestellt, den Papierkorb geleert. Während Samy zusammenpackte, öffnete Fra die Balkontür und trat hinaus auf den langen Balkon, der die Küche und beide Arbeitszimmer verband. Ein kleiner Tisch mit zwei Stühlen stand in der Ecke zwischen Lauras und Fabios Zimmer. Fra stellte sich beide an ihren Schreibtischen vor, und zwischendurch hatten sie sich auf dem Balkon getroffen, für einen kleinen caffè, ein »wie läuft's?«, einen Blick auf die Piazza, ins irdische, wahrhaftige Leben, bevor sie sich wieder in ihre Bücherwelten verzogen. Fra schloss die Fenster und Balkontür. Die Luft fühlte sich schon nach Frühling an.

Samy war mit ihren Kartons verschwunden, nun musste Fra Lauras Verfassung aufmöbeln. Sie selbst hätte sich nach einem solchen Nervenzusammenbruch ein neues Tattoo gegönnt. Schied für die Deutschlehrerin vermutlich aus. Vielleicht tat es ein Besuch bei Carlino?

Aus der Küche klang Musik, eine von Fras CDs. Akustische Gitarre und Klavier, ein bluesiger Gospel. Was Fra von der Türschwelle in der Küche sah, war unglaublich. Laura, in Pyjama und Pullover, steppte in dicken Socken vor dem Spülbecken von einem Bein aufs andere, wippte in den Knien – und hörte Fra richtig? Sang sie tatsächlich schief und versonnen den Refrain mit? »Don't ever let nobody drag your spirit down«?

Laura drehte sich um, sah Fra in der Tür stehen. »Buongiorno! Tee?« Sie sah verschlafen aus, blass, aber ihre Stimme war fest. Fra nickte, warum nicht mal morgens Tee trinken?

»Musstest du nicht in die Schule?«, fragte Fra vorsichtig.

»Krankgemeldet.«

»Und, wie geht's?«

»Geht«, sagte Laura und stellte eine zweite Tasse auf den Tisch, »bin okay.« Sie goss Tee ein. Ging zum Küchenschrank. »Haben wir noch irgendwo Kekse?« Sie zog eine Schublade auf.

»Linke Schublade, da müssten Schokokekse sein«, antwortete Fra perplex. Kein Häufchen Unglück, stattdessen hatten »wir« noch Kekse? Sie hatten noch nie zusammen eingekauft. »Du bist echt okay?«

Laura wiegte den Kopf hin und her. »So okay, wie's geht.

Aufgewacht in der Wolke, aber die Sonne bricht durch. Geht schon.« Sie sang leise und falsch mit und wippte zur Musik mit den Schokokeksen durch die Küche. Unfassbar.

Dann saßen sie beide vor ihren heißen Teetassen und pusteten. Laura stippte einen Keks hinein, das hatte Fra ja noch nie gesehen. »Ist das eine deutsche Gewohnheit?«

»Mmmh«, mummelte Laura, zuckte mit den Schultern, »keine Ahnung, ich mache das schon immer so. Ist irgendwie tröstlich.«

Fra nahm einen Keks, tunkte ihn kurz in den Tee, probierte – nicht schlecht. Warm, weich und doch noch ein bisschen knusprig.

»Hör mal«, begann Fra, »ich brauche eine neue Farbe auf dem Kopf und ...«

»Findest du?«, Laura schaute kurz hoch, nippte am Tee.

»Auf jeden Fall. Es wird Frühling, und dieses avantgardistische Grün-Blau ist etwas kühl. Ich habe heute Mittag einen Termin bei Carlino für uns.«

»Für *uns*?«, unterbrach Laura, »bei Carlino?«

»Carlino! Du kennst Carlino nicht?«, Laura schüttelte den Kopf, das konnte nicht wahr sein, »gleich um die Ecke. Hat diesen trashigen puffroten Frisörsalon.«

Laura guckte irritiert. »Warum sollte ich mitkommen?«

Fra verdrehte die Augen, schaute sie mitleidig an. »Carlino könnte endlich die grundsätzliche Renovierung deiner Haartracht in Angriff nehmen, Schätzchen. Ist ja eher überfällig, wenn ich das mal freundlich ausdrücken darf. Guckst du nie in den Spiegel?«

»Hm«, machte Laura.

»Also, ja. Prima. Sei sicher, Carlino schaut dich an und weiß, was du brauchst. Schneidet mit Raffinesse und ist bei Farbe der Van Gogh unter den Friseuren. Ein Künstler. Gute Idee?«

Carlino war an diesem Freitag Ende März die pralle Sonne persönlich. Der kugelige kleine Friseur strahlte Signora Laura an, als ob nichts wäre – Fra hatte ihn vorgewarnt und gebeten, er möge ohne jede Operette eines seiner kleinen Wunder auf Lauras Kopf vollbringen.

Kein Problem, Carlino war noch frisch gebräunt, gerade erst mit seinem Mann und Kompagnon von der alljährlichen Winterflucht auf die Kapverdischen Inseln zurückgekehrt. Summend tänzelte er zu Cesaria Evoras schmeichelnder Stimme und den glucksenden Rhythmen ihrer Morna durch seinen kleinen barock anmutenden Salon mit rot glänzenden Tapeten und schnörkelig goldgerahmten Spiegeln. »Der Blues der Kapverden – für dich aufgelegt, o meine Königin. Was macht die Kunst?«

Er strich mit seinen Fingern durch ihre Haare, ließ ein »ts ts ts« hören. »Nun gut, ich war ja nicht hier ... aber die Farbe steht dir. Machen wir dann heute einen Aufheller für den Frühling? Wir sind ja schon im März ...« Damit war klar, Carlino hatte seine Inspiration. Fra vertraute ihm blind. Sie würde ihre Garderobe entsprechend zusammenstellen.

Jeder Frisörbesuch fühlte sich wie Weihnachten an. Wenn ihre Haare erst mal Strähne für Strähne in knisternden Alutütchen verpackt waren und die neue Farbkreation auf ihrem Kopf einwirkte, wurde sie im Laufe der nächsten Stunde kribbeliger und ungeduldiger. Sie wusste nie genau, was am Ende herauskam.

Neben ihr saß Laura. Stocksteif aufgerichtet blickte sie ihr Spiegelbild an.

»Alles etwas kürzer, würde ich sagen«, begann Carlino ruhig, »sehr viel kürzer. Ja, mmh mmh ...« Er summte und sinnierte, Lauras Schultern senkten sich, er strich Haare zurück und nach vorne, Strähnen hinter die Ohren und ins Gesicht. »Wir sollten ...«, murmelte Carlino zu sich selbst und betrachtete Lauras Gesicht, »ja ja, sollten wir. Vielleicht auch ein wenig Farbe?«

Laura zuckte zusammen, schüttelte energisch den Kopf.

»Doch, doch«, sagte der Meister ruhig, »natürlich nicht so radikal wie bei unserer Blues Queen.«

Jetzt springt sie auf und rennt raus, dachte Fra und linste vorsichtig zu Laura hinüber.

»Nur ein Schimmer«, säuselte Carlino verträumt, und in diesem Moment schob sich Armand, Carlinos französischer Mann, zwischen Laura und Fra, »voilà mes dames, der letzte Rest unseres Schokolikörs, hausgemacht vom Maestro persönlich« und reichte jeder ein fein geschliffenes Gläschen.

Etwas löste sich in Lauras Gesicht. »Bordeaux«, raunte Carlino versonnen, »zart, ganz zart, so wie Sie, Signora Laura, ein wärmender Schimmer tut Ihnen gut.« Carlino sah sie aufmunternd an. Laura nippte am bittersüßen Likör, und dann, kaum zu hören, murmelte sie: »Warum nicht?« und vertraute sich Carlinos hübschen tätowierten Händen an.

»Was habe ich gesagt?«, juchzte Fra, als die Ladentür Stunden später mit freundlichem Scheppern hinter ihnen zufiel, »er ist ein Magier. Du siehst großartig aus! Er spürt, was du brauchst!« Carlino hatte aus einer verhuschten Maus eine aufgeweckte Frau gemacht. Aus den graubraunen Zotteln hatte er einen Kurzhaarschnitt gezaubert, mit feinen Strähnen, die im Gesicht spielten. Sagenhafte Farbe, ein rötlicher Schimmer, der ihr natürliches Braun unterstrich.

»Meinst du?« Laura betrachtete sich im Schaufenster eines Papierladens. Fra blieb neben ihr stehen, legte kumpelhaft den Arm auf Lauras knochige Schulter.

»Gar keine Frage.« Fra betrachtete sich selbst und zupfte mit den Fingerspitzen ihren frisch gestutzten Bob mit der Tulpenkreation zurecht: frisches, silbriges Rosé und zart grüne Spitzen. Es wurde Zeit, dass der Frühling kam.

»Jetzt müssen wir dich noch anständig füttern, ein paar hübsche Kleider finden und … komm mit!«

Ein paar Schuhe fehlten. Schuhe kaufen ging immer, bei jeder Frau. Aber vorher würde Fra das Thema Samy regeln.

Bis zum Wochenende hatten sich die Wogen geglättet. Laura hatte Samy knirschend eine erneute Einzugsgenehmigung gegeben.

Aber wo zum Teufel blieb Mario? Einmal brauchte Fra ihn wirklich, und er war nicht aufzutreiben. Es war Samstag, Lauras Geburtstag, er hatte frei – und ging nicht ans Telefon! Sie brauchte die verdammte Pastamaschine von seiner Mutter, Berge von Karotten, Zwiebeln und Sellerie mussten fein gewürfelt, Girlanden aufgehängt, Stühle herangeschafft, Torte und Wein mit dem Auto abgeholt werden. Die Gäste brachten Antipasti, Salate und Desserts mit, Fra sorgte für den – selbstverständlich spektakulären – Hauptgang. In Lauras Küche hatte sie einige riesige alte Kochtöpfe und flache Backformen entdeckt, die warteten nur auf einen Großeinsatz für eine echte ehrliche Lasagne, mit frischer Pasta und einer Bologneser Fleischsoße, die drei, besser vier oder auch fünf Stunden auf dem Herd köcheln sollte. So wie damals. In den guten Tagen zu Hause.

Fra hatte nach vielen Jahren ihre Tante angerufen und versucht, das Familienrezept aus der alten Dame rauszukriegen. Nicht einfach, die Tante war zunächst erfreut, die Nichte nach so langer Zeit zu hören, aber auch ein bisschen beleidigt, wegen ebendieser Funkstille, und dann musste sie sich nach all dieser Zeit erst mal wieder an das Rezept erinnern. Ihre letzte berühmte Lasagne hatte sie vor Jahren in den Ofen geschoben, also, Fra sollte am nächsten Tag noch mal anrufen. Das Spiel zog sich einige Tage hin, aber schließlich hatte Fra aus den Erinnerungen der Tante und ihren eigenen das Familienrezept für Lasagne, das niemals aufgeschrieben worden war, zusammengepuzzelt. Man sparte nicht am Ei für den selbst gemachten Pastateig und nicht am Wein für das ragù, die feine Fleischsauce. Es gab gute Gründe, weshalb Fra niemals Lasagne im Restaurant bestellen würde.

Laura sollte nichts, gar nichts ahnen. Es gab keinen Glückwunsch am Morgen, keine Blume und keine Kerze auf dem Frühstückstisch. Samy ging rennen und duschte ihre übliche Ewigkeit, Fra erledigte ein 5-er-Pack Puffreis-Schokoriegel zum Cappuccino und lackierte ihre Fußnägel, während die Feuchtigkeitsmaske im Gesicht wirkte. Alles ein wenig früher als üblich, aber absolut unauffällig.

Samy hechtete mit Kopfhörern von ihrem morning run in die Küche, aber riss sich die Dinger vom Kopf, als sie über Laura in der Küchentür stolperte.

»Hi, darling!«, rief Samy.

Laura hatte nach einigen hellen Tagen ausgerechnet an ihrem Geburtstag das Knittergesicht aufgelegt, als fischte sie mal wieder im Tieftrüben. Aber Samy war großartig, frisch und naiv, als sie nun inständig und ein wenig scheinheilig bettelte, sie ins Goethe-Institut zu begleiten. Eine Ausstellung über die Unterschiede zwischen Deutschen und Italienern sollte eröffnet werden. »Außerdem läuft noch ein Film über diese deutsche Philosophin, wie heißt sie noch, sag schnell, deutsche Philosophin …«

»Hannah Arendt«, murmelte Laura, ohne Samy anzuschauen, und trottete in die Küche. Fra erkannte die finstere Wolke, die Laura umwehte. Go Samy, go!

»Genau! Hannah Arendt! Kommst du mit? Das wäre supercool, ehrlich. Du kannst mir übersetzen. Please, Laura!« Genial, die kleine Ami-Maus, auf so eine Idee musste man erst mal kommen – Goethe-Institut, deutsche Philosophin. Laura zögerte, natürlich.

»Also, ich an deiner Stelle würde heute aus der Wohnung verschwinden«, mischte sich Fra ein und log aus dem Stand. »Mario will unten die alten Kacheln im Bad abschlagen, das wird laut.«

Getroffen. Laura seufzte »Okay. Also, um wie viel Uhr?«

Samy schaute fragend zu Fra. Die scheuchte sie mit einer Handbewegung aus der Wohnung. Samy räusperte sich. »Hey, der Tag ist superschön, jetzt gleich, so um 12 Uhr?«

»Jetzt?«

»Wir könnten noch Salat essen oder irgendwas und durch die Villa Borghese spazieren oder …«

»Keine Villa Borghese«, schnitt Laura scharf ab.

»Okay, okay, keine Villa Borghese, aber kleiner Spaziergang durch die Stadt, da und dort shoppen …«

»Schon gut, schon gut, gehen wir. Francesca, was machst du heute Nachmittag? Kommst du mit?« Anzeichen von Leben waren in Lauras Gesichtszügen zu erkennen. »Das würde mich sehr freuen!«

Hatte sie sich an ihren Geburtstag erinnert?

»Sorry, tut mir leid«, Fra hob entschuldigend die Hände, und es tat ihr wahrhaftig leid, Laura zu enttäuschen, »ich bin auf dem Sprung, muss heute Eis verkaufen … bin eigentlich schon weg …« Sie zog eilig Strümpfe über die frisch lackierten Fußnägel, sprang auf und eilte aus der Küche. Den Rest schaffte Samy allein.

Der Film endete gegen 20 Uhr, spätestens um 21 Uhr musste alles fertig sein. Mario sollte endlich aufkreuzen, glaubhaft herumhämmern, bis Laura verschwunden war.

»Viel Spaß, Mädels!« Fra sprang in Stiefel und Jacke und verließ die Wohnung. Sie eilte über die Piazza, setzte die Sonnenbrille auf, zog sich die Schiebermütze ins Gesicht und stürzte in Virgilios Laden. Dort konnte sie bleiben, bis Laura und Samy weg waren.

»Buongiorno, Virgilio! Wie geht's?«

Virgilio hockte hinter dem Verkaufstresen, schaute kurz von seiner Zeitung hoch, stutzte, »Ciao Fra!« Er schaute sie amüsiert an. »So siehst du also am relativ frühen Morgen aus!« Natürlich, Fras Gesicht war noch so pur wie ein Babypopo, kein Pinselstrich, kein Hauch von Farbe.

»So ein hübsches Gesicht!«, krähte eine Stimme aus der Ecke, Fra beugte sich über den Tresen, das war doch – richtig: Signora Mattarella saß in einem bequemen Armstuhl hinter dem Tresen. »Bella donna, was tust du hier, so früh am Morgen?«

Fra erzählte hastig von der Lasagne und der Überraschungsparty und von Samy, die Laura entführen, und von Mario, der endlich mit der Pastamaschine aufkreuzen sollte und … Marios Auto rollte auf die Piazza. Fra riss die Ladentür auf – und warf sie wieder zu. Samy und Laura hatten das Haus verlassen. Mario stieg aus dem Auto, winkte den beiden freudig zu. Die drei redeten miteinander und – was sollte *das* denn? – alle stiegen zusammen in Marios Auto. Und dampften ab. Tatsächlich. Alle drei – weg. Mitsamt Pastamaschine und Marios helfenden Händen. Fra schnappte nach Luft. Mario! Einfach weg!

»Habt ihr das gesehen?« Sie drehte sich empört zu den beiden Alten um. Die schauten fragend.

»Platzt gerade die Party?«, sagte Signora Mattarella.

Fra tippte hektisch eine SMS an Samy: »Was ist da los?«

»Mittagessen am Meer mit Mario, cool!«, textete Samy zurück und schickte ein Foto von dem munteren Trio im Auto.

»Verdammter Mist, das war nicht abgesprochen.« Lasagne ohne frische selbst gemachte Pasta ging gar nicht. Fra drehte sich zu Signora Mattarella um. »Besitzen Sie zufällig eine Pastamaschine?«

»Ich besitze gar nichts mehr in dieser erbärmlichen Residenz«, schimpfte die Mattarella, »aber falls du über ein Nudelholz verfügst, kann ich dir zur Hand gehen.«

Virgilios Augen funkelten. »Die Pasta der Signora Mattarella hat den besten Ruf auf dieser Piazza und weit darüber hinaus. Ich würde sie sofort engagieren, hätte ich eine Trattoria. Leider bin ich nur ein armseliger tabaccaio.« Seufzend strich er sich seine silbrige Mähne zurück und legte die tiefen Geheimratsecken frei.

»Red kein dummes Zeug, Virgilio«, fuhr ihm die Mattarella dazwischen, »ich habe Jahr um Jahr darauf gewartet, dass du an meine Tür klopfst. Für dich hätte ich nächtelang Pastateig geknetet und gerollt und gekocht ...«

Virgilio lachte tief kollernd. »Das hätte ich wissen sollen. Aber als du im richtigen Alter warst, hattest du keine Augen für mich, ich war ein kleines Bürschlein, und ihr habt die Nächte durchgetanzt, du und deine Guenda, und habt feinen Signori den Kopf und anderes verdreht. Und dann hast du diesen Schnösel geheiratet.«

»Gott hab ihn selig!«, zischelte die Mattarella mit finsterem Gesicht, »er war ein Feinschmecker, das war noch das Beste an ihm. Hat immer alles aufgegessen. Bis auf das letzte Mahl …« Sie machte ein tragisches Gesicht und kicherte listig dazu. Fra guckte wieder mal erstaunt zwischen den beiden hin und her. Was hatten die Alten hier laufen? Und wer war »ihr«?, »Guenda und du?« Signora Mattarella bemerkte Fras Blick.

»Nun gut, lassen wir das. Machen wir uns an die Arbeit, bella ragazza! Gibt es ein Nudelholz in der Wohnung?« Fra nickte, die Mattarella erhob sich aus ihrem Stuhl, schaute Virgilio an. »Du weißt, wo du mich findest.«

Es wurde ein vergnüglicher Nachmittag, während sie Zwiebeln, Karotten, Sellerie und Möhren fein hackten. Die Mattarella legte ein atemberaubendes Tempo vor, »gelernt ist gelernt, ich habe mein halbes Leben in Küchen verbracht und meine Nächte – nun lassen wir das …«, das Hackfleisch wurde angebraten, Milch und Wein verdampften, und Fra wollte eine gute Prise Muskatnuss hineinreiben – ein kritischer Moment, Signora Mattarella war strikt dagegen, aber Fra wusste, Tante Teresa bestand darauf, also schickte sie die Mattarella aufs Sofa im Wohnzimmer, sie möge sich eine Pause gönnen, und griff heimlich zur Muskatnuss. Inzwischen war aus Signora Mattarella Roseana geworden, und während das ragù köchelte, erfuhr Fra die unglaubliche Geschichte der Guendalina und dieser Wohnung.

Alles war arrangiert. Sie wollten in Viareggio heiraten, einer kleinen Hafenstadt im Norden, in der Buffalo Soldiers stationiert waren. Bis Guenda problemlos nach New York reisen konnte, wollte sie in Rom warten. Tom würde sich um sie kümmern, klar. An einem Tag X würde Guenda sich dann auf das Schiff setzen, und sobald die Anker gelichtet wären, sollte ich ihren Eltern den Abschiedsbrief überbringen. Mein letzter Dienst als Postbotin.

Dann kam dieser feuchtkalte Novembermorgen. Der erste Zug nach Viareggio. Sonnenstrahlen versuchten sich durch die Wolken zu zwängen, blinkten in den Fenstern der einst ehrwürdigen Häuser am Bahnhofsplatz. Tom sah aus, als sei er direkt von der Bühne zum Bahnhof geeilt, um die beiden zu verabschieden. Müde Augen, Haarsträhnen, die nachts noch elegant mit Brillantine zurückgekämmt waren, baumelten in seinem Gesicht. Hatte er überhaupt geschlafen? Lesley trug seine Uniform, gewaschen und gebügelt, einen Rucksack mit seinen Habseligkeiten und seine Gitarre. Er schwieg, schaute den Wolken hinterher.

»Hey man!«, sagte Tom munter, »gleich kommt sie, deine Königin, dein Baby, jetzt nicht abhauen!«

Wir warteten. Guenda kam nicht.

Lesley entschied, den Zug mittags zu nehmen. Und dann den Zug am Abend. Er rührte sich nicht von der Stelle. Wartete Stunde um Stunde vor dem Bahnhof. Sie würde kommen. Tom fuhr zu ihrem Elternhaus, zu der Villa am grünen Rand von Rom. Er wurde am Gartentor von der Haushälterin abgewimmelt. Signora Guendalina lasse ausrichten, sie werde sich zu gegebener Zeit bei ihm und seinem Freund melden.

Tom kam zurück zum Bahnhof, stotterte herum, biss sich auf die Lippen, schließlich drehte sich Lesley stumm um und schaute auf die Bahnhofsuhr. Er machte sich auf den Weg zum letzten Zug, Tom und ich liefen ihm hinterher. Keiner von uns konnte sprechen, wir alle hatten Tränen in den Augen, fanden keine Worte zum Abschied.

Ich wusste nicht, was ich denken sollte. Toms Tränen am Bahnhof waren echt. Aber ich hatte einen Verdacht. Hatte er seine letzte Chance genutzt, um Guendalina in Rom zu behalten? Von wegen, die Stadt langweilte ihn. Rom erwachte gerade, schüttelte den Faschismus ab wie eine lästige Fliege, Maler, Literaten, Musiker und vor allem Filmemacher trieben sich herum, und Tom hatte doch gar keine Zeit, um sich zu langweilen. Das war vollkommen lächerlich.

Hatte also der gute alte Freund seine letzte Karte gezogen, um Guenda zu gewinnen, und ihr die Wahrheit über das Leben erzählt, das sie in den USA erwartete? Er hatte gehofft, ich würde das für ihn übernehmen. Ausgerechnet ich hätte Guenda warnen sollen.

Ich fand die ganze Geschichte viel zu abenteuerlich, als dass ich ihr die Laune verderben wollte. Wahrscheinlich hätte sie mich sowieso nicht ernst genommen.

Wie auch immer, Tom hatte mich wenige Tage vor der geplanten Hochzeit auf der Piazza erwartet. Er – mich – erwartet! »Caffè, Signorina?«, hatte er geschmunzelt und mich schon am Arm genommen. Ich war geschmeichelt, ich dummes Küken. Erst als wir in unseren Tässchen rührten, verstand ich.

Ich sollte Guenda zur Vernunft bringen. Ob ich von den Gesetzen zur Rassentrennung in den USA wisse? Davon, dass Guenda nicht einfach so mit Leslie in die Südstaaten reisen könnte, in seine Heimat, dorthin, wo der Blues geboren war? Dass sie nicht zusammen im gleichen Zugabteil sitzen, nicht im gleichen Hotel übernachten, nicht im gleichen Restaurant essen dürften? Dass gemischte Ehen in vielen Bundesstaaten verboten waren? Von den alltäglichen Schikanen gegenüber einer weißen Frau, die mit einem Schwarzen lebte, ganz zu schweigen.

»Aber sie wollen doch in New York leben«, hatte ich eingewandt. Ich wusste nicht viel von Amerika, aber New York musste anders sein.

»Klar, New York«, Tom atmete schwärmerisch, »New York ist natürlich anders – in jeder Hinsicht.« Ein verträumtes Lächeln unterstrich seine Aussage. Zumindest ein Gesetz, das gemischte Ehen verbiete, gebe es dort nicht. »Aber ich bin ja schon länger nicht mehr dort gewesen. Wer weiß, wie sich die Dinge entwickelt haben.«

Der erste Brief von Lesley an Guenda erreichte mich wenige Tage später. Er hatte ihn abgeschickt, noch bevor er an Bord gegangen war. Von Guenda hatte ich nichts gehört. Tom drängte, er wollte ihr den Brief bringen. Aber ich traute ihm nicht, obwohl ich immer noch in diesen schönen, weltgewandten, eleganten, mindestens 15 Jahre älteren Mann verknallt war. Ich ließ mich nicht erweichen, sondern bat ihn um Guendas Adresse. Ich wollte ihre persönliche Postbotin bleiben, ich hatte es Lesley am Bahnhof versprochen.

Außerdem wollte ich selbst von Guenda hören, was geschehen war, und vielleicht verstehen. War die ganze Geschichte mit Lesley ein abenteuerlicher Spaß gewesen und sie hatte im letzten Moment die Reißleine gezogen? Was wusste ich schon von ihrem Leben?

Mein nächster freier Tag war ausgerechnet ein Sonntag. Ich wollte ungern ins familiäre Mittagessen platzen, aber der späte Nachmittag erschien mir eine gute Zeit.

Eine mehrstöckige Villa aus roten Ziegelsteinen mit Giebeldach und Turm an der Seite, hohen Fenstern in Mauerbögen. An einer Stelle konnte ich durch die hochgewachsenen Büsche hinter dem Zaun etwas sehen. In der Auffahrt parkte eine Limousine, mein Gott, das war wirklich eine steinreiche Familie. Ein Mann in Livree mit Mütze trat von der offenen Hecktür zurück. Daneben stand ein leerer Rollstuhl.

Das schmiedeeiserne Gartentor war geöffnet, ich sah Guenda. Sie beugte sich in den Wagen, von innen umschlangen sie Arme, sie zog sich zurück und schloss die Wagentür. Lächelte noch einmal durch das Fenster der Limousine und winkte. Was war das für ein Lächeln gewesen? Freundlich abgemessen, das war doch nicht die Guenda, die ich kannte!

Ein Mädchen hüpfte aus der Villa die Treppenstufen hinunter und winkte dem Wagen wild hinterher. »Ciaoooo!!«, krähte sie. Guenda nahm sie an die Hand und hielt sie fest. Der Wagen rollte die Auffahrt hinunter zum Gartentor. Sie schaute der Limousine hinterher – und sah mich.

Sie erschrak, wollte sich umdrehen, aber ich hatte schon den Briefumschlag aus der Manteltasche gezogen und hielt ihn hoch. Sie zögerte, ich fixierte ihren Blick. Sie machte mir ein Zeichen zu warten und verschwand mit dem Mädchen im Haus.

Es war dunkel geworden. Sie schob sich durch das Tor, in schmal geschnittenem Wollmantel mit passendem Hut. Ich sah dagegen selbst in feinsten Klamotten ziemlich lumpig aus.

»Ciao!«, sie küsste mich eilig links und rechts, »gehen wir was trinken. Ich lade dich ein.«

Sie war nervös, wollte wahrscheinlich nicht mit mir in der Nähe ihres Hauses gesehen werden.

»Was willst ...?«

»Was ich will?«, fuhr ich auf, »was sollte ich wollen?«

»Schon gut, schon gut.« Es war zwei Wochen her, dass sie Lesley versetzt hatte. Zwei Wochen, in denen sie sich nicht gemeldet, nichts erklärt und Toms Versuche, mit ihr zu reden, durch Hausangestellte verhindert hatte.

»Was ist das für ein Brief?«, fragte sie zögernd.

»Von Lesley.«

Bei seinem Namen zuckte sie zusammen, zog mich die Straße hinunter. Wortlos liefen wir nebeneinanderher. Bis zur Hauptstraße, die das Villenviertel begrenzte. Wir gingen in eine einfache Bar, kaum Gäste an diesem trüben Sonntagabend. Wir setzten uns in eine Ecke, Guenda bestellte Rotwein. »In Ordnung für dich?«, fragte sie, »ich brauche jetzt etwas Kräftiges, Wärmendes.«

Ich nickte. Es war mir egal, ich brauchte nur irgendwas Alko-

holisches. Ich schob ihr den Brief über den Tisch. Sie strich über den Umschlag, Lesleys Schrift, wischte sich Tränen aus den Augen. Die Weingläser wurden auf den Tisch gestellt, sie steckte den Umschlag ein.

»Auf uns!«, sagte sie plötzlich entschlossen, und ich erkannte Guenda wieder.

»Jetzt sag schon«, drängte ich, »was ist passiert?«

Ein Telefonanruf am Abend vor ihrer Hochzeit. Sie sollte in das Haus von Sergios Eltern kommen.

Sie wurde in den Salon geführt, Sergios Vater bot ihr einen Likör an. Seine Mutter kam mit tränenerfüllten Augen auf sie zu, nahm Guendas Gesicht in ihre Hände, und noch während sie sagte, »ich habe immer daran geglaubt«, öffnete sich die Tür. Sergio rollte über die Schwelle und zurück in Guendas Leben. Es war tatsächlich Sergio, dem Tod entronnen.

Schwer verletzt, aber der Gedanke an Guenda hatte ihn überleben lassen.

Er war in einen Hinterhalt geraten. Die Explosion der deutschen Bombe hatte ihn durch die Luft katapultiert, er erinnerte den Knall, danach nichts mehr. Er war aus den Trümmern geborgen und verarztet worden. Monatelang, irgendwo im Norden, von Partisanen in einem Bergdorf. Er fand seine Erinnerung wieder, seinen Namen, seine Herkunft und das Bild der schönsten Frau der Welt. Er war wieder in Ordnung. Fast. Er fühlte nichts mehr in seinen Beinen.

Guenda schaute mich verzweifelt an. »Was hätte ich tun sollen? Meine Geschichte mit Lesley hätte ihn umgebracht.«

»Klingt vernünftig«, sagte ich, aber konnte sie dabei nicht ansehen.

»Er hat nachts wahnsinnige Schmerzattacken. Albträume, aus denen er schreiend erwacht.« Guenda vergrub ihr Gesicht in den Händen.

Sie trank ihren Wein mit einem Schluck aus, bestellte mit einem Fingerzeig nach.

»Es ist besser geworden, seitdem er wieder hier ist. Ich wohne noch bei meinen Eltern, aber er braucht mich, um gesund zu werden. Er träumt davon, dass er die Tabakfabrik leiten kann. Er wollte immer in die Fußstapfen seines Vaters treten. Ich kann ihn nicht verlassen, nicht jetzt zumindest.«

Ich versuchte zu verstehen, mit meinem Kleinmädchen-Verstand und keiner Ahnung, wie es in solchen Familien zugeht. Ich stellte mir vor, dass man sich im echten, ernsten, erwachsenen Leben wohl so benahm, wie Guenda es tat. Sie hatte ihre wilde Zeit gehabt, nun stellte sie sich der Verantwortung. Das war ein bisschen romantisch, aber auch sehr traurig. Für alle Beteiligten.

»Und Tom?«, fragte ich.

»Nichts. Von Tom redet niemand in unserem Haus. Sergio soll nichts von anderen Männern erfahren, auf gar keinen Fall. Nicht in seinem labilen Zustand.«

»Natürlich«, gab ich ihr recht, »natürlich nicht.«

»Wir werden heiraten«, sagte Guenda leise und heftete ihren Blick auf die Tischplatte, malte mit dem Zeigefinger Kreise.

»Und der Palazzo? Die Wohnung, werdet ihr dort leben?«

Guenda schüttelte den Kopf. »Wie soll er hochkommen? Er kann doch nicht laufen!«, sagte sie heftig. Und nicht tanzen, dachte ich und schämte mich für den Gedanken, fühlte ein Reißen, als steckte ich in Guendas Körper.

»Wir werden nach der Hochzeit in der Villa seiner Eltern wohnen, bis auf Weiteres. Sergio hofft noch, dass er vielleicht, eines Tages, doch wieder gesund wird.« Sie schaute mich traurig an. »Richtig gesund, in jeder Hinsicht, verstehst du?«

Und dann? Wir tranken traurig weiter Rotwein. »Danke auch«, sagte Guenda nach einer Weile, »für den Brief.« Sie lächelte, und ich entdeckte ein kleines Blinzeln. Sie würde Lesley nicht einfach vernünftig vergessen. Sie plante etwas, und ich vermutete, dass ich Teil davon sein würde.

Guendalina und Sergio heirateten ohne großes Aufsehen im engsten Familienkreis. Kein Fest mit mehreren Hundert Gästen, wie es wieder normal gewesen wäre, nun, da der Krieg vorbei war. Sie wohnten weiterhin im feinen Norden der Stadt, und als Sergio wieder im Büro arbeiten wollte, machte Guenda einen Führerschein. Sie wollte ihren Mann selbst ins Büro fahren können. In die Fabrik nach Trastevere.

Ich war der Schelm, der Böses dabei dachte. Mir war klar, dass Guenda sich tödlich langweilte in der Villa ihrer Schwiegereltern. Sie hatte sich viel vorgenommen, aber sie war keine Heilige, keine Krankenschwester und erleuchtet bestenfalls ein kleines bisschen. Sergio wurde weder gesund noch »so ganz richtig gesund«. Aber ich wusste, Guenda brauchte Musik, Guenda musste tanzen. Tanzen!

Ich fragte mich, wie lange sie durchhalten würde. Lesley schickte weiterhin Briefe, einen, manchmal zwei im Monat. Ich rief sie dann aus der Osteria an, in der ich arbeitete, und sie kam vorbei, oder wir trafen uns in einer Bar. So hielten wir über Monate losen Kontakt.

Es war ein später Nachmittag im März. Blütenduft erfüllte Gassen und Plätze von Trastevere, es war einer dieser ersten Frühlingstage, an denen man erstaunt auf die Straße tritt, den Mantel öffnet und spürt – Wärme! Die Sonne hatte ihre Kraft wiedergewonnen und den Winter verscheucht.

Als ich nachmittags aus der Osteria nach Hause kam, hörte ich wieder Musik über mir. Und Schritte. Tanzende Schritte. Ungläubig eilte ich die Treppe hinauf. Die Wohnungstür war nur angelehnt. Ich hörte eine Trompete und die eindringliche Stimme einer Bluessängerin, Sonnenlicht flutete den Salon. Im staubigen Gegenlicht drehte sich Guenda, »Love, o love! Careless love!«, sang sie den Refrain schön schief mit.

Sie bemerkte mich, drehte eine Pirouette und warf die Hände in die Luft. Ihr kesser Gesichtsausdruck sprach Bände, zusammengefasst: »Da bin ich wieder!«

Ich hatte morgens versucht, sie anzurufen, und die Haushälterin hatte offensichtlich meinen Gruß ausgerichtet. Ich zog den Brief von Lesley aus meiner Rocktasche. Guenda strahlte und schnappte ihn aus meiner Hand.

»Ab jetzt wird alles anders«, flüsterte sie übermütig. »Ich habe mit Sergio gesprochen.«

»Hast du ihm von …?«

»Schschsch«, sie legte einen Finger auf meine Lippen, »auf gar keinen Fall!«

Es hatte gekracht in der feinen Hütte. Tom hatte sich mal wieder gemeldet. Die Stimme aus der anderen Zeit, und dieses Mal hatte Guenda geantwortet. Sie hatte nicht länger widerstehen können. Tom hatte sie zu einem seiner Konzerte eingeladen, seine neue Jazzband, viel Swing und einige schöne Blues-Arrangements. »Tanzt du eigentlich noch?«, hatte er naiv gefragt, und das war die richtige Frage zur falschen Zeit.

»Wie konnte er mich das fragen?« Guenda schüttelte lächelnd den Kopf und hob wehrlos die Arme. Einfache Frage, hilflos komplizierte Antwort, und schließlich hatte sie sich ergeben. Sie war heimlich ausgegangen und nach durchtanzter Nacht glückselig im Morgengrauen nach Hause gestolpert. Sie dachte, sie hätte es geschafft, unbemerkt in ihr Schlafzimmer zu kommen, aber ihre gute Laune im verschlafenen Gesicht hatte sie am Morgen verraten. *»Meine Schwiegermutter hat sofort gesehen, dass irgendwas mit mir los war und mich beim Frühstück in die Mangel genommen. Vor Sergio! Dabei war ich endlich einfach nur ich!«*

Sergio unterstellte ihr einen Liebhaber, machte eine Szene, seine Mutter hatte ihm von Tom erzählt, diesem italoamerikanischen Musikus, mit dem Guenda gesehen worden war, damals als er, Sergio, sein Leben für Italien gegeben hätte.

Eigentlich wollte Sergio Guenda rauswerfen, aber es gab ein Problem: Er liebte sie.

Sie trafen eine Abmachung. Guenda blieb seine Frau, kümmerte sich um ihn, zeigte sich mit ihm, lebte mit ihm, und wenn es ihm noch etwas besser ging, würden sie sich ein eigenes Haus suchen. Er würde es seiner Mutter schonend beibringen.

Dafür durfte Guenda hin und wieder ausgehen. Auch tanzen. Das war der Preis, und Sergio akzeptierte ihn. Er hatte keine andere Wahl. Er liebte sie wahrhaftig.

Es gab einen weiteren Teil ihrer Abmachung, doch davon erfuhr die Familie erst nach Sergios Tod: den Palazzo seiner Familie in Trastevere.

Guenda sollte ihn erben. Sergio wollte sie versorgt wissen. Dafür versprach sie, bei ihm zu sein, wenn die Schmerzen unerträglich würden.

Fortan holte Guenda die Briefe bei mir nicht mehr in der Osteria ab. Oft kam sie nachmittags auf einen Sprung im Palazzo vorbei. Eilte die Treppe hinauf, als ob sie aus den Tiefen des Meeres aufsteigen und nach Luft schnappen müsste. Ein Atemzug Freiheit. Manchmal blieb sie nur zehn Minuten, manchmal zwei Stunden, tanzte allein in dieser riesigen, fast leeren Wohnung.

Wenn ich sie hörte, wartete ich ab, ob die Wohnungstür oben ins Schloss fiel oder Guenda sie nur anlehnte. Dann ging ich nach einer Weile hoch, brachte ihr einen der seltenen Briefe, die Lesley noch immer, aber immer seltener schickte, und verkrümelte mich auf den Diwan. Ich hörte Musik, wir plauderten, manchmal tanzten wir auch zusammen. Ich fragte nach Tom, der eine Koryphäe in der römischen Jazzszene geworden war, Filmmusik komponierte und noch immer und inzwischen ganz offen für Guenda schwärmte. Sie lachte darüber, manchmal zog sie ihn auf, er war einfach überhaupt nicht ihr Typ. Zu alt, zu glatt, zu verliebt in sie. Ihr Potenzial an Selbstlosigkeit war mit ihrer Ehe aufgebraucht. Zumindest hatte Tom kein festes Mädchen, das gab mir Hoffnung.

Über Sergio sprach sie nicht mehr, und ich fragte nicht nach.

Manchmal saß sie auf dem Diwan, schaute aus dem Fenster und schrieb an Lesley. Aber was konnte sie ihm noch schreiben? Vertröstete sie ihn? Versprach sie ihm nachzukommen, so wie die Ehefrauen amerikanischer Soldaten, die zu Hunderten in Neapel an Bord gegangen und vom Militär nach New York gebracht worden waren? Hatte sie ihm von Sergio geschrieben?

»Soll ich Lesley bitten, dass er zurückkommen soll?«, fragte sie mich einmal unvermittelt vom anderen Ende des Diwans. »Er könnte hier, in unserer Wohnung sein.« Sie fuhr mit dem Arm durch den Raum. »Ich wollte die Wohnung sowieso einrichten und

beleben«, sie machte eine Pause, schaute durch den leeren Raum, »ich sehne mich so sehr.«

»Was soll er hier?«, fragte ich, »in der Wohnung auf dich warten?«

»Er könnte mit Tom Musik machen. Er hat Erfolg in den USA, schon die zweite Platte veröffentlicht.«

Und ansonsten ihr Liebhaber sein – meinte sie das ernst?

17

Beschwingt hatte Laura den Frisörsalon verlassen, als ob sie aus einem Tiefschlaf erwacht wäre. Hatte sich an Fras Arm gehängt und weiterziehen lassen, über die Brücke in die Altstadt, in die winkligen Gassen des ehemaligen Ghettos. Fra plapperte mal wieder in ihrem nicht endenden Singsang über die Notwendigkeit, endlich den Frühling mit Haut und Haaren zu begrüßen, auch ein neues Tattoo – von wegen Haut – sei fällig, nach diesem sabbernden Idioten von Journalist, dass ihr so einer noch mal untergekommen wäre ... Laura verstand nur die Hälfte, aber an diesem Tag hatte sich die Wolke einfach aufgelöst, ein Tag voller Glückskekse – »Sag mal«, Fras munteres Geschnatter war plötzlich auf eine ernstere Tonlage gesunken, »was machen wir mit Samy? Sie ist am Boden zerstört, es tut ihr irrsinnig leid.«

Laura schwieg, sie hatte nicht mehr daran denken wollen. An die Tür, die einen Spalt breit geöffnet gewesen war. Wie früher, wenn Fabio abends länger gearbeitet und sie noch einmal bei ihm reingeschaut hatte. Sie wollte die Tür wieder schließen, warum war sie überhaupt offen? Sie wagte einen vorsichtigen Blick – und dann dieser ganze Klimbim! Samy hatte eine Grenze überschritten. Vielleicht nicht bewusst, nicht bösartig, nur vollkommen naiv und respektlos.

»Könntest du ihr verzeihen?«, hörte sie Fra. Laura wusste es nicht. »Heute Morgen habe ich beschlossen, dass ich mich nicht mehr von jeder Windböe umpusten lassen will. Aber diese Samy ist wirklich ...« Laura schüttelte den Kopf, sah Fras bittenden Blick. Sie zuckte hilflos mit den Schultern. »Grazie«, Fra küsste sie auf die Wange, »und jetzt komm, kleine Überraschung!« Sie zog Laura in einen Laden.

Zuerst atmete Laura den Duft von Leder, dann sah sie die Auswahl an Schuhen auf den weiß lackierten Regalen stehen. Nicht irgendwelche. Handgearbeitete Tanzschuhe. »Solche brauchst du jetzt«, beschloss Fra kurzerhand. Weiches Leder, bequeme Fußbetten und vor allem: glatte Sohlen. »Du sollst dich drehen und durch den Blues gleiten, wie durch dein Leben. Sind beide nie perfekt, es gibt immer schiefe Töne, aber darin liegt die wahre Schönheit, im Leben wie im Blues.«

Fra hatte die Augen verträumt geschlossen, schmeckte ihren Worten hinterher, »und Amen!«, dann strahlte sie die verdutzte Laura an: »Also los, neues Leben – neue Schuhe?«

Laura saß auf einer Welle, und sie ließ sich an diesem Nachmittag einfach weitertragen, es fühlte sich richtig an.

Samtrote Tanzschuhe mit kleinem Absatz waren ihr erstes Paar Schuhe im neuen Leben.

Ihr erster Geburtstag ohne Fabio – Laura hätte diesen Tag am liebsten vergessen.

Sie saß wieder mal dumpf im Bett. Sie konnte nicht aufstehen. Ging das denn nie vorbei? Sie schaffte es, Fabios großen Pullover überzustreifen und in die Küche zu schlappen – sofort zurück!

Fra trällerte während ihrer raumgreifenden Morgenzeremonie, Samy platzte mit einer »idea fantastica!« heraus, die ihr beim morning run gekommen war. Laura ließ die Worte auf sich niederprasseln. Hannah Arendt? Goethe-Institut? Samy? Samy??? Laura schüttelte sich – was bitte wollte das American Girl im römischen Goethe-Institut? Mit Laura, ihrer deutschen Zimmerwirtin, coole authentische Selfies knipsen? Laura verstand gar nichts mehr. Rauschen im Kopf, diese unerträglich gute Laune, Laura wollte aus der Küche fliehen, doch in diesem Moment erwischte Samy ihren Blick. Die munteren Augen des Mädchens drangen durch Lauras Nebel. Schon gut, wenn sie so sehr bat, gut, also gut, warum nicht. Besser als wieder ins Bett zu kriechen. »Also ja, okay, okay. Was, jetzt sofort?«

Auf der Piazza tauchte glücklicherweise Mario auf. Kacheln abschlagen? Bei diesem Wetter? Die Kacheln könnten gerne noch ein paar Tage warten. »Wie wäre es mit einem Ausflug ans Meer?«, er zwinkerte Samy zu. »Machen wir noch ein paar Fotos?«

Samy überschlug sich in ihrem »Yeah! Great idea!«-Jubel, keine Rede mehr von deutscher Literatur und Philosophie, Hannah Arendt und rumbummeln. Laura war erleichtert. Der Blick aufs Meer würde ihre Laune erfrischen.

Am langen Strand von Fregene nördlich von Rom war noch Wintersaison. Die Holzbuden der Badeanstalten waren verrammelt, die meisten Bars geschlossen. Der Sandstrand war einfach nur lang und leer. Einige Spaziergänger, hin und wieder ein tobender Hund, der Stöckchen aus den gemächlichen Wellen fischte. Mario und Samy verständigten sich vergnügt mit Händen und einem eigentümlichen englisch-italienischen Mischmasch, der wie eine eigens entwickelte Sprache klang.

Sie fanden ein kleines Restaurant am Meer zum Mittagessen, die Sonne strahlte frühlingshaft, und nach dem caffè beschloss Samy, Mario sollte sie fotografieren. Toller Strand, tolles Wetter, vielleicht schon mit Eiswaffel in der Hand?

Laura ließ sich in den Sand fallen, während die beiden rumknipsten. Gefühlte 10 000 Selfies von Mario und Samy, mal mit, dann ohne Eistüte vor dem Meer, in den Dünen, auf den Holzstufen eines geschlossenen Kiosks. Samy allein am Strand, mit den Füßen im zu kalten Wasser, zusammengekauert im Sand. Verträumt, lächelnd, nachdenklich. Haarsträhne ins Gesicht geweht, Sonnenbrille auf die Nase gerutscht, Sonnenbrille ins Haar gesteckt, Sonnenbrille nachdenklich zwischen den Fingern. Alle Motive nicht ein-, zwei- oder dreimal, sondern immer und immer wieder. Samy rannte zu Mario, kontrollierte das Display, schüttelte den Kopf, setzte sich wieder in Pose, das wirkte zwar längst nicht mehr natürlich, aber Mario knipste mit unendlicher Geduld und nur sehr feinem, kaum sichtbarem Spott in den hübschen Grübchen, die sich neben seinem Bart zeigten.

Interessant, fand Laura, rechnete er sich etwa was aus? Bei Samy? Laura betrachtete die beiden und fühlte das Schmunzeln in ihrem Gesicht.

Sollten sie in Ruhe weiterknipsen. Laura spazierte den Strand hinunter, dicht an den kleinen Wellen, die über den Sand strichen. Ließ ihre Gedanken über das glänzende Meer treiben. Dachte an ihr neues Alter, an die neue, irgendwie normale Zahl, 54. Frühere Geburtstage waren selten wichtig gewesen, erst Fabio hatte aus jedem etwas Besonderes gemacht. Ein Konzert, ein neues Restaurant, ein Überraschungsausflug übers Wochenende. Fabio. Sie hatten Glück miteinander gehabt. Wahrhaftig.

Etwas Neues mischte sich in den Gedanken an ihn. Dieses drückende Gefühl fehlte. Als ob sich der dicke Brocken der Trauer auflöste und ein beruhigend kühler Lufthauch über diese leere Stelle strich. Löste sich Fabio behutsam von ihr, gab er sie frei?

Laura genoss diesen Moment der Erleichterung. Der lange Horizont, das leuchtende Blau – vielleicht war sie in ihrer Trauer bis zum Meeresgrund hinabgesunken, konnte sich nun abstoßen, um langsam wieder nach oben zu treiben? Laura wusste, es war nicht vorbei. Es fühlte sich bittersüß an. Bittersüß, wie der Schokolikör beim Frisör. Laura musste ein bisschen lachen. Fra würde sagen, bittersüß wie Blues.

Sie verbrachten den Nachmittag am Meer, bis es dunkel wurde. »Grazie, Mario!«, Laura drückte seinen Arm, als sie zum Auto zurückgingen, »für diesen Ausflug.«

Er schaute sie freundlich, aber auch erstaunt an, nickte. »Es war mir ein Vergnügen«, und Laura bemerkte, dass sie Mario zum ersten Mal persönlich angesprochen hatte.

Er strich verlegen mit dem Zeigefinger über seinen Schnauzbart. »Und grazie«, er räusperte sich, »grazie, dass Francesca bei dir wohnen kann. Es tut ihr so gut«, er räusperte sich noch einmal, »auch wenn ich gehofft hatte, dass dir die Gesellschaft von diesem Signor ...« – er räusperte sich und Laura ergänzte, »Antoine«–, er nickte, »erspart geblieben wäre.«

Samy saß schon im Auto und beendete eilig ein Telefongespräch, als Laura sich auf den Rücksitz schob.

Mario startete den Wagen. »Gehen wir noch ins Kino?«, fragte Samy. Kino? Jetzt? Laura schüttelte den Kopf. Sie wollte nach Hause. »Aber wir könnten noch für ein Foto auf der Piazza Venezia halten, dieser riesige Palast ist abends immer so wahnsinnig dramatisch ausgeleuchtet, und wo wir gerade unterwegs sind ...« Was bitte war so besonders an dieser pompösen Piazza Venezia im Verkehrschaos und im Dunkeln?

»Oh, bitte!«, bettelte Samy, »Mario, tust du mir den Gefallen? Pleeeaaaasssse ...«

Mario konnte nicht Nein sagen, also schoben sie sich im dichten Verkehr des Samstagabends ins Zentrum. Fanden natürlich keinen Parkplatz, drehten Runde um Runde, Samy blieb gelassen. Gerade als Laura genervt aussteigen und mit der Straßenbahn nach Hause fahren wollte, piepte Samys Handy, sie las die Nachricht und entschied plötzlich, dass die Idee doch nicht so toll gewesen war. »Let's go home!«

18

Laura erschrak, als sie die Wohnung betrat. Es duftete köstlich! Als hätte Tiziana aufgekocht – Gott bewahre! Samy stand hinter ihr, und auch Mario war so selbstverständlich mit hochgekommen, als wohne auch er nun bei Laura. Wollte er etwa abends noch mit den Kacheln beginnen?

Laura knipste das Licht im Flur an und folgte diesem köstlichen Duft. Im Salon warf nur die Leselampe ihr Licht auf das Parkett. Sofa, Sessel und Tische waren mal wieder zur Seite geschoben, hatte Fra nachmittags getanzt? Sie wollte doch Eis verkaufen?

Große Kerzenleuchter tauchten die alte Küche in märchenhaftes Licht, nur das helle Rechteck des Backofenfensters irritierte, die Quelle dieses leckeren Duftes. Kein Mensch zu sehen, auch Mario und Samy waren plötzlich verschwunden.

Eine Mundharmonika wimmerte, ein dunkler Schemen lehnte an der Balkontür – Eric? Ein weicher Gitarren-Akkord legte sich auf die Mundharmonika, Fras rauchig dunkle Stimme sang, »Ain't got no change for a nickel …«, und dann passierte alles auf einmal. Laura spürte einen kühlen Windhauch, die Balkontür war aufgestoßen worden, Gestalten kamen mit wiegenden Schritten vom Balkon in die Küche und sangen leise mit, »ain't got no bounce in my shoe …«, weiche Arme legten sich von hinten um Lauras Taille, und Fras Stimme an ihrem Ohr, »I ain't got nothing but the Blues …« – dann knipste jemand eine Leuchte an, und Jubel brach los.

Wo sollte Laura zuerst hingucken? Alles drehte sich, es war laut, bunt, sie wurde umarmt, geküsst, Eric und Gian, der Gitarrist, begannen ein neues Stück, alle sangen und klatschten, und Laura stand ungläubig mittendrin und heulte.

Fra nahm sie in den Arm, weich und warm wie ein Kissen, Laura hätte sich am liebsten in dieser Fülle aufgelöst. Fra strich über ihre Haare, flüsterte »die Farbe ist echt genial«, und hielt sie fest. Der Trubel beruhigte sich.

»Noch ein bisschen heulen, Baby?«, Fra schaute Laura ins Gesicht, reichte ihr ein Taschentuch.

Laura atmete und atmete und brachte eine Art von Lächeln zustande, schaute sich um. Ein Kreis hatte sich um sie geformt, mehr Kerzen waren entzündet worden, und Laura erkannte in den strahlenden Gesichtern die Leute aus ihrem Tanzkurs, alle klatschten und sangen: »Don't ever let nobody drag your spirit down!«

»Okay, Honey«, sagte Fra leise, »jetzt musst du stark sein und mit allen tanzen, so gehört es sich. Zuerst mit mir natürlich …« Fra lachte spitzbübisch und drehte sich singend mit Laura im Arm. Laura ließ sich mitnehmen, und dann löste Antoine sie aus Fras Umarmung, hob ihre Hand mit einem verschmitzten Lächeln an seine Lippen und ließ Laura eine Drehung machen, bevor er sie mit lässigen Schritten in den Blues entführte. Laura fühlte den Rhythmus, der Rest passierte von allein, während sie von einem zur nächsten Tänzerin gereicht wurde, vom langen Dürren, dessen Kopf stets im Takt nickte, in die Arme der aufgedrehten langhaarigen Frau, die erstaunliche Wellen in ihrem Körper erzeugen konnte, zum Typ mit dem Pferdeschwanz, der äußerst cool immer knapp neben den Takt steppte, zum Schönling aus dem Sportstudio, der Laura gewohnt brettsteif durch die Küche schob, und irgendwann umarmte auch der Maurer Laura und wiegte sie geschmeidig durch die letzten Takte.

»Happy Birthday!« Fra riss die Arme hoch, alle jubelten, riefen »Auguri!«, aber dazwischen hörte Laura ein »Herzlichen Glückwunsch!« heraus. Nein, das konnte nicht sein.

»Er stand heute Nachmittag vor der Tür, ich konnte ihn doch nicht wegschicken, oder?«, flüsterte Fra, »er war ein wenig perplex, als ich in deiner Wohnungstür stand. Das Übliche, du weißt schon, meine umwerfende Erscheinung, aber er hat sich schneller gefasst als du damals. Sehr höflich, sehr tolerant.«

Rolf war tatsächlich nach Rom gekommen, der Wanderer. »Ich dachte, du wärst in tiefster Trauer, machte mir Sorgen, aber toll siehst du aus, mit diesen Haaren, toll, wirklich toll!«

»Früher wäre dir das nicht aufgefallen«, meinte Laura.

»Freust du dich gar nicht?«.

»Doch, sicher!«, beeilte sich Laura, aber Rolf in Rom, in dieser Wohnung, dieser Küche, mit den Blues-Tänzern – alles purzelte in Lauras Kopf durcheinander, und nun kullerten schon wieder einige Tränen.

»Ich habe ein Hotelzimmer, gleich hier um die Ecke, mach dir keine Gedanken«, beruhigte Rolf, Laura umarmte ihn dankbar.

»So, genug geheult, ich habe Hunger«, entschied Fra, »du gehst dir jetzt die Nase pudern und tauchst in einem Kleidchen strahlend schön zum Essen wieder auf.«

Laura verschwand ins Bad. War das da draußen wirklich ihre Überraschungsparty? Noch nie im Leben war jemand auf die Idee gekommen, ein Fest für sie zu organisieren.

Es klopfte an der Badezimmertür. »Moment!«, rief Laura, aber die Tür öffnete sich. Fra, natürlich. »Ich gehe dir mal eben zur Hand. Setz dich!«, sie legte Laura die Hand auf die Schulter, drückte sie auf den Rand der Badewanne, »das dauert ja sonst Ewigkeiten!«

Sie zog ein paar Stifte und Döschen aus dem Regal, in dem sie ihr Schmink-Bataillon verstaut hatte. Laura ergab sich. Spürte Pinsel und Schwämmchen, Stifte und Bürstchen in ihrem Gesicht, um Augen und Lippen herumstreichen und tupfen. »Yes, very nice, very beautiful, bella Laura, ich habe mir doch gedacht, dass wir noch etwas aus dir zaubern können – warte, warte!«, bremste sie, als Laura sich im Spiegel betrachten wollte. Fra verrieb noch etwas Gel in den Handflächen und knetete es in Lauras Haare. »Weißt du, was Samy mich gefragt hat?«, sie zupfte einige Strähnen in Lauras Stirn zurecht, »ob ich mir eine Schürze umbinden und meine bunten Haare unter ein Kopftuch stecken könnte. Nur für ein Foto. Das sähe italienischer aus, la mamma – ausgerechnet ich!« Fra schüttelte belustigt den Kopf. »Irgendwie dreht sie gerade durch, unsere süße Ami-Maus.« Fra trat einen Schritt zurück, betrachtete Laura und nickte zufrieden: »Voilà! Großer Aufriss!«

Laura stand auf, schaute in den Spiegel. »Oh!« Mehr fiel ihr nicht ein zu der schönen Frau im Spiegel.

»Hast du so etwas wie ein kleines Schwarzes?«, fragte Fra, »irgendeinen hübschen Fummel?« und gab sich selbst die Antwort: »Vermutlich nicht, aber Samy hat was nettes Kleines rausgerückt. Versuch einer Entschädigung, müsste dir passen. Vergiss nicht, die Tanzschuhe anzuziehen und dann komm endlich, avanti! Die Welt da draußen wartet auf dich!«

Die Welt da draußen – in ihrer Küche, in ihrem Wohnzimmer. Die Wohnung war voller Musik, Stimmengewirr, Lachen, und nun hörte sie auch noch Klavierläufe – das alte Klavier! Endlich spielte jemand darauf. Es stand schon in der Wohnung, als Fabio ihr die Wohnung gezeigt hatte. Verstimmt und mit einem eingerosteten Klang wie eine betagte Diva, die in Ehren gehalten wurde. Sie waren nicht auf die Idee gekommen, es zu entrümpeln. Es schien in diese Wohnung zu gehören, als Geist von Tante Guenda, Gott hatte sie bestimmt selig.

Laura hatte keine Zeit zu verlieren. Sie wollte jede Minute ihres Festes genießen. Ein kirschrotes Seidenkleid lag auf ihrem Bett, schmal, ärmellos, U-Boot-Ausschnitt, tiefer Rücken. Sie schlüpfte hinein. Drehte sich ungläubig vor dem Spiegel – das konnte sie nicht ... doch, das konnte sie. Wenigstens heute mal ausprobieren. Die Tanzschuhe, die roten Lippen, die schimmernden Haare – passte alles zusammen – los jetzt, draußen wurde getanzt.

Mit anerkennenden Pfiffen wurde Laura begrüßt: »Bellissima!« Dass ihr das noch mal passierte – zu ihrem 54. Geburtstag! Sie schaute sich in der Küche um, und erst jetzt sah sie den Tisch, übervoll mit Schüsseln und Tellerchen, gefüllt mit Salaten und Antipasti, Weinflaschen und Wasserkaraffen.

»Wo kommt das denn alles her? Wer hat gekocht?«

»Ich!«, rief Fra vom Backofen. Sie strahlte über ihr pralles Puppengesicht und klimperte mit ihren Kulleraugen. »Hättest du das gedacht? Nein, natürlich nicht! Haha!«, sie lachte triumphierend, »dein Tanzkurs hat für die Häppchen gesorgt, ich für den properen Hauptgang, ein echtes Kinderlieblingsessen zum Geburtstag. Wäre aber fast geplatzt, wenn nicht ...« Fra zeigte auf den Korbsessel an der Balkontür. Dort saß eine ältere Signora wie eine heitere Prinzessin auf ihrem Thron, schnippte im Takt der Musik und verfolgte das Treiben in der Küche. »Ohne die Hilfe von Maestra Roseana Mattarella hätte ich den Pizza-Service bestellen müssen.«

Die ehemalige Nachbarin, natürlich, Laura erinnerte sich nicht, wann sie sie zum letzten Mal gesehen hatte. Sie reichten sich freundlich die Hand.

»Avanti, wir verhungern!«, rief Fra, »die Nacht ist noch jung, und die Küche ist zum Tanzen da!«

Die Lasagne war preiswürdig, wie früher! Für Samys Fotoalbum servierte Fra sogar mit weißer Schürze, aber: »Ohne Kopftuch! Gott bewahre, ich renne doch nicht zum Frisör, versenke ein Vermögen und stopfe dieses Kunstwerk unter ein Kopftuch! Wovon träumst du?« Fra hatte Antoine herangewinkt. »Dieses Girlie!«, raunte sie ihm zu, »die muss mal auf andere Gedanken kommen. Wo ist Jaco? Tu mir einen Gefallen und setz ihn zum Essen neben Samy!«

Lauras deutscher Ex hatte einen mächtigen Appetit, das gefiel Fra, aber sie war nicht sicher, ob seine Anwesenheit auch Laura gefiel. Die sah umwerfend in dem roten Kleid aus und strahlte, wie ein glückliches Geburtstagskind strahlen sollte. Antoine blinzelte vergnügt, als Laura in aller Schönheit die Küche betrat, und Fra wusste, was kommen würde.

Gian, der Gitarrist, nickte Antoine zu, stimmte auf der Gitarre und mit leisem Knurren in der Stimme »Come on in my kitchen« an, »'cause it's going to be raining outside«, und Antoine nahm Lauras Hand, schenkte ihr ein bewunderndes Lächeln und zog sie an sich. Aneinandergeschmiegt schurrten sie genüsslich über den Küchenfußboden. Die anderen begannen langsam zu tanzen, es waren nur Gians Stimme, seine Gitarre und das leise Schleifen der Schuhsohlen zu hören. Die Magie des Blues erfüllte die Küche. Antoine warf im Vorbeitanzen einen

Blick auf Rolf, der staunend und vermutlich noch immer hungrig am Küchentisch saß. Laura hatte die Augen geschlossen und ließ sich Schritt für Schritt von Antoine entführen. Fra wusste genau, ganz genau, wie es sich anfühlte. Sie liebte diese intimen Momente, war süchtig danach.

Hatte Rolf Laura jemals so schön und so leidenschaftlich erlebt? Antoine wusste, wer Rolf war, und Fra wusste, dass er es genoss, den Provokateur zu spielen.

Fra schaute durch die Küche, sogar Rosi Mattarella trippelte im Arm eines hübschen Philosophiestudenten durch die Küche, aber plötzlich blieb sie angewurzelt stehen, blickte ungläubig Richtung Salon. An der Türschwelle stand eine ältere Signora im Mantel mit Handtasche, Blumenstrauß und blickte ebenso entsetzt in die schummrige Küche.

Roseana Mattarella schob den jungen Mann zur Seite und stiefelte direkt auf die Frau zu. »Sie muss weg!«, zischelte sie Fra im Vorbeigehen zu, »sie verdirbt alles!« Roseana zerrte an Fras Arm. »Komm schon! Schnell!«

Die kleine Roseana Mattarella drängte sich durch die Tanzenden und giftete die Signora an: »Was tust du hier? Wie bist du reingekommen?«

»Mit meinem Schlüssel, verehrte Roseana«, sie wandte sich Fra zu. »Darf ich wissen, was hier los ist? Und wer Sie sind?«

Fra beherrschte sich, versuchte ein säuerliches Lächeln hinzukriegen. »Buonasera! Sie sind eine Freundin von Laura?«

»Blödsinn«, zischte die Mattarella, »viel schlimmer!«

»Ich bin Lauras Schwiegermutter«, antwortete die Besucherin und fügte leise hinzu, »oder wäre es fast geworden.«

»Willst du mal wieder alles verderben? Was zum Teufel hast du hier zu suchen, Tiziana?«

»Eigentlich wollte ich zum Geburtstag gratulieren«, sie blickte eisig in Richtung Küche, »aber ich sehe, dass Laura sich bestens amüsiert.« Edo tanzte nun mit Laura – Edo! Fra lächelte zufrieden, alles würde gut werden. Sie stellte sich wie eine Mauer vor die Fast-Schwiegermutter. Die Mattarella neben ihr stemmte die dürren Arme in ihre Hüften, funkelte Tiziana an und zischte: »Verschwinde!«

»Du solltest dich schämen, in deinem Alter«, ätzte Tiziana, »schockierend. Mehr gibt es dazu nicht zu sagen.«

Jaco, der junge Pianist, setzte sich ans Klavier, einige Paare tänzelten mit weichen Schritten und wunderbar schwingenden Hüften in den Salon, gleich kämen auch Laura und Edo hereingesegelt. Tiziana musste sofort verschwinden, Laura durfte sie nicht sehen, auf keinen Fall. Es würde alles verderben.

»Signora Tiziana, hören Sie, Laura geht es prächtig«, Fra griff nach dem Strauß, »ich reiche die Blumen mit Ihren Glückwünschen gerne an Laura weiter ...« Fra schob die Schwiegermutter in den Flur, »aber ich denke, Sie gehen nun besser. Unsere Orgie ist erst am Anfang, wir würden uns ungern stören lassen.« Fra öffnete die Haustür.

»Es wird ein Nachspiel haben«, knurrte Tiziana und rumpelte die Treppe hinunter.

Fra musste sofort singen, um nicht zu platzen. Sie ging

zu Jaco ans Klavier, irgendeinen fetten, dreckigen Blues, »My daddy rocks me« oder so etwas. Wie hatte Laura diese Person auch nur ein Mittagessen lang ertragen?

Um Mitternacht gab es eine Torte, mit Tusch und Kerzen, und für Samy blickte Laura noch ein wenig länger gerührt in den Kerzenschein, bevor sie auspustete.

»Das war's für heute«, verabschiedete sich Samy, »ich muss ins Bett. Unendlich viel zu spät, an morgen früh mag ich nicht denken, aber es war so …«, sie formte ihre Hände zu einem Herz, »Buona notte!«, und verschwand.

»Da geht sie hin«, seufzte Fra, »allein in ihr Bett. In diesem Alter …«

Der junge Jaco klimperte versonnen weiter auf dem Klavier, hatte Samys Abgang noch nicht einmal bemerkt.

»Man kann es nicht erzwingen«, sagte Fra enttäuscht.

»Wo ist eigentlich Mario?«, fragte Laura.

»Keine Ahnung. Was soll mit Mario sein?«

»Mir schien, er hat Interesse.«

»An wem?«

»An Samy.«

»An was?«, kiekste Fra, schnappte nach Luft, »Mario? Der ist viel zu alt für die Kleine.«

»Da spricht die Richtige«, grinste Antoine.

»Außerdem ist Mario längst zu Hause«, lenkte Fra ab, »er findet Blues fürchterlich.«

»Dann passt er ja zu Samy«, nervte Antoine weiter, »schon gut, diese kleine Amerikanerin ist niedlich«, er tätschelte Fra besänftigend die Hand, »aber wirklich gar nicht Blues.«

»Samy ist optimiert«, ergänzte Fra trocken, »im Gegensatz zu mir. Jaco!« Der Pianist horchte auf, ohne sein Klavierspiel zu unterbrechen. »Bitte, spiel ›Misty‹.« Er nickte und wechselte seine Melodie, ohne den Klavierlauf zu unterbrechen. »Das Schöne am Blues ist nämlich, dass ich einsetzen kann, wann ich will ... Look at me, I'm as helpless as a kitten up a tree«, trällerte Fra die erste Zeile des Klassikers und schwärmte Antoine an, wie eben das hilflose Kätzchen auf dem Baum.

»Warum muss sie ›Misty‹ immer so schlampig singen. Wozu gibt es Takte?«, schimpfte Jaco leise, aber ergab sich. »Okay, okay, das muss man sich auch erst mal leisten können. Ich nenne es also eine Herausforderung.«

Nach dem letzten Takt schloss Jaco den Klavierdeckel, drehte sich zum Sofa, zu Antoine mit Laura und Fra. Antoine zog eine Taschenuhr hervor, klappte sie auf. »Time to go.«

»Nooo.« Fra schmiegte ihren Kopf an seine Schulter.

»Es tut mir leid, Prinzessinnen, aber gleich geht die Sonne auf. Ich muss ...« Er wandte sich nach links und rechts, küsste Fra und Laura, seinen beiden Prinzessinnen, die Wangen.

Aus dem Dunkel tauchte eine kleine wacklige Gestalt auf. »Signora Mattarella!« Antoine trat zu ihr. »Ich wähnte Sie längst im Bett!«

Sie lachte leise und winkte ab. »Junger Mann, ich bitte Sie! Solche Abende pflege ich bis zum letzten Atemzug auszukosten. Gibt ja nicht mehr so viele Gelegenheiten.« Sie hüstelte, trat auf Antoine zu und schaute ihn von unten wie ein kleines Mädchen an. »Darf ich um einen letzten Tanz bitten? Sie erinnern mich doch sehr an eine alte Liebe, leider unerfüllt.«

»Das kann ich mir bei Ihrem Charme gar nicht vorstellen«, schmeichelte Antoine und nahm ihre Fingerspitzen.

»Sie spielen nicht zufällig auch Klavier?«

»Oh nein!«, lachte Antoine, »man muss seine Beschränkungen kennen. Unser Pianist jedoch ist sehr virtuos, haben Sie einen Wunsch?«

»Oh ja! Das ist sehr freundlich, wie wäre es mit ›Makin' Whoopee‹?«, sie lachte in sich hinein, »oder warten Sie ...«, sie summte eine Melodie, wandte sich zu Jaco, »kennen Sie das ...?«

Er nickte und blickte zum Sofa, Fra summte schon, »me and my baby we fuss and fight«, Roseana schmiegte sich an Antoines Nadelstreifenweste, »it ain't nobody's business what I do ...«

Roseana tanzte mit kleinen wackeligen Schritten in Antoines Armen durch den Salon, selig lächelnd, die Augen geschlossen, bis Jaco die letzten Töne leise ausklingen ließ. Die beiden blieben noch einen Moment ruhig stehen. »Das war sehr schön, ich danke Ihnen«, hauchte Roseana, und Antoine deutete eine Verbeugung an.

»Kompliment, Signora, Sie tanzen noch immer sehr fließend und geschmeidig.«

»Sie ahnen nicht, wie viele Nächte wir hier getanzt

haben«, erinnerte sich Rosi, »Sie erinnern mich wirklich sehr an meine verunglückte Liebe.«

Sie nahm ihre Handtasche vom Sessel, kramte ein Päckchen Zigarillos heraus und steckte sich eins in den Mundwinkel. »Nun, es hat nicht sollen sein«, sie entzündete ein Streichholz. Ein genussvoller Zug, sie atmete den Rauch aus. »Hätten Sie vielleicht einen kleinen Whiskey?«

»Kein Problem«, sagte Fra und reichte der Signora ihr Glas.

Eine Weile genossen sie die Stille, die letzten Atemzüge dieser Nacht. »Wären Sie so freundlich, mir nun ein Taxi zu rufen?«, bat die Mattarella schließlich.

»Mit Verlaub, Signora, das ist nicht nötig.« Antoine war aufgestanden, hatte seinen zu weit geschnittenen Doppelreiher bereits übergeworfen. »Ich bin Ihr Taxi, es ist mir eine Freude.«

Er schreckte wirklich vor nichts zurück, dachte Fra, aber wusste, dass es für ihn höchste Zeit war zu gehen.

Das glänzende, zurückgekämmte Haar, der feine Schnurrbart, die weit geschnittenen Hosen, die galanten Umgangsformen – und das in unserer raubeinigen Zeit –, ich war entzückt von Antoine alias Tom.

Vielleicht war dies meine letzte Chance auf einen schönen Tanz – und ich habe sie genutzt. In meinem Alter hat man keine Zeit mehr, sich für seine Sehnsucht zu schämen.

Alles in dieser Wohnung fühlte sich so an wie früher. Das schummerige Licht, die Musik, die Tänzer. Als ginge nichts verloren, als hätte die Wohnung eine Bestimmung und Jahrzehnte nur geschlummert, bis sie wieder erwachte.

Guenda möblierte die Wohnung Stück für Stück.

Der lange Küchentisch, Sessel, kleine Beistelltische, Spiegel und Gemälde, Vorhänge und für Tom ein Klavier. Guenda begann Salonabende zu veranstalten, intime Feste, die schon bald in der Boheme von Rom ein Geheimtipp wurden. Zu den Jazzmusikern, die Tom mitbrachte, kamen Schriftsteller, Maler und viele Cineasten, Regisseure, Schauspieler und alle, die irgendetwas mit Film zu tun hatten oder haben wollten. Für diese Leute, ob aus Italien oder Hollywood, war das Rom der Nachkriegsjahre the place to be. Viele dieser mehr oder weniger berühmten Gestalten trafen sich in Guendas Salon. Hier wurde gegessen, getanzt, getrunken, geplaudert – und unkompliziert manche ›interessante‹ Freundschaft geschlossen.

Wer dabei sein wollte, brauchte eine persönliche Einladung und Guendas gute Laune, die die Gästeliste genau im Blick hatte und dafür sorgte, dass immer genug Gäste dabei waren, die gerne tanzten.

Ich organisierte Getränke, kochte, tanzte und brachte die Räume nach den immer rauschhafteren Salonabenden wieder in Ordnung.

Dann hatte Guenda die Wohnung wieder nur für sich, konnte Luft holen und tanzen und träumen und sich ansonsten an die Abmachung mit ihrem Ehemann halten. Sie schliefen in getrennten Zimmern, aber Guenda kam – sogar nach den Festen – immer vor Sonnenaufgang zurück.

Wie lustig, dass mir so viele Jahre später Antoine begegnete, der es genauso machte. Hielt Fra diese Eile vor Sonnenaufgang eigentlich für eine Marotte oder wusste sie, was Antoine zu Hause erwartete?

In den ersten Jahren waren es einzigartige Feste, nichts war perfekt, alles improvisiert. Nirgendwo in der Stadt konnte man besseren, jazzigeren Swing und später am Abend wahrhaftigen Blues tanzen. Tom war großartig, Guenda die bezaubernde Diva des Abends, es waren Feste voll unschuldiger Leichtigkeit.

Die Stimmung kippte, als Guendas Brief zurückkam. Ungeöffnet. Guenda starrte fassungslos auf den Briefumschlag, ihre eigene

Schrift unter Stempeln und handschriftlichen Vermerken. Der Adressat war unbekannt verzogen.

Monatelang hoffte sie, dass er sich nur auf den Weg zurück nach Italien gemacht hätte. Doch ihre Zuversicht verlor sich, und die Wahrheit war einfach: Guenda hatte den Kontakt zu Lesley verloren.

Die Salonabende, die zunächst heitere Spielereien waren, verlotterten. Verzweiflung mischte sich in Guendas strahlende Auftritte. Immer häufiger kamen die falschen Leute. Außerdem schien ihre Ehe, das Zusammenleben mit den Schwiegereltern zunehmend komplizierter zu werden. Gerüchte über ihr Doppelleben sickerten durch.

Die Feste wurden exzessiver bis zu dem Abend, an dem Tiziana auftauchte, die kleine 17-jährige Schwester, das moppelige Nesthäkchen. Guenda tanzte lasziv mit einem jungen Amerikaner, der ihr eine kleine Rolle in irgendeinem drittklassigen Film angeboten hatte. Früher hätte Guenda so ein Bürschlein ausgelacht. Nun tanzte sie mit so jemandem, der sich mit einer eleganten und ein wenig verruchten Frau schmücken wollte. Die Gäste hatten einen Kreis um das Paar gebildet, klatschten und johlten. »I ain't got nothing but the blues«, sang Ella Fitzgerald. Ich schaute Guenda an und sah ihre Sehnsucht und hätte sie am liebsten aus den Armen dieses eitlen Kerls gerissen. Doch ich entdeckte diese neugierige Göre, die zwischen den Köpfen hindurchglotzte. Ich hielt sie für ein Mädchen, das von der Straße einfach hereingekommen war, und zog sie zur Seite.

»Darf ich fragen, was du hier treibst?«

Sie schaute mich an, als sei ich ihre Putzfrau, und antwortete: »Ich suche meine Schwester. Guendalina.«

Ich zog sie weg. »Du kannst gerne in der Küche warten. Ich sage ihr Bescheid.«

»Ich glaube kaum, dass Sie zu entscheiden haben, wo ich warte.« Ein Tonfall, der mich aus dem Stand unter die Decke katapultierte.

»Oh doch, das kann ich. Hier sind nur Gäste mit Einladung, und du verschwindest.«

»Ich – bin – ihre – Schwester«, wiederholte sie nachdrücklich und wurde lauter. »Wie Sie wollen. Ich werde berichten, was ich hier gesehen habe.«

Sie drehte sich um und verschwand. Tiziana war 17 Jahre alt, eine Streberin und Petze. Sechzig Jahre später war sie eine Signora mit moralisch korrekter Haltung, die das wilde Leben ihrer bildschönen, älteren Schwester noch immer nicht ertragen konnte.

In der Nacht nach Tizianas Besuch konnte Guenda sich nicht unbemerkt vor Sonnenaufgang in ihr Schlafzimmer mogeln. Sergio erwartete sie. Sie war betrunken, hatte sich nicht umgezogen, nicht abgeschminkt, sie sah schlampig aus.

»Deine Schwester hat nicht übertrieben«, seine Stimme war eisig, nur ein feines Zittern verriet seine Verzweiflung, als er hinzufügte, »ich habe ein Foto von ihm gesehen.« Er wendete den Rollstuhl mit leisem Quietschen der Reifen und rollte lautlos den Flur hinunter in sein Schlafzimmer.

Guenda hörte, wie er von innen den Schlüssel umdrehte, dann nichts mehr. Sie wusste, dass er seine Schmerzen nur noch mit extrem hoch dosiertem Morphium ertragen konnte. Sie ging nicht zu ihm.

In ihrem Schlafzimmer waren sämtliche Schubladen durchwühlt, der Nachttisch umgestoßen. Auf ihrem Bett waren kleine Schnipsel zerstreut, das Foto von Lesley.

19

Laura hatte getanzt, die ganze Nacht, zum ersten Mal in ihrem Leben, im Rausch, es war ein Rausch gewesen, und der Blues summte noch am Morgen wie eine Überdosis im Körper. Sie wühlte sich aus der Decke, wie spät mochte es …? Verdammt, kein Frühstück mit Rolf, sondern Mittagessen mit Tiziana. In einer Stunde. Sie konnte unmöglich absagen, Tiziana hatte ihr ein Geburtstagsessen mit der ganzen Familie versprochen.

Laura erreichte einen etwas beleidigten Rolf im Hotel, sie verabredeten sich für den Nachmittag. Ein guter Grund, den Gang zum Friedhof elegant zu streichen.

Tiziana öffnete die Tür, keine Umarmung, nur ein unterkühltes »Ciao, da bist du ja. Pippo! Carmela!« Sie rief ihre Hunde zurück, die freudig um Laura herumwuselten, und nahm sie mit sich in die Wohnung.

Laura betrat den gold-blau gemusterten Teppich, der auf dem cremefarbenen Marmor im Eingang ausgebreitet war. Sie hatte sich in diesem luxuriösen Eingang nie willkommen gefühlt. Laura hängte ihren Mantel an die

Garderobe, spürte in die Stille der Wohnung. Keine Stimmen, keine kreischenden oder giggelnden Enkelkinder, kein Klappern von Tellern oder Topfdeckeln und – Laura schnupperte – nichts! Kein Mittagessen? Gingen sie zur Feier des Tages in ein Restaurant?

»Tiziana, was ist los?« Laura folgte ihr, am Esszimmer vorbei, auf dem Tisch stand tatsächlich nur die violett blühende Orchidee. Tiziana erwartete sie im Wohnzimmer.

»Was ist mit Enrica und …«

»Ich habe ihnen abgesagt. Ich glaube, es ist besser so.«

Laura verstand kein Wort.

»Setz dich, bitte!« Tiziana bot ihr einen Platz auf dem Sofa an. Laura setzte sich zögernd.

»Hat dir diese unmögliche Person mit den bunten Haaren meine Blumen und Glückwünsche weitergeleitet?«

»Wer – Fra? Nein.« Laura dachte nach, schüttelte den Kopf, nein, an Gruß und Blumen von Tiziana hätte sie sich erinnert, aber Fra? »Oh Gott, entschuldige, sie ist wirklich unmöglich schusselig.« Erst mit dem zweiten Gedanken begriff Laura, was der tatsächliche Grund für Tizianas beleidigtes Benehmen war … »Du warst bei mir?«

Tiziana nickte mit spitzem Gesicht. »Ich wollte dich nicht allein lassen an deinem Geburtstag. Dir war ja angeblich nicht nach Feiern, allerdings sah das gestern Abend anders aus.«

Laura sackte im Sofa zusammen. Du liebe Güte.

»Entschuldige, Tiziana, aber ich hatte keine Ahnung …«

»Dass ich komme?«, keifte Tiziana. »Natürlich nicht! Dann hättest du diese – ich nenne es mal: Party, abgeblasen. Aber ich habe gesehen, wie du dich amüsiert hast«, ihre strenge Stimme brach. »Was hätte Fabio dazu gesagt? Denkst du überhaupt noch an Fabio?«

Tiziana rang nach Luft, aber rauschte weiter in ihre Empörung. »*Das* hätte ich nicht von dir erwartet. Nicht von dir! Warst du immer schon so, so … schamlos?«

»Aber ich hatte doch keine Ahnung von diesem Fest! Fra hat alles als Überraschung organisiert«, versuchte sich Laura zu retten.

»*Das* macht es nicht besser! Woher kennst du solche Leute?«

Darauf wollte Laura lieber nicht antworten. »Warum bist du nicht zu mir gekommen?«

»Willst du das wirklich wissen?«, Tiziana riss die Augen auf, ihre Stimme sprang unkontrolliert in die Höhe, »weil du gerade mit einem Kerl in der Küche rumgemacht hast! Und …«, Tiziana machte hinter jedem Wort eine Pause, »weil – sie – mich – rausgeschmissen – haben!« Ihr Atem pfiff vor Empörung.

Wer hatte Tiziana rausgeschmissen? Fra? Laura hatte geahnt, dass es besser wäre, wenn die beiden nicht aufeinandertrafen, aber dass es so heftig werden sollte …

»Aus meiner Wohnung!«, warf Tiziana noch hinterher.

Nun stockte Laura der Atem. »Aus *deiner* Wohnung?«

Tiziana hob ihr Kinn, schloss die Augen, bevor sie gefasst wiederholte: »Aus *meiner* Wohnung!«

Stille breitete sich zwischen den beiden Frauen aus. Die geschmackvoll tapezierten Wände des Salons wankten. Die Worte pochten wie Stromschläge, Laura konnte nicht mehr denken. Sie hatten seit Fabios Tod nicht über die Wohnung gesprochen. Laura spürte die dunkle Vorahnung.

Der Klang von Tizianas Stimme näherte sich wie eine Schlange. »Wart ihr verheiratet?« Sie blickte selbstzufrieden zum Sofa. »Nein, wart ihr nicht«, setzte sie langsam aber gezielt nach, »ihr wart noch nicht verheiratet, und so wie ich dich gestern Abend erlebt habe, war das wahrscheinlich auch besser so.«

Laura krallte sich am Sofa fest, sie zitterte. Nein, sie waren nicht verheiratet gewesen. Fabio hatte keine Kinder und kein Testament hinterlassen. Tiziana und seine Schwestern waren die nächsten Verwandten und Erben.

»*So* etwas dulde ich nicht in meiner Wohnung«, hörte Laura noch einmal. *So etwas*, Laura atmete, ein, aus, ein, aus und fand ihre Stimme wieder.

»Tiziana, es war ein Fest. Mit ein paar Freunden und Musikern. Wir haben getanzt, mehr nicht.«

»Mehr nicht? Fabio würde sich im Grabe umdrehen, bei deinem Lebenswandel«, fuhr Tiziana auf, »dazu diese Person in meiner Wohnung! Wie kommt sie dazu, mich, *mich!*, rauszuwerfen?«

»Ich gebe zu«, beschwichtigte Laura, »dass Francesca auf den ersten Blick etwas überwältigend wirkt, aber ...«

»Nicht diese Dicke, die ist auch unverschämt!«, rief Tiziana erbost, »nein, Roseana, diese alte Hexe! Wie kommt die wieder in diese Wohnung? Wie ist das möglich? Sie war im Altersheim!«

Laura schüttelte nur den Kopf, sie verstand nichts mehr. Warum kannten sich Tiziana und Roseana Mattarella? Laura stand auf, musste an die Luft, Wunden kühlen.

Tiziana folgte ihr zur Haustür. »Ich werde dieses Volk nicht in meiner Wohnung dulden. Sorg dafür, dass diese Untermieterinnen ausziehen. *Sofort!*«

Laura reagierte nicht.

»Und Roseana, diese Schlampe, die betritt meine Wohnung nicht mehr!« Tiziana schnaubte. Sie schien selbst erstaunt über ihre ordinäre Wortwahl. Laura fühlte Tizianas Hand auf ihrer Schulter. »Versteh mich nicht falsch, aber das ist eine Familienangelegenheit.«

Laura zog den Gürtel ihres Mantels zu. »Ciao, Tiziana.«

Sie traf Rolf im legendären Caffè Rosati an der Piazza del Popolo. Er saß draußen, blinzelte in die Frühlingssonne und sah zufrieden aus. Vermutlich hatte er noch nicht realisiert, dass er gleich im einstigen Stammlokal der linken Intellektuellen bei einem schlecht gelaunten Kellner einen Wucherpreis für seinen lauwarmen Cappuccino zahlen würde. »Eine Schande für meine Stadt«, hatte der sonst so zurückhaltende Fabio geschimpft. »Früher wurden auf der Piazza Hinrichtungen ausgeführt, daran sollte man diese Gauner ab und zu erinnern.«

»Du musst doch bestimmt laufen, alter Wandersmann«, begrüßte Laura ihren Ex-Gatten, »warst du schon in der Villa Borghese?« Sie zeigte den waldigen Pincio-Hügel mit seinen Aussichtsterrassen am Rande der Piazza hinauf.

Dahinter erstreckten sich die weitläufigen Parkanlagen, die einst den Medici und inzwischen dem gemeinen Volk gehörten. Nach ihrem Besuch bei Tiziana brauchte Laura Bewegung, dringend.

Rolf zahlte, wie erwartet empört, den teuersten Cappuccino seines Lebens, schnaubte: »Schon das ein Grund, warum ich keine Städtereisen mag. Auf einer Almhütte wäre mir das nicht passiert.« Dann stiegen sie die Treppenstufen auf den Pincio hinauf. Rolf wie immer forsch voran, als handele es sich um eine alpine Wanderung und keinen Sonntagsspaziergang. Doch er mäßigte sich, als Laura keuchend versuchte, von ihrem frostigen Besuch bei Tiziana zu erzählen. Sie blieben stehen, schauten hinüber zum Vatikan und nach Trastevere, eine Aussicht, die sie mit der Stadt versöhnte.

»Hast du gestern Abend den Auftritt von Fabios Mutter mitbekommen? Hat Fra sie wirklich rausgeworfen?«, fragte Laura.

»Ich verstehe ja kein Italienisch, aber es sah nicht nach einem herzlichen Willkommen aus«, sagte Rolf, »aber mal ehrlich, diese Leute, mit denen du dich neuerdings umgibst, sind schon sehr eigenwillig, oder?«

Kein Kommentar, Laura ging weiter. Sie querten eine Straße und gingen auf Spazierwegen durch einen lichten Wald, der sich zu weiten Rasenflächen öffnete, gigantische Schirmpinien warfen Schatten auf das Grün, sogar die Bäume waren in dieser Stadt uralt.

»Diese Fra ist ja ganz nett«, besänftigte Rolf, »und kocht wirklich hervorragend.«

»Seit gestern kocht sie«, bemerkte Laura, »seit gestern erst! Jahrelang nur Fast Food und Kinderschokolade, und plötzlich zieht sie diese Lasagne aus dem Ärmel!« Laura war immer noch gerührt. Den ganzen Aufwand nur, weil Fra beschlossen hatte, Laura aufzupäppeln.

»Aber ehrlich gesagt, ich kann deine Schwiegermutter …«

»Fast-Schwiegermutter«, korrigierte Laura.

»Wie auch immer, ich kann sie schon verstehen. Diese wild gefärbte Frau und ihr tuntiger Antoine sind …«

»Wieso tuntig?«, fiel Laura ihm ins Wort, »ein zauberhafter Mann!« Nur weil er mit dem Maurer – wie hieß er noch? Edo, genau – genüßlich durch den Salon getanzt war?

»Unterbrich mich doch nicht immer!«, fuhr Rolf auf, »also, diese ganzen Leute, die gestern aus deiner Wohnung einen Nachtclub gemacht haben, die mögen ja sehr nett sein, aber sind doch eigentlich nicht die Bekanntschaften, mit denen du dich früher umgeben hast.«

Rolf hatte recht. Mit tanzenden Menschen, die nachts noch ausgingen, obwohl sie keine Studenten mehr waren, hatte sich Laura bis vor Kurzem nicht umgeben.

»Jetzt mal ernsthaft«, sagte Rolf und blieb stehen, »du wolltest diese Fra und ihre Untermieterin doch sowieso nicht in deiner Wohnung haben«, er nahm Lauras Hand und schaute sie an, »also, bitte, eine bessere Entschuldigung als Tiziana, die die Untervermietung untersagt, kannst du nicht haben, um sie loszuwerden.«

Laura blickte ihn erstaunt an. Er war nicht auf dem Laufenden, was ihre Verfassung betraf. »Ich kann das nicht, die beiden rauswerfen.«

»Was ist dein Problem?«, fragte Rolf ein wenig zu verständnisvoll.

»Dass ich ...« Sie schaute in den Himmel. Sah sich und Rolf, nebeneinander, im Park – das Bild von ihnen beiden zusammen, es stimmte nicht mehr. Laura stimmte nicht mehr. Sie war nicht mehr die nüchtern strukturierte, vorausplanende Familienfrau, die die Dinge und sich selbst im Griff hatte.

»Laura«, sie hörte Rolfs Stimme, »was ist das Problem?«

»Dass ich sie alle nicht mehr loswerden will.« Und mit allen meinte sie wirklich alle, die komplette bunte Truppe.

»Ach du liebes bisschen!«, ächzte Rolf, »nach dem ganzen Theater, von dem du mir erzählt hast, nach diesen nächtlichen Auftritten, dem Radau und dem Benehmen dieses amerikanischen Mädchens – ich bitte dich! Die Wohnung unten ist doch langsam mal trocken.«

Laura zuckte mit den Achseln und ging langsam weiter.

»Ehrlich gesagt«, Rolf klang vorsichtig, »ich hatte ein bisschen gehofft, dass du früher oder später zurück nach Deutschland kommst.« Er machte eine Pause, wartete auf eine Reaktion. »Auch für die Jungs. Sie fragen oft nach dir.«

Wurde er sentimental? So kannte Laura ihn gar nicht. »Ach Rolf, natürlich würde ich die beiden gerne öfter sehen. Aber sie sind erwachsen, sie können mich besuchen, wann immer sie wollen, und das wissen sie auch.«

»Sicher«, sagte Rolf. »Willst du denn deinen Vertrag verlängern, an der Schule?«

»Natürlich«, antwortete Laura, »ich habe doch gerade erst wieder angefangen.«

Sie schwiegen.

»Aber du allein in dieser riesigen Wohnung«, begann Rolf wieder, »du magst es nicht hören, aber mir scheint, sie gehört nun tatsächlich Fabios Mutter. Sie hat das Recht…«

»Es ist *unsere* Wohnung«, schnitt Laura ihm das Wort ab, »die Wohnung von Fabio und mir. *Wir* haben sie renoviert, *wir* haben darin gelebt. Tiziana war diese Wohnung immer vollkommen egal. Sie hat sich jahrelang nicht gekümmert, hat die Wohnung verfallen lassen, hatte keinerlei Interesse daran. Bis gestern!« Laura war so wütend über Tizianas großbürgerliche Arroganz. »Es war ein Fest, nichts weiter. Es wurde getanzt – ja, und?«

»Na ja, ich gebe zu«, pirschte sich Rolf an einen heiklen Punkt, »ich war auch etwas befremdet, dich in den Armen all dieser Männer zu sehen.«

Laura blieb mit offenem Mund stehen. »Wir haben getanzt. Sonst nichts! Getanzt!«

»Reg dich doch nicht so auf«, Rolf versuchte ruhig zu bleiben. »Du hast eine schwere Zeit hinter dir. Fra hat für dich das Fest organisiert, sehr schön, aber du wirst zugeben, dass diese Fra gewöhnungsbedürftig ist. Sie und diese ältere, recht muntere Signora haben deine Schwieger…«, er korrigierte sich, »Fast-Schwiegermutter daran gehindert, dir das Fest zu verderben. Gut. Aber ich würde einfach mal sagen, dass niemand gerne aus seiner Wohnung geworfen wird.«

»Sie hat nie dort gelebt«, explodierte Laura, »es – ist – nicht – *ihre* – Wohnung!«

»Doch, leider ist sie das«, beharrte Rolf, »Tiziana hat sie von ihrer Schwester geerbt ...«

»Der wahre Erbe konnte nie gefunden werden«, erinnerte sich Laura.

»Eben. Also ist Tiziana als nächste Angehörige die Erbin«, erklärte Rolf. Das konnte Laura sich auch selbst zusammenreimen. Er setzte noch einen drauf. »Möglicherweise war Fabio nie Besitzer dieser Wohnung, oder wurde er als Besitzer registriert?«

Laura hatte keine Ahnung. »Diese Wohnung ist quasi übrig geblieben, hat auf uns gewartet ...«, hatte Fabio damals gesagt. Die Wohnung gehörte der Familie, alles gehörte immer der Familie, und Tiziana hatte klargemacht, dass Laura nur *fast* ein Mitglied dieser Familie geworden war. Knapp vorbei war auch vorbei. Laura wurde in der Wohnung geduldet. Mehr nicht.

»Was soll ich tun?«, fragte Laura erschöpft.

»Du weißt, dass du zu Hause immer willkommen bist.«

»Dort habe ich auch keinen Platz mehr«, entgegnete Laura.

»Zumindest kannst du auch in Deutschland als Lehrerin weiterarbeiten«, Rolf schaute sie von der Seite an, »und der Rest findet sich schon.«

Was für ein Rest? Wollte Rolf sie ernsthaft nach Deutschland zurückholen?

Kinder tobten über die Wiese, ein Papa kickte einen Fußball vor seinem kleinen Sohn hin und her, der Kleine versuchte schneller zu sein, Papa irgendwie auszutricksen, der Große erinnerte sich an seine jugendlichen Tricks und tänzelte um den Ball, bevor er seinem jubelnden Sohn den Sieg gönnte.

Leben wir irgendwann nur noch in Erinnerungen? In Bildern, die uns die Zeit ein bisschen schöner malt? Das konnte es doch nicht gewesen sein, mit den Bildern in ihrem Leben.

»Warst du gestern Abend eigentlich sauer auf mich?«, fragte sie Rolf, »ich habe mich gar nicht um dich gekümmert.«

»Schon in Ordnung. Die Musik hat mir gefallen, aber ich bin ja kein Tänzer.«

Er betrachtete Laura von der Seite. »Du hast dich wirklich verändert, nicht nur die Haare.«

Schon während des Festes hatte Rolf andauernd geschwärmt, »toll siehst du aus! Wirklich toll!«, und ungläubig den Kopf geschüttelt. Und dass er seine Freundin, die er demnächst ehelichen wollte, mit keinem Wort erwähnt hatte, war Laura ein bisschen unheimlich gewesen. Dann war zum Glück der Maurer gekommen und hatte Laura aufgefordert. Sie hatte ihn endlich nach seinem Namen gefragt. Edo, also, der Maurer, der Mann mit den Pranken, mit dem sie gut tanzen konnte, der hieß Edo.

»Ich habe gar nicht gewusst, dass du tanzen kannst«, Rolf holte Laura aus ihren Erinnerungen zurück in den Park.

»Ich auch nicht«, antwortete Laura, »aber ich kann's noch gar nicht richtig.«

»Aber es tut dir offensichtlich gut«, gab er zu. Sie hakte sich bei ihm ein, der Sand des Spazierweges knirschte leise unter ihren ruhigen Schritten.

»Ich habe mir wirklich Sorgen um dich gemacht«, sagte Rolf plötzlich, »ich hatte Angst, du könntest … du warst noch nie so verzweifelt, so hilflos, …«, er schluckte.

»Doch, Rolf, das war ich«, Laura blickte ihn an, »mit 15, nach dem Tod meiner Mutter. Mein Vater ständig betrunken, weil er versagt hatte, meine drei kleinen Geschwister drehten durch, und ich musste irgendwie überleben, für sie. Nach Fabios Tod musste ich niemanden retten. Nur mich, und manchmal wusste ich nicht mehr, ob sich das lohnt. Es war so maßlos anstrengend.«

»Laura, ich bitte dich«, keuchte Rolf, »die Jungs, ich, deine Freundinnen …«

»Schon gut, Rolf. Es ist ja nichts passiert. Fra hat mir die Schlaftabletten rechtzeitig abgenommen.«

Sie verabschiedete Rolf am Zug zum Flughafen, er nahm sie in den Arm, als wollte er sie schützen. »Du hast früher immer alles im Griff gehabt, Laura, hattest immer einen Plan.«

»Und jetzt?«, fragte sie belustigt.

»Bist du irgendwie«, er suchte nach Worten, »verletzlich. Irgendwie einfach – lebendig?«

Laura musste lächeln. »Ach ja? Lebendig?«

»Mmh, und ein bisschen nachlässig. Aber es steht dir gut.«

Er löste sich, schulterte seine Reisetasche. »Wie gesagt,

wenn irgendwas ist ...« Er hielt den gespreizten Daumen und kleinen Finger ans Ohr.

»Klar«, sagte Laura, »und danke. Dass du gekommen bist. Und überhaupt ...«, sie winkte kurz, drehte sich um.

Auf dem Weg nach Hause versuchte Laura sich gedanklich dem Montag zu nähern. Morgen früh zum Glück erst zur 3. Stunde – gute Chance, dass sie pünktlich sein würde. Sie flitzte häufig erst nach dem Schulgong durch die leeren Flure zur letzten noch offenen Tür und in die lärmende Klasse. Die Nächte im BluNight waren lang.

Laura bog um die Ecke auf ihre Piazza. Samir hatte geschlossen, es war Sonntag. Sie hätte ihm gerne zugewinkt. Zwei junge Frauen standen vor ihrem Hauseingang, fotografierten den dichten Efeu, der die Fassade hinaufkletterte und die Bögen, hinter denen der lange Küchenbalkon lag. Im Vorbeigehen hörte Laura, dass sie Amerikanerinnen waren. Freundinnen von Samy?

»Buonasera!«, wurde Laura von einer männlichen Stimme begrüßt. Der Maurer – wie hieß er noch? Edo? Ja, Edo – stand neben dem Eingang. »Wie geht's, Laura?«, er küsste sie links und rechts zur Begrüßung. »Hat Fra dir Bescheid gesagt?«

»Fra? Nein, was sollte sie ...? Warte ...« Laura zog Schlüssel und ihr Telefon aus der Tasche, schaute auf das Display, während sie die Tür öffnete. Sie hatte das Telefon stummgeschaltet. Tatsächlich, da war eine Sprachnachricht von Fra und viele verpasste Anrufe von Tiziana. Hatte sie sich entschuldigen wollen? Laura würde bis auf

Weiteres nicht antworten. Fra und Samy sollten einfach wohnen bleiben, solange sie Lust dazu hatten.

»Laura? Hörst du mich?«, fragte Edo hinter ihr.

»Was? Entschuldige, was war?«

»Ich habe gestern Nacht mein Telefon bei euch liegen gelassen«, erklärte Edo, »wollte es nur eben abholen.«

»Ja, klar«, sagte Laura zerstreut und dachte wieder an Tiziana, die hatte ihr gar nichts vorzuschreiben. Sie war ja nicht mal ihre Schwiegermutter.

Edo kam hinter Laura die Treppe hinauf, plauderte, irgendwas von Touristen, die nun auch diese versteckte Piazza entdeckt hätten, erstaunlich, früher oder später nisteten sie sich überall ein. Sogar seine kleine Insel vor Sizilien werde wachgeküsst, eigentlich mehr ein Berg im Meer, keine Sandstrände. »Zum Glück!«, er lachte, »aber das kannst du ja bald selbst sehen!«

»Was kann ich?« Laura hatte keine Ahnung, wovon er sprach. »Entschuldige, was hast du gesagt? Du suchst dein Telefon?«

Sie betraten die Wohnung. Irgendwer hatte aufgeräumt. Es sah wieder aus wie eine ordentliche bürgerliche Wohnung. Fra hatte das Telefon gefunden und auf die Kommode am Eingang gelegt.

»Ja, dann ...«, Laura hielt Edo die Tür auf.

»Kommst du später ins BluNight?«, fragte er im Hinausgehen, »Ein Gitarrist aus Mailand ist da, Fra singt, ich mach DJ-Set – deinen Geburtstag ausklingen lassen?«

Ja, gerne!, dachte Laura und sagte. »Danke, nein. Muss morgen unterrichten. Sorry, ist Montag.«

»Alles klar«, er steckte sein Telefon in die Tasche, hob die Hand, »bis bald!«, und weg war er.

Laura setzte sich mit einer Tasse Tee an ihren Schreibtisch. Fuhr den Computer hoch. Vielleicht doch noch auf einen Sprung ins BluNight? Sie schaute auf die geschlossene Tür zu Fabios Zimmer. Früher war die Tür immer halb offen gewesen, sie hatten gemeinsam gearbeitet – eine gute, konzentrierte Atmosphäre.

Laura stand auf. Ging zu Fabios Tür. Atmete tief ein – und drückte die Klinke runter, öffnete die Tür einen Spalt breit. Sie wurde ruhig, atmete ein – und betrat mit einem Schritt das Zimmer. Das Pflaster war abgerissen. Der aufgeräumte Schreibtisch. Ein Papierstapel, daneben ein Bücherstapel, darauf Fabios Lesebrille, sein Füller. Alles wirkte frisch. Kein Staub, keine abgestandene Luft – vielleicht war Samys Aktion auch gut gewesen. Wann hätte Laura sich getraut, dieses Zimmer anzurühren?

Sie ging durch den Raum voller Bücher, voller Gedanken, voller Wissen. Setzte sich an den Schreibtisch.

Hatte Fabio wirklich kein Testament hinterlassen? Irgendetwas? »Nein, nichts«, hatte der Anwalt der Familie versichert. Herrgott, immer diese Familie! Anwalt der Familie, Bank der Familie, Immobilien der Familie, Grab der Familie und sie, Laura, wäre auch fast ein Teil dieser Familie geworden.

Warum eigentlich?

Warum hatte Fabio sie eigentlich unbedingt heiraten

wollen? Laura hätte auch ohne Ring ihr Leben mit ihm geteilt.

Die Klunker, der ganze Kram war wieder weg. Alles ordentlich. Sortiert. Klar. Wo hätte Fabio wichtige Dokumente hingelegt? Sie drehte auf dem Schreibtischstuhl – ein gutes altes Stück, aus Holz mit Lederpolster, kostete heute vermutlich ein Vermögen – das Regal in der Mauer! Das Geheimfach! Eine der Kuriositäten in dieser Wohnung.

Laura sprang auf. Ein Regal war in die dicke Hauswand eingelassen, aber das untere Brett konnte man herausziehen, und darunter befand sich ein Hohlraum. Ein Versteck, von dem niemand wusste. Nur Fabio. Tante Guenda hatte es dem kleinen Neffen gezeigt. »Ein Geheimnis, ssshht«, nur sie und er wussten davon. Bis zu dem Tag, an dem er mit Laura die Wohnung angeschaut hatte.

»Besser als jeder Safe«, hatte Fabio gesagt.

Laura räumte die mehrbändige Einführung in die Kunstgeschichte aus dem Regal und ruckelte an dem Brett. Holte den Brieföffner vom Schreibtisch und schob ihn in die Ritze, ruckelte wieder, besonders oft konnte er das Geheimfach nicht benutzt haben. Plötzlich gab das Brett nach.

Laura schaute in das dunkle Fach, es musste fast einen Meter tief sein. Sie ertastete einen großen Umschlag, unten lagen noch ein Pappkarton und eine kleine Holzkiste.

Laura zog alles heraus. In dem Karton hatte Fabio Disketten gesammelt, Sicherungskopien wissenschaftlicher Arbeiten, die inzwischen kein Computer mehr lesen konnte. Die Holzkiste war ein Schatzkästchen, gesichert mit einem kleinen Vorhängeschloss. Der Umschlag enthielt einen Arztbericht und Röntgenbilder. Kernspintomografie eines Kopfes – Fabios Kopf. Aufgenommen vor fünf Jahren. Wenige Tage, bevor sie sich kennengelernt hatten.

Er hatte es gewusst. Laura verließ schockiert sein Zimmer. Er hatte die ganze Zeit gewusst, dass in seinem Kopf ein Aneurysma, eine kleine Bombe, schlummerte. Seine Kopfschmerzen hatte er mit Stress oder Migräne abgetan. Er hatte ihr nichts gesagt, nichts. Sie nicht gewarnt, ihr nicht vertraut.

Sie hatte für ihn ihr Leben umgekrempelt, während er sie ins offene Messer hatte laufen lassen.

Sie warf die Tür hinter sich zu, rannte ins Wohnzimmer, in die Küche und wieder zurück ins Wohnzimmer, riss die Fenster auf – Luft! Sie schaute die Piazza, von unten guckte ihr eine Gruppe junger Touristen entgegen, zeigte hinauf und zielte mit den Smartphones auf sie. Was sollte das denn, war sie ein pittoreskes Detail im romantischen Trastevere geworden?

Mantel, Schlüssel, Tasche – raus.

20

Diese miese, kleine Ratte von Journalist, Fra schaute auf ihr Handydisplay. Das glaubte sie nicht. Er schickte ihr Nacktfotos – von sich! Natürlich mit unterdrückter Nummer, aber wer sonst sollte ihr so einen Dreck schicken? Sie war angeekelt.

»Signora? Pistazie, Stracciatella, bitte. Mit etwas Sahne!« Die Stimme einer Kundin drang zu Fra durch. Er sollte sich und seine Fotos und Artikel schreddern, in den nächsten Puff gehen, aber sie in Ruhe lassen.

»Im Becher, bitte!«

Fra steckte die Eistüte wieder zurück. »Natürlich, Signora.« Sie war noch benommen von der Geburtstagsparty, aber schmierte und häufelte Eiscreme wie ein Automat in Tüten und Becher, mit oder ohne Sahne. Dieser Job war ein Segen, sie konnte ihn auch mit nur zwei Stunden Schlaf noch halbwegs charmant erledigen.

»Wann kommst du vorbei?« Seit Tagen bekam sie solche Nachrichten im Wechsel mit diesem pornografischen Scheiß von unterdrückter Nummer. Sie hatte ihm geschrieben, sie habe keinerlei Interesse an Artikeln und Interviews, welcher Art auch immer. Sie versuchte die Nachrichten zu ignorieren. Es nützte nichts.

Er stand in der Schlange. Er stand tatsächlich in der Schlange vor dem Eistresen, hinter den drei Kindern, die bei ihren Eltern noch Schokostreusel zu drei, »nein, zwei!« Sorten Eis heraushandelten. Er grinste Fra breit an, formte mit den Lippen ein »Überraschung!« Sie entschuldigte sich bei ihrer Kollegin, verschwand auf der Toilette. Als sie zurückkam, war er weg.

Aber als sie die Gelateria am frühen Abend verließ, passte er sie am Hinterausgang ab.

»Ich wollte dich nach Hause begleiten, darf ich?«

»Nein. Lass mich in Ruhe!«

Sie ging los, kreuz und quer durch die Gassen, er folgte ihr. In gewissem Abstand, aber kaum war er verschwunden, erwartete er sie an der nächsten Hausecke. Jedes Mal ein Stromschlag, sie lief schneller, hatte ihren Atem nicht mehr unter Kontrolle – wohin? Wohin konnte sie flüchten? Sie angelte im Laufen ihr Handy aus der Tasche. Mario, bitte Mario, geh ran.

»Ciao, Fra! Sind die Kacheln …«

»Mario! Dieser Typ, er ist …« Fra bekam kaum noch Luft vor Angst.

Mario kapierte, was los war. Nach langer Zeit mal wieder einer dieser Typen, die sich an sie dranhängten. Sie bekam Angst, wurde panisch, und an dieser beschissenen kleinen Macht, die sie über Fra hatten, geilten sich diese Winzlinge auf. Fra wusste das alles, aber sie kam aus der

Spirale nicht heraus. Mario, guter alter Freund, »du bleibst jetzt ruhig«, beschwor er sie. Fra hörte, wie er seinen Schlüssel griff, die Wohnungstür ins Schloss fiel, seine eiligen Schritte auf der Straße zum Auto.

»Wo bist du genau?« Er war auf dem Weg. Sie wurde ruhiger, drehte sich um. Der Typ war weg – war er? Nein, er schlenderte um den Springbrunnen herum. Er schaute ihr hinterher – »Fra, du gehst jetzt auf den Corso Emanuele, da sind viele Menschen, dir passiert nichts, ich sammel dich auf. Keine Angst, ich bleibe am Telefon …«

Gut, gut, auf die belebte Einkaufsstraße, ruhig bleiben, auf und ab gehen zwischen den vielen Menschen.

Eine Viertelstunde später hielt ein Auto neben ihr, Mario. Fra stieg ein – alles war gut.

Sie kurvten durch Rom, bis Fra wieder normal sprechen konnte. Sie redeten über das Leben und die Liebe, wie man mit einem guten alten Freund eben so redet, sie hatten so lange nicht mehr über etwas anderes als Badezimmer gesprochen.

Langsam fand Fra zu gewohnter Form zurück. Mario begann sie zu provozieren. »Ich weiß nicht, ich weiß nicht, ich dreh noch eine Runde, wer weiß, wo er sich versteckt«, kicherte er und fuhr noch einmal um den langen Grünstreifen des Circus Maximus. »Nur zur Sicherheit!«

Schließlich hatten sie sich fast alles erzählt, der Journalist war vergessen. Fra schaute auf die Uhr. »Setzt du mich direkt am BluNight ab?«, bat sie Mario. Keine Zeit mehr, zu Hause das Outfit zu wechseln. Fra zupfte ihre pinkfarbene Eisverkäuferinnen-Schleife aus dem tulpenbunten Haar, zog den Lidstrich kohleschwarz und die Lippen brombeerrot nach – heute wurde improvisiert, ging schon. Mario bog in die schmale Straße des BluNight.

»Hast du übrigens was mit Samy?«, warf Fra spontan in die Stille im Wagen und flog in den Sicherheitsgurt. Mario war vor Schreck auf die Bremse gelatscht. »Wie meinst du das?«

»Wie, wie soll ich das meinen – hast du oder hast du nicht?«

Lauras Bemerkung hatte ihr die Augen geöffnet. Sie hatte sich gewundert, warum Mario mit ihr, wenn überhaupt, nur noch über Badezimmer geredet hatte. Ein unverfängliches Thema, während die Bauarbeiten fast zum Stillstand gekommen waren.

Mario schaute nach vorne, fuhr langsam wieder an. Zuckte mit den Schultern. »Wir verstehen uns gut«, er hielt vor dem BluNight, »sie findet Blues genauso blöd wie ich«, er grinste, »das ist schon mal eine Gemeinsamkeit.« Also tatsächlich. Fra öffnete die Autotür, lächelte. »Grazie, amore!« Sie stieg aus, drehte sich noch einmal um: »Für alles!«

»Ich erwarte dich, Blues-Baby« – kurz bevor Fra auf die Bühne ging, blinkte die nächste Nachricht auf ihrem Handy. Sie blickte aus dem Raum hinter der Bühne durch den Saal – er lehnte halb versteckt an einem der Raumpfeiler.

Wo war Edo? Er sollte ihn rauswerfen. Aber der stand am Tresen, mit Laura! Hörte ihr zu, aufmerksam, verständnisvoll, war längst überfällig, dass die beiden ins Gespräch kamen. Aber mit diesem Gesicht, liebe Laura, wird das nichts. Sie sah aus wie in ihren schlimmsten Zeiten, und sie hatte offensichtlich nicht ihren ersten Whiskey in der Hand. Was war nun wieder los? Laura hatte doch verdammt noch mal echt gute Gründe, freundlich ins Leben zu schauen.

Jaco begann zu spielen, es war Fras Einsatz, ein Blues von Nina Simone »I want a little sugar in my bowl«, eindeutig zweideutig, der Text, kam immer gut, dieser schmeichelnde Song – wäre nicht dieser Journalist gewesen, der sie taxierte und sich wahrscheinlich einbildete, der Song wäre für ihn.

Beim ersten Applaus schob Fra sich hinter Jaco ans Klavier und sagte leise: »Noch zwei Songs, dann war's das für mich heute. Ich muss nach Hause.«

Er nickte, spielte unbeeindruckt weiter. Sonntagabend, nicht viel los, kein festes Programm, war schon okay. Fra sah, wie sich Laura am Tresen festhielt – der ging's nicht gut.

Sie verließ die Bühne, der Journalist nahm seinen Mantel von der Stuhllehne.

»Laura, was ist los?« Sie warf Edo einen fragenden Blick zu, hatte er Laura eingeschenkt? Er sollte doch wissen, dass sie nichts vertrug. Musste Fra sich hier um jeden Mist selbst kümmern?

»Fabio!«, Laura hängte sich an Fras Schulter, »er hat

alles gewusst. Hat mich ausgenutzt, betrogen …« Der Rest versank in Heulerei. Genug, genug, bei aller Liebe, dieses ständige Selbstmitleid. »Fabio-Fabio-Fabio, kannst du irgendwann einfach mal an was anderes denken als an diesen Typ? Es reicht jetzt mal, Laura. Es nervt!«

Sie schob Laura dem verdutzten Edo in den Arm: »Halt mal kurz«, und holte ihre Jacke. An der Garderobe tänzelte ihr Antoine entgegen, »Schöne der Nacht, wie geht es dir?«, er war gerade erst gekommen.

»Fahr mich mit Laura nach Hause. Bitte. Sofort.«

Antoine hob die Augenbrauen. »Frag nicht«, schnitt sie ihn ab, warf einen Kontrollblick hinter sich – der Wichser war verschwunden.

Edo tätschelte Laura mit seiner kräftigen Hand die zarte Schulter, Antoine übernahm und führte Laura raus.

Fra warf Edo einen fragenden Blick zu. »Scheiß Geschichte«, sagte er, »ich finde sie trotzdem gut.«

»Dann solltest du ihr nicht so freizügig Whiskey einschenken.«

Edo lächelte charmant. »Man tut, was man kann.«

»Männer!«, stöhnte Fra, dabei war Edo noch einer von den richtig Guten.

Er war nicht zu übersehen. Erwartete sie vor dem BluNight. Diese Journalisten-Ratte lehnte an einem Laternenpfahl und rauchte. »Ich dachte, du kommst gar nicht mehr.« Er warf die Kippe auf den Bürgersteig, trat sie aus. Fra spürte wieder den Druck auf der Brust, bekam Atemnot. »Lass mich …« Sie machte einen Stinkefinger und drehte sich weg, lief zu Antoines Taxe. Laura saß schon hinten, Fra stieg ein. Der Typ schloss seinen Wagen auf. Scheiße.

»Bring uns nach Hause, aber ohne dass dieser Mistkerl uns folgt.«

Antoine kurvte kreuz und quer, durch schmale und weite Straßen. Laura heulte leise, wimmerte ab und zu, sie wolle endlich nach Hause.

»Kannst du mal aufhören, dich in deinem Unglück zu aalen?«, fauchte Fra, »es ist unerträglich!«

Antoine drehte sich mit verständnislosem Blick zu Fra, legte ihr seine Hand auf den Arm. »Entspann dich, Baby.«

Fra schüttelte seine Hand ab. »Scheiße, entspann dich!«, äffte sie ihn nach, »der Typ hinter uns will mir an die Wäsche, verfolgt mich seit Tagen, keine Ahnung, was der vorhat, aber Laura könnte langsam mal aufhören, sich exklusiv um ihren Trauerkloß zu drehen.«

Laura schaute aus dem Fenster. Schwieg.

»Hauptsache, du hängst diesen Wichser ab«, grummelte Fra.

»Sollte der noch mal auftauchen«, entschied Antoine, »wird Edo ihn sich vorknöpfen. Wo Edo herkommt, wird nicht gescherzt.«

»Edo?«, lallte Laura von hinten, »wo kommt Edo her?«

»Frag morgen noch mal«, bügelte Fra sie ab und sagte zu Antoine: »Mario macht das schon.«

Das Taxi rollte auf ihre Piazza. Antoine stieg als Erster aus, schaute sich um. Er machte Fra ein Zeichen, der Typ war verschwunden.

Sie hakten Laura links und rechts unter. Sie hatte sich

beruhigt und ging tapfer zwischen den beiden zur Haustür. Auf den Treppenstufen davor saßen zwei Jungs und quatschten, Amerikaner.

»Hi!«, sie standen auf, traten zur Seite. »Heute Abend wieder Blues-Party?«

21

Laura musste erst zur dritten Stunde in der Schule sein, trotzdem hatte sie den Bus verpasst. Sie ruckelte mit dem nächsten über die Ausfallstraße, der sollte auf den letzten Drücker in der Schule ankommen.

Von wegen Geburtstag ausklingen lassen – total verkorkster Abend. Erst hatte sie Edo die komplette Fabio-Geschichte vorgeheult und dann zu viel und zu schnell getrunken. Das war Fra-Stil, nur dass sie selbst überhaupt nicht trinkfest war. Wenigstens hatten Edos Worte eine tröstliche Wirkung entfaltet. »Vielleicht hat Fabio das Ergebnis verdrängt? Was hätte er tun können, wenn eine Operation nicht möglich war? Sein Leben genießen, ohne dass er von allen wie der Tod auf zwei Beinen betrachtet wird. Leben, solange es geht. Und dann verliebt er sich noch einmal – schöner kann es doch nicht sein.«

Doch Lauras Enttäuschung war überwältigend gewesen. Als ob Fabio in ihrem puren Glück eine Geliebte gehabt hätte.

Mit dem Schulgong zum Ende der Pause hetzte Laura ins Lehrerzimmer. Warf die Jacke über den Stuhl, wo waren die korrigierten Klassenarbeiten? »Frau Sommer?« Die energische Stimme der Sekretärin bremste sie. »Dr. Rath möchte Sie einen Moment sprechen.«

»Jetzt?«

»Eigentlich ja«, sie schaute vorwurfsvoll auf ihre Uhr, als ob sie nicht gewusst hätte, dass der Unterricht in dieser Minute begann. »Kommen Sie dann bitte in der nächsten Pause.«

Das klang nach Ärger in der letzten Woche vor den Osterferien. Laura eilte durch den Flur, sah sich kurz im Fenster. Fra wäre mit so einem Gesicht nicht ohne großflächige Sonnenbrille vor die Tür getreten. Hätte den Vormittag unter wechselnden Masken und kühlenden Augenpads verbracht. Mindestens.

Direktor Dr. Rath warf die hohe Stirn in Falten. »Frau Sommer, Sie haben sich verändert«, begann er. Wenigstens machte er keine falschen Komplimente. »Nicht nur zu Ihrem Nachteil«, setzte er freundlicher nach.

In der Tat waren Lauras qualitativ hochwertige Röcke und Blusen in einem Altkleidersack verschwunden. Fra hatte ihr unverblümt erklärt, dass Laura vermutlich die Wechseljahre erreicht hätte, aber deshalb nicht wie ihre Großmutter rumlaufen müsste. Sie waren also einkaufen gewesen. Aber Laura ahnte, dass ihr Auftritt beim Direktor nicht zum Austausch von Komplimenten gedacht war.

Sie war in den letzten Wochen mehrfach zu spät gekommen, hatte Klassenarbeiten fragwürdig korrigiert, einigen Eltern nahegelegt, etwas entspannter mit ihren Kids umzugehen. Das war nicht gut angekommen. Bei den Eltern, zumindest. Die Schüler fanden ihre Lehrerin neuerdings ziemlich lässig. Laura hatte beschlossen, sich von ihren Schülern inspirieren und ihnen die Wahl zu lassen, welche Bücher sie im Unterricht lesen und welche Themen sie behandeln wollten. Das ging auf Kosten verstaubter Klassiker, von denen irgendwer vor Jahrzehnten festgelegt hatte, dass man sie gelesen haben müsste. Dafür lasen sogar einige Jungs in der Klasse inzwischen wieder – freiwillig!

»Sie werden selbst wissen, dass die letzten Wochen nicht optimal gelaufen sind«, begann Dr. Rath. »Ihre ständigen Verspätungen, während Sie mehrfach nachts in Trastevere gesehen wurden«, er hüstelte, »das ist natürlich Ihre private Angelegenheit, aber zusammengefasst waren die letzten Wochen nicht dergestalt, dass die Schulkonferenz überzeugt wäre, Ihren Vertrag zu verlängern.«

Einen Moment fühlte Laura nichts. Nur Leere. Der Blitz war eingeschlagen, der Donner ließ auf sich warten. In dieser Pause fügte Direktor Dr. Rath hinzu: »Bitte suchen Sie sich eine Stelle an einer Schule in Deutschland.«

Das Gewitter rollte donnernd über Laura hinweg und rüttelte sie wach. »Deutschland?«, fragte sie ungläubig und sah Buxtehude vor ihrem inneren Auge.

»Es tut mir leid«, log der Direktor und stand auf. Reichte ihr die Hand. Laura drehte sich um und verließ das Zimmer. Schaute auf die Uhr. Die Praxis ihrer Ärztin hatte noch geöffnet.

Die Krankschreibung wegen Überlastung war nur eine Formalie. Nein, danke, sie brauchte kein neues Rezept, weder für Antidepressiva noch für Schlaftabletten. Laura war nur erschöpft, musste sich bis nach den Osterferien ausruhen. Und überlegen.

Sie ging zu Fuß nach Hause, quer durch die Stadt bis zur Engelsbrücke. Die Sonne blinkte auf dem Tiber. Weiter hinten lag die Insel mit den aneinandergedrängten Gebäuden, dem Krankenhaus, in dem Fabio gestorben war. Umströmt vom Fluss, nur wenige Kilometer, bevor er sich im Meer auflöste.

Laura blieb zwischen den Engeln auf der Brücke stehen. Fabio, das war nicht fair. Ich wäre trotzdem nach Rom gekommen. Zu dir und in diese Stadt, die laut und großkotzig ist und nervt, aber fantastisch schön und – hoffentlich – ewig ist und eine unbeschreibliche Magie in sich trägt, die du mir gezeigt hast. Ich wäre gekommen, selbst wenn ich gewusst hätte, dass dein Leben angezählt ist. Selbst wenn wir nur noch einen Tag gemeinsam gehabt hätten.

Sie ging weiter, die Treppen hinunter und an der Ufermauer des Tibers entlang. Lauras Telefon klingelte. Tiziana.

»Laura?«

»Sì, ich bin's, wer sonst? Was gibt's?«

»Pass auf, ich habe nachgedacht.«

Laura blieb stehen, lehnte sich an die Ufermauer. Schloss die Augen, genoss die Sonne im Gesicht. Also, was?

»... und mit meinen Töchtern gesprochen. Wir vermuten, du wirst ja nach Deutschland zurückgehen.«

Laura sagte nichts. So, so, nicht nur ihr Ex-Mann, ihr baldiger Ex-Chef, auch ihre Fast-Schwiegermutter hatte beschlossen, dass es besser für sie sei, nach Deutschland zurückzukehren.

»Pronto, hörst du mich?«, rief Tiziana.

Laura nickte: »Sì, sì, also was?«

»Nach dem, was geschehen ist, halten wir es als Familie für geboten, etwas zu unternehmen.«

Ein Fest, Musik, Tänzer – und Signora Mattarella, mit der Tiziana scheinbar eine Rechnung offen hatte – also? Sie hörte Tiziana atmen, Pause.

»Tiziana?«

»Ich werde die Wohnung verkaufen.«

Fünf Worte, der Blitz hatte eingeschlagen, der Donner krachte sofort. Laura drückte das Gespräch weg, machte das Telefon aus. Hörte nichts, fühlte nichts. Die Welt war stehen geblieben.

22

Fra hatte ausgeschlafen, setzte sich mit Cappuccino, drei Vollkornkeksen und einem Apfel hinter die Bögen auf den Balkon. Gewöhnungsbedürftig, dieses Frühstück. Aber der Frühling war im Anzug, Zeit, zu entgiften. In jeder Hinsicht.

Fra schaute über ihre Piazza. Das normale Treiben, Anwohner, die ihre Autos ein- und ausparkten. Virgilio, der vor seinem Laden in der Sonne rauchte. Die alten Männer, die vor der Bar Karten spielten. Frauen, mit prall gefüllten Einkaufstüten. Und kein räudiger Journalist in Sicht. Fra fühlte sich sicher.

Eine Gruppe junger Touristen schlenderte über die Piazza. Sie blieben stehen, schauten sich um und auf ihre Handys, zeigten auf den Palazzo, auf die Bögen des Balkons, auf dem Fra ihren Cappuccino genoss. Fra hörte ihre Stimmen. Amerikaner: »Yeah, that's the palazzo!«

Fra stand auf, lehnte sich an die Brüstung. Von unten winkten die Touristen hinauf. Sie winkte aus Spaß zurück. Diese Amerikaner waren ein komisches Volk.

Fra ging in die Küche, kontrollierte die Gemüsevorräte, die sie neuerdings anlegte. Zucchini, Tomaten, Basilikum – prima, daraus konnte sie mittags noch die Sauce für einen Topf Pasta zaubern, bevor ihre Nachmittagsschicht im Eisladen begann. Laura sollte mittags da sein, Samy auch? Fra begann eine Nachricht zu texten, es klingelte an der Tür, sie drückte auf den Summer, öffnete die Wohnungstür, vermutlich der Postbote oder ein Kurier, Samy bestellte ständig irgendwelchen Kram im Internet.

Die waren keine Kuriere, diese beiden Amerikanerinnen. Schon etwas älter, also Fras Alter, kamen giggelnd die Treppe hinauf, Hut auf dem Kopf, Smartphone in der Hand. »Hi!«, Tonlage etwas zu quietschig für Fra am Morgen. Sie klangen freudig vertraut, als ob sie eine alte Freundin besuchten.

»Du musst die singende Köchin sein, richtig?« Fra verschlug es die Sprache. Zwei Hände streckten sich ihr entgegen, Fra schaute sie nur verdutzt an. »Ich? Bin was?«

»Francesca!« Die beiden schauten auf ihre Smartphones, dann wieder auf Fra und nickten. »Sure!« Die mit den dicken roten Locken hielt Fra das Display ihres Smartphones entgegen. »Kein Zweifel, oder?«, sie lachte siegessicher. Kein Zweifel. Da stand Fra mit ihren bunten Haaren und weißer Schürze im Kerzenlicht am langen Küchentisch und schob Lasagne auf Teller, die ihr entgegengehalten wurden. Goldiger Lichtschein lag auf glücklichen Gesichtern. #thesingingcook, #dolcevita, #thatsitaly, #perfectfood, und ein Haufen weiterer Hashtags, aber der Knaller waren #BluesQueenOfRome und #findmeifyoucan!

»Wir haben sie gefunden«, die beiden guckten sich vergnügt an und klatschten ab. »Dürfen wir einen Blick in die Küche werfen?«

Fra hob die Hände und schob die beiden gut gelaunten Amerikanerinnen zurück. »Sorry, aber das ist eine Verwechselung!« und drückte die Haustür zu.

Samy! Fra nahm ihr Handy, löschte das freundliche »Bist du zum Mittagessen hier?« Und hämmerte: »Komm her! SOFORT!!!!«

Dann öffnete sie Instagram. Sie hatte einen Account, aber nutzte ihn selten, obwohl sie es sollte. Könnte die kleine, aber treue Schar ihrer Fans erweitern – nicht nötig. Das erledigte Samy gerade für sie. Das #americangirlinrome war nicht nur überall in dieser Stadt in vollkommen blödsinnigen Posen mit dem #charmingitalianman Mario zu sehen, sie erzählte ihren kompletten Alltag als Fotoroman. Von der morgendlichen Joggingrunde am Tiber bis zur abendlichen Pizza-Party, alles mit italienischem Flair zugekleistert. Wo sie studierte, wo sie wohnte und nebenbei auch, mit wem sie wohnte, Fotos aus #romanticTrastevere und dem #superbelloapartment mit der Terrasse über den Dächern von Rom. Der Hammer war dieses Suchspiel. Sie forderte ihre Follower auf, Orte wiederzuerkennen. Einen Brunnen, eine kleine Madonna, ein Graffiti, einen Laden, der die schrillsten (leider teuren) Sonnenbrillen verkaufte, einen anderen für maßgeschneiderte Handschuhe – alle paar Tage ein neues Suchspiel. In dieser Woche war es die bunte #BluesQueenOfRome, die auch noch feinste Lasagne kochte, #thesingingcook.

Dazu ein kurzes Video, in dem Fra mit bunten Haaren und Kochschürze in der Küche anstimmte: »you better come on in my kitchen / ›cause it‹s going to be raining outdoors …« Sie schwang den Kochlöffel, die Partygäste klatschten und jubelten, und das Video wiederholte sich in Endlosschleife. Kleine Hilfestellung für alle Suchenden: ein Detailfoto von den Mauerbögen vor dem Balkon und vom Efeu am Eingang.

#findmeifyoucan – Tausende rannten Samys Schatzsuche ohne Schatz hinterher. Und fanden Fra. In dieser Woche sollte es sogar einen Preis geben, Ostern stand schließlich vor der Tür: Freikarten für den Club, in dem #thesingingcook regelmäßig auftrat. Wo? Das sollte das Osterrätsel werden.

Fra begann zu zittern. Sie hatte die gesamte Mannschaft im BluNight verdonnert, an niemanden, weder an den Papst noch an Mick Jagger, an absolut *niemanden* unter gar keiner Ausrede ihre Adresse weiterzugeben. Sie war in Rom nicht gemeldet, es gab kein Telefonbuch, keine Website, nirgendwo tauchte Fra mit Adresse auf. Und nun ließ Samy nach ihr SUCHEN!

37 453 Follower. Ging's noch? Wer würde als Nächstes vor der Tür stehen?

»Tolle Wohnung, der #BluesQueenOfRome absolut würdig« stand unter einem Foto, das sie auf dem Küchenbalkon zeigte.

Fras Hände zitterten. Mario! Mario war nicht erreichbar, saß am Postschalter. Antoine! Bitte, Antoine, melde dich – schon seine Stimme beruhigte ihre Nerven.

»Kein Problem, bella Fra. Dein Taxi kommt in zehn Minuten.«

Fra riss eine Reisetasche aus Samys Schrank, stopfte wild Jeans, T-Shirts, Pullover, Socken, Wimperntusche und Zahnbürste hinein. Es klingelte an der Haustür – Antoine!

Fra rannte durch den Flur, riss die Tür auf. »Hi! My name is Gordon, I am …!« Der nächste Ami, diesmal ein Schwarzer, streckte ihr seine Hand entgegen.

»Shut up!«, brüllte Fra und schmiss ihm die Haustür ins Gesicht.

»37 453 Follower – wow!«, Brad war begeistert, »hat jemand mehr?«, fragte er ins Seminar. Kopfschütteln, neidische und bewundernde Blicke trafen Samy. Brad applaudierte, alle klatschten, »Fantastic! Great!« – sie hatte den Rekord. Dabei stand die Osterwoche mit Abertausenden Touristen erst noch bevor. Aber schon mit ihrer vorösterlichen Suchaktion #findmeifyoucan und den Posts von Lauras Fest war ihr Account durch die Decke gegangen.

»Was ist dein Geheimnis, Samantha? Teile es mit uns«, forderte Brad sie auf. Samy errötete, so war das also, Erfolg. Aufmerksamkeit. Beachtung. Keine virtuellen Likes, applaudierenden Hände, grinsenden Emoticons, blinkenden Herzen oder hüpfenden Hundchen, sondern reale Studenten und ihr Prof.

»Also, ich weiß nicht«, begann Samy nervös, »mein

wichtigster Ratschlag: authentisch bleiben!« Brad nickte, sie gewann Sicherheit. Sie achtete peinlichst darauf, dass ihre Posts, egal, wie gestellt und nachbereitet die Fotos waren, einen persönlichen Touch behielten. Lieber eine Unschärfe, die einem Schnappschuss nachempfunden war, als aalglatt.

Ein amerikanischer Veranstalter für Erlebnisreisen hatte sie angeschrieben und eine Kollaboration für Trips in den Dschungel der Großstadt angeboten. Ein neues Konzept für junge Städtereisen: Rom mit all seinen Monumenten und Samy mit ihrem Instagram-Kanal ergänzten sich hervorragend. Mit jedem Post würde es auf ihrem Konto klingeln, sie würde weiterverlinkt und das Momentum an Fahrt aufnehmen.

Der Erfolg hatte schon jetzt einen Preis. Samy fühlte sich eklig in ihrer Haut. Seit Tagen war sie nicht mehr laufen gewesen, hatte kein ernsthaftes Work-out absolviert und viel zu wenig geschlafen. Das Geburtstagsfest, die Fotoausflüge mit Mario, die Bearbeitungszeit für all die Bilder und viele Stunden für kreativen Kleinkram, bis der kleine perfekte Post endlich online war, und zwar täglich!, hatten Samys Tagesprogramm zerpflückt.

Mario war zum heimlichen Star geworden und auf seine Art ziemlich cool. Er hatte den Langmut eines Elefanten und kannte jeden Stein in seiner Stadt, zumindest in den Vierteln, in denen er früher als Postbote mit seiner Vespa rumgefahren war.

Das Seminar war zu Ende, Samy packte ihre Tasche. »Gehen wir zusammen Mittag essen?« – Diese

Stimme hinter ihr, yeah! Die gehörte tatsächlich Brad, ihrem Prof!

»Klar!«, Samy hoffte lässig zu klingen, aber #OMG, sie schulterte ihre Tasche, »wo gehen wir hin?«

Sie traten in den klaren Frühlingstag. Es hätte kaum perfekter sein können, Samy warf einen Blick auf ihr Handy. SMS von Fra. Zurückkommen? Sofort? Sicher nicht. Wenn Fra wüsste, mit wem sie jetzt Mittag essen ging, wäre sie die Erste, die … – das Handy klingelte. Fra. Musste das sein?

Das Handy klingelte.

»Sorry!« Samy lächelte Brad entschuldigend an, kam nicht dazu, sich »Pronto!« zu melden.

»Wo steckst du?«, brüllte Fra aus dem Telefon.

»Hey, grade kann ich gar nicht, können wir …?«

»Bist du völlig von Sinnen? Weißt du, was hier los ist? Komm her! SUBITO!«

Fra hatte aufgelegt. Ohne eine Antwort abzuwarten.

»Ärger?«, fragte Brad.

Samy nickte. Er lächelte, so sweet. »Aber für ein schnelles Sandwich und einen caffè sollte Zeit sein«, Samy konnte diese Gelegenheit nicht einfach so ziehen lassen, »wir sind schließlich in Italien.«

Als Samy schließlich in die Wohnung kam, war von Fra nichts mehr zu hören, nichts zu sehen. Kein Summen aus dem Salon, kein röhrender Blues aus der Dusche. In der Küche stand nur Laura an der Balkontür und blickte hinunter auf die Piazza.

»Wo ist Fra?« Lauras Stimme klang bleiern.

»Hier! Oder nicht? Sie hat totalen Stress am Telefon gemacht, jetzt bin ich hier und ...« Laura drehte sich um. Heute mal wieder mit Weltuntergangsgesicht. Hielt ihr einen Zettel entgegen. »Kannst du mir das erklären?«

> *Muss verschwinden, bin nicht erreichbar!*
> *@Samy: Keine Ahnung, was in deinem getunten Mega-Hirn passiert, but this is not Disneyland! Lösch diesen Instagram-Scheiß!*
> *@Laura: Mach endlich das Geburtstagsgeschenk der Blues-Tänzer auf!*

»Was für einen ›Instagram-Scheiß‹ meint Fra?« Laura klang drohend.

Samy wurde heiß. Sie nahm ihr Handy, öffnete ihren Account. Siebzehn neue Follower, yes! In den Kommentaren mit dem hashtag #findmeifyoucan fanden sich Fotos von Amerikanern, aber inzwischen auch Deutschen, Franzosen, Chinesen, die damit bewiesen, dass sie die gesuchte Piazza gefunden hatten und ihre gut gelaunten Selfie-Gesichter zeigten: vor Virgilios Zeitungsständer, zwischen Samir und seinen Gemüsekisten oder genervt blickenden Männern beim Kartenspielen. Es gab einige hübsche Fotos von ihrem efeubewachsenen Palazzo – upps, da saß Fra auf dem Balkon! Und auf dem nächsten lehnte Laura am Fenster.

»Was denn nun?«, drängte Laura und nahm ihr das Telefon aus der Hand. Wischte ungläubig von einem Foto zum nächsten, die Küche gefror zu einem Gletscher.

»Das ist nicht dein Ernst, oder?« Laura gab Samy das Telefon angewidert zurück.

»Es war nur ein Experiment für mein Uni-Seminar, ›der soziale Nutzen sozialer Netzwerke‹. Die App als Katalysator für wahrhaftige Freundschaften, gemeinsame Erlebnisse …«

»Es reicht, Samy!«, schnitt Laura sie ab und zog sie zum Fenster. Von unten schallte Johlen hinauf. Gruppenselfie mit »Yeah!« und Victory-Zeichen. Danach Picknick auf dem Kantstein, Sandwiches, Limonaden- oder Bierdosen wurden ausgepackt. »Bing!«, Instagram meldete das Gruppenselfie, das mit #whereisthesingingcook? getaggt war. Samy musste grinsen, so cool, sie wollte gerade eine Antwort tippen, Laura nahm ihr das Telefon weg.

»Schluss, Samy!«

Hey, war sie ihre Mum? Nicht mal die durfte das. »Die Leute da unten«, rief Samy und zeigte aus dem Fenster, »die haben eine echt gute Zeit miteinander. Die haben sich wahrscheinlich erst hier, auf ihrem Rom-Trip, kennengelernt. Und weißt du, wie? Durch mich!«

»Bing!«, meldete das Telefon. »*Ich* habe sie ermuntert, mit offenen Augen das Rom von heute zu entdecken, jenseits der üblichen Trümmertouren. Könnte nicht auch Fra und euer Blues-Club ein bisschen Unterstützung gebrauchen? Ich denke, ja!«

»Bitte?« Laura schien nicht zu kapieren.

»Das Video von #thesingingcook war nur der *teaser*.

Morgen geht die Suche nach dem BluNight und der BluesQueen alias #thesingingcook los. Die ersten zehn kriegen Eintrittskarten von mir ...«

»Morgen geht gar nichts los!«, platzte Laura dazwischen, »Bist du völlig von Sinnen? Weiß Fra von dieser Super-PR?«

»Noch nicht«, räumte Samy ein.

»Bist du sicher?« Laura gab Samy mit einem Mörderblick ihr Telefon zurück. Ein Selfie von zwei breit grinsenden Frauen, blond und rothaarig mit Sonnenhut und Baseballkappe und in der Mitte ein tulpenbunter Haarschopf, der sich weggedreht hatte. Geknipst auf dem Flur vor der Wohnungstür. »Ich würde mal sagen, die singende Köchin wurde gefunden!«

»Aber Fra ist doch eine öffentliche Person«, beharrte Samy, »sie tritt auf, will berühmt werden, also ich verstehe nicht, was an ein bisschen PR für sie verkehrt sein soll.«

»Du wirst den ganzen Kram, in dem Fra oder ich vorkommen, löschen, alle Fotos und Hashtags, die etwas mit unserem Leben hier in Trastevere zu tun haben, also deinen kompletten Account.«

Nein, das war unmöglich, ihre wochenlange Arbeit, Samy schüttelte entschieden den Kopf.

»Doch, das wirst du tun.« Laura baute sich drohend vor ihr auf und funkelte sie an.

»Das ist meine Semesterarbeit«, wand sich Samy.

»Okay, dann pack deinen Koffer! Ciao, Samy, da geht's lang.« Laura zeigte Richtung Haustür.

Samy hatte keine Chance. »Okay, okay, schon gut.«

Laura hatte das Telefon am Ohr. »Fra ist nicht erreichbar. Ruf mal Mario an, Du hast doch seine Nummer?«

Natürlich hatte Samy Marios Nummer.

»Ciao Mario!«, rief Samy munter ins Telefon, »hast du eine Idee, wo Fra ist?«

Einfache Frage, einfach verständliche Gegenfrage. »Nein, warum?«

»Sie ist verschwunden, nicht erreichbar, hat einen Zettel dagelassen.« Schon komplizierter, sie las Fras Nachricht vor. Der Wortschwall, den Mario nun vom Stapel ließ, war absolut unverständlich.

Samy hielt Laura das Telefon ans Ohr. Die nahm es, erklärte kurz, was Fra mit »Instagram-Scheiß« gemeint hatte, und riss die Augen auf. »Stalker?« und schließlich: »va bene, va bene, bis gleich.«

Samy fing ihr Telefon nur mit einem Sprung, Laura trat wütend gegen die Küchentür. »Shit shit shit!«

»Was ist …?«, fragte Samy.

»Fra ist abgehauen, Panik, das ist!« Laura fuhr auf: »Du löschst alles. Alles! Keine einzige Spur von Fra und von mir im Netz. Und dann«, Laura wurde etwas ruhiger, »wirst du ganz interaktiv allen, die sich da unten herumtreiben, und allen, die hier klingeln, persönlich und authentisch erklären, dass der Spaß vorbei ist!«

»Mit all den Leuten reden?«, fragte Samy entgeistert.

Laura nickte entschieden. »Mit diesem Kinderkram ist Schluss. Die letzten Wochen in dieser Wohnung will ich meine Ruhe haben«, schloss Laura.

»Die *letzten* Wochen?«

»Die Wohnung wird verkauft. Ich gehe nach Deutschland zurück.«

»Oh«, brachte Samy heraus, »aber warum, ich meine, ist etwas passiert?«

»Zu viel«, antwortete Laura und wandte sich ab.

Die Haustür flog ins Schloss, Mario polterte den Flur hinunter, erschien mit puterrotem Gesicht im Salon, »Samy!«, er tobte zum Fenster, »ist das *deine* Party da unten?«

Nein, nicht schon wieder. Sie wusste allmählich, dass die Altersgruppe der über 40-Jährigen ihre innovative Idee, zumindest spontan, nicht umwerfend fand. Es nützte nichts, Mario kanzelte sie ab, als sei sie eine Pasta Carbonara mit Sahne. Glücklicherweise verstand sie nur einen Bruchteil.

»Ihr habt ja keine Ahnung von Fra. Die tut immer so cool mit ihren Typen, aber sie zieht diese Zecken an, erst bemerkst du sie kaum, aber wenn sie sich festgebissen haben, wirst du sie nicht mehr los.«

»Zecken?«, unterbrach Samy und Mario biss sich in die Hand und saugte sich an seiner Haut fest.

»Ihr habt ja keine Ahnung«, wiederholte Mario kopfschüttelnd, und den Rest musste sich Samy von Laura übersetzen lassen. »Ich kenne Fra, glaubt mir, wir saßen schon in der Schule nebeneinander. Wisst ihr, wie lange sie gebraucht hat, bis sie ihren widerlichen Ehemann losgeworden ist? Jahre! Blutige Nase, blaue Augen waren noch der freundlichere Teil ihrer Ehe«, Mario schloss die

Augen, »und sie gerät im-mer wie-der an solche Kerle, sie kriegt das einfach nicht hin.«

»Fra war verheiratet?«, fragte Laura erstaunt.

»Sicher war sie verheiratet, schon lange her, aber der Typ hat sie noch jahrelang bedroht, am Telefon, auf der Straße«, schnaubte Mario, »aber hat sie etwas aus diesem Desaster gelernt? Nein! Ich habe immer gesagt, sie soll mit den Auftritten aufhören, sie könnte viel besser mit ihrem Bürojob verdienen, aber nein, sie muss sich immer wieder auf die Bühne stellen! Irgendwelche Idioten himmeln sie an, Fra fühlt sich geschmeichelt, spielt mit ihnen rum, und dann bleiben diese Kerle an ihr kleben, bis Fra Panikattacken kriegt und abtaucht.«

»Deshalb hast du Jiu-Jitsu gelernt?«, platzte Samy dazwischen. Mario senkte bescheiden den Blick.

»Das ist so cool! Wir waren neulich im Sportstudio, haben Fotos …« Sie bremste sich, aber Laura sollte Mario endlich mal etwas bewundern.

»Ich habe Fra beim Swingtanzen nicht gerade beeindruckt«, gab Mario zu, »mit einer Kampfkunst kann ich nach all den Jahren wenigstens etwas anfangen. Den letzten Typ habe ich mit Unterstützung einiger Freunde erfolgreich eingeschüchtert.« Er hüstelte und errötete leicht. Samy fand ihn richtig niedlich.

»Hier, bei Laura, fühlte sie sich sicher. Sonst hätte sie nie so ein Fest organisiert. So etwas hat sie noch nie gemacht, seitdem sie in Rom ist.« Mario zog ein sorgenvolles Gesicht und blickte Samy wieder vorwurfsvoll an. Ja, ja, ja, sie hatte verstanden, trotzdem zeigte Mario noch einmal aus dem Fenster. »Und dann *das!* So eine bescheuerte Idee, Samantha! Solange Fra nicht sicher ist, wird sie nicht zurückkommen.«

»Hast du eine Ahnung, wo sie sein könnte?«, fragte Laura.

»Sie meldet sich meist nach ein paar Tagen, wenn sie sich eine neue SIM-Karte besorgt hat.«

»Also müssen wir diesen Journalisten finden«, sagte Laura.

»Bevor er rauskriegt, wo #thesingingcook wohnt«, ergänzte Samy. Sie hatte verstanden.

23

Mario traute sich mit Laura in die Höhle des Löwen, ins BluNight. Er musste Antoine treffen. Der hatte den Stalker gesehen, kannte vielleicht seinen Namen und wusste, wo man ihn suchen könnte. So trafen sich die beiden besten Freunde von Fra, der biedere, treuherzige Postler Mario und der exaltierte, flirrende Nachtfalter Antoine, und redeten zum ersten Mal miteinander.

Sie trafen sich am Tresen, Laura stellte die beiden einander vor, Antoine deutete seine übliche leichte Verbeugung an, sagte: »Sehr erfreut! Zumindest aus der Ferne kennen wir uns ja schon.«

Mario räusperte sich, reichte förmlich die Hand: »Trinken wir ein Bier?«

»Sehr gerne«, antwortete Antoine, machte dem Barkeeper ein Zeichen – Laura hatte Antoine noch nie Bier trinken sehen. Dann unterhielten sich Mario und Antoine gepflegt beim Bier wie vernünftige, erwachsene Männer. Schade, dass Fra dieses historische Treffen nicht miterlebte.

Antoine versicherte, er würde den Typ wiedererkennen, aber hatte keine Ahnung, wo er wohnte, wie er hieß, für welche Zeitungen er schrieb. Mario zeigte sich entschlossen, Fra vor diesem Stalker zu schützen, und meinte, danach müsste man sie doch auch irgendwie endlich mal vor sich selbst schützen. Antoine nickte verhalten, etwas fesselte seinen Blick am anderen Ende des Tresens. Der Journalist. Bestellte Rotwein. Einfach so. Als sei nichts gewesen. Und fragte nach Fra. Maurice, der Barkeeper, zuckte mit den Schultern: »Heute nicht hier.«

Das BluNight hatte gerade erst geöffnet, aber die Gäste drängten sich schon an der Bar. Ein Jazz-Trio machte im hinteren Saal noch den Soundcheck. Der Journalist bewegte sich mit den anderen Gästen langsam Richtung Bühne. Antoine knuffte Mario in die Seite, »das ist er!«, sie setzten die Biergläser auf dem Tresen ab und folgten dem Journalisten. Von hinten legte Mario eine Hand auf seine Schulter, der drehte sich erstaunt um und blickte in zwei finstere Augenpaare. Mario und Antoine bemühten sich, bedrohlich auszusehen. Nicht wirklich ein Dreamteam als Bodyguards, Rausschmeißer oder Türsteher.

Sie redeten, der Journalist guckte erstaunt, lächelte arrogant, schüttelte den Kopf, schaute verständnislos, schließlich trank er ärgerlich sein Weinglas in einem Schluck aus und verließ das BluNight.

Antoine und Mario schauten ihm nach, lächelten zufrieden und ein wenig erstaunt und klopften sich auf die Schultern. Sie kamen zurück zum Tresen.

»Und?«, fragte Laura.

»Er ist sich keiner Schuld bewusst, alles sei mit Fra in gemeinsamem Einvernehmen verlaufen. Findet Fra natürlich attraktiv, eine tolle Sängerin, hatte eine große Geschichte mit ihr geplant, blablabla, aber nun habe sie den Kontakt abgebrochen. Konnte er gar nicht verstehen, falls sie trotzdem noch Interesse habe, solle sie sich melden.«

Das war's. Antoine und Mario tauschten noch Telefonnummern aus, dann tranken sie ihr Bier weiter.

»Laura, ich habe noch etwas für dich«, Antoine zog einen Umschlag aus seinem Jackett, »dein Geburtstagsgeschenk. Es lag unter dem Küchentisch, vermutlich runtergefallen.«

Laura hielt den Umschlag mit ihrem Geburtstagsgeschenk in der Hand, unentschlossen. Sie hatte es nicht einmal vermisst, nicht damit gerechnet, dass ihr irgendjemand etwas schenken könnte.

Es war eine Einladung zum »Oster-Blues«, eine Art erweiterter Betriebsausflug des BluNight. »Wir schließen den Laden über Ostern und fahren zu Edo auf die Insel«, erklärte Antoine.

»Auf welche Insel?«

Antoine nahm ihre Hand. »Teuerste, wir reden seit Wochen davon. Es kann nicht sein, dass du nichts davon gehört hast.«

Es stimmte, natürlich hatte Fra den Oster-Blues mal erwähnt und auch Edo, aber Laura hatte nicht einmal erwogen, ob sie mitfahren wollte.

»Du schwebst immer im Nirgendwo, in Sphären, die uns verschlossen sind«, schnurrte Antoine, »und damit du gar nicht erst auf die Idee kommst abzusagen, haben wir dich nun eingeladen.«

»Danke, das ist ja toll«, sagte Laura höflich, aber wenig überzeugend und schaute auf das Foto der Einladungskarte: ein Berg im Meer. War das ein Scherz? War das »bei Edo auf der Insel«? Drei Tage Vollpension mit Party, Bootstour und – auch das noch – Wanderung. Davon abgesehen waren Gruppenreisen für Laura schon immer ein Gräuel gewesen, Klassenfahrten ein notwendiges Übel, das es zu überleben galt. Nun mit dieser bunten Blues-Truppe auf die Insel? Laura war krankgeschrieben. Falls herauskam, dass sie sich auf irgendwelchen Inseln herumtrieb, konnte sie eine neue Anstellung in Deutschland streichen.

»Edo ist schon da, organisiert alles.«

»Wo?«

»Auf seiner Insel«, Antoine zeigte auf das Foto, auf den Berg im Meer, »liegt westlich von Sizilien.«

»Aha. Der Fels ist besiedelt?«, fragte Laura.

»Aber ja! Es ist nicht gerade das New York des Mittelmeers, aber es gibt ein Dorf und zwei Häfen, einen für die Fischer und einen für die Fähre. Keine Straßen, keine Autos, ein paar frei laufende Esel«, fasste Antoine zusammen.

»Klingt verführerisch«, spöttelte Laura, »wie kommt man in dieses Eselsparadies?«

»Steht alles hier«, Antoine drehte die Einladung um und küsste ihr die Hand, »viel Spaß!«

»Und Fra?«

»Die taucht schon wieder auf.«

»Machst du dir keine Sorgen?«

»Wir haben Fras Problem gelöst«, erklärte Antoine mit einem schrägen Blick zu Mario, »der Typ wird sich nicht mehr in ihre Nähe trauen.«

Mario ballte zur Bestätigung die Faust und grinste verschwörerisch. Helden unter sich. Womit auch immer sie diesem Journalisten gedroht haben mochten.

Die Stille in der Wohnung war kaum erträglich. Ohne Fra fühlte sie sich wieder so leer an wie nach dem Tod von Fabio. Laura ging durch den Salon, hörte die Stimmen, das Gelächter, die Musik, die den hohen Raum erfüllt hatten. Ihr Fest. Fra hatte es für sie organisiert – hatte Laura sich überhaupt bedankt? Sie hatte ja nicht einmal das Geschenk gesehen.

Laura stellte den CD-Spieler an, die letzte Blues-CD, die Fra gehört hatte. Bessie Smith, die Titelliste las sich, als sei sie für Fra geschrieben worden, vom »Empty Bed Blues« über »Me And My Gin« bis zu »Wild About That Thing«, ein freudig erotischer Blues. Ach Fra, sie nervte, aber sie war das pralle Leben, und das war manchmal ziemlich anstrengend. Für die Menschen um sie herum, aber vermutlich auch für sie selbst. Mario hatte recht: Laura hatte keine Ahnung von Fra.

Nicht ein einziges Mal hatte Laura aus ihrer eigenen traurigen Blase rausgeguckt. Sie war mit sich und Fabio beschäftigt gewesen, anstatt wenigstens einen einzigen Blick hinter Fras schrille Fassade zu werfen. Nicht mal am Abend zuvor, als Fra panisch das BluNight verlassen musste, aber Laura noch ins Taxi geschleppt hatte.

Fabio, Fabio, Fabio. Was änderten diese Röntgenbilder?, hatte Edo gefragt. Viele Menschen starben mit und nicht durch diese kleine Bombe im Kopf. Trotzdem die Enttäuschung war ... »Genug jetzt!«, sagte Laura laut zu sich selbst. Es war, wie es war. Sie hatten eine gute, eine kostbare Zeit miteinander gehabt. Sicher, das Leben schüttelte Laura gerade, aber wenn sie irgendetwas von Fra mitgekriegt hatte, dann das »Kopf hoch, Baby, weiter geht's«. Vielleicht war die Zeit reif für ihr erstes Tattoo.

Laura musste Fra finden. Um sich zu bedanken und zu entschuldigen.

Was hatte Fra ihr erzählt und Laura hatte es nicht gehört? Wo konnte Fra sein, wenn sie nicht zu Mario aufs Sofa geflüchtet war? Wo könnte sie sich sicher fühlen?

Laura hielt ihre Einladung in der Hand.

Keine Frage. Sie nahm ihr Telefon, textete eine Nachricht und buchte einen Flug für den nächsten Tag nach Sizilien.

Mittags stand Laura am Hafen von Trapani, der sandfarbenen alten Hafenstadt am westlichen Rand von Sizilien. Das Meer kräuselte sich, der kühle Wind kitzelte im Gesicht. Rom lag weit hinter ihr, vorne war nur Blau. Aufgeplusterte Wolken wanderten über den Himmel, legten Schatten auf das Meer. Sonnenstrahlen verschwanden und brachen wieder hervor, ließen das Meer erstrahlen in einer Farbpalette von türkis bis nachtblau.

Es war Zeit für eine Nachricht an Edo.

»Komme mit dem nächsten Boot – okay?«, tippte Laura, während sie sich mit den anderen Passagieren auf das kleine Fährboot schob.

Die Antwort kam prompt. »Das ist keine Frage, oder?«

Das Boot glitt aus dem Hafen, beschleunigte und pflügte bald durch die Wellen. Laura hatte noch nie zuvor von der Existenz dieser Inseln vor Sizilien gehört. Krümel nur, die eine göttliche Hand ins tintenblaue Meer gestreut hatte. Zweimal legte die Fähre an, bevor sie noch einmal richtig Fahrt aufnahm, weiter und weiter durch das bewegte Meer fegte. Die Wellen wurden kräftiger, kamen von vorne, aber bald auch von der Seite. Laura stellte sich an Deck in den Wind, ihre Haare verstrubbelten, Gischt sprühte, sie fühlte die feuchte Luft auf ihrem Gesicht und schmeckte das Salz.

Und endlich wuchs dieser Berg aus dem Meer, grün im Tintenblau, Edos Insel. Am Ufer eine Handvoll heller Würfel mit blauen Fensterläden, hingeworfen und auf einer Landzunge zusammengeschoben.

Hinter der Hafenmole verstummte der Schiffsmotor, kein Wind, kein Schaukeln mehr, die Fähre glitt in den kleinen Hafen und schob sich an den Anleger. Die Passagiere griffen nach ihren vollgestopften Taschen und Koffern, schoben sich zum Ausgang und betraten erleichtert festen Boden.

Laura wartete, bis sich das Gedrängel auflöste, und betrachtete das Treiben am Anleger. Winken und Rufen, Umarmungen, einige Touristen standen orientierungslos mit ihrem Gepäck herum, Kisten und Säcke wurden ausgeladen, auf Karren gehoben. Männer in Shorts und T-Shirts lehnten an der Hafenmauer, schauten, wer so ankam, und mittendrin hüpfte ein tulpenbunter Haarschopf. »Mi scusi, mi scusi«, rief Fra und schob sich zur Fähre.

Laura stieß einen glücklichen Seufzer aus. Wo, wenn nicht auf dieser abgelegenen Insel, beim unerschütterlichen Edo, konnte Fra sich sicher und verstanden fühlen?

Laura betrat die Insel, und wupps – der Boden sackte kurz weg, als wankte die Insel wie ein Schiff im Meer. Laura fing sich an Fras Schulter. »He he!«, lachte Fra so laut und rumpelig, wie nur sie es konnte, wunderbar. Sie warf Laura die Arme um den Hals, drückte sie fest an sich.

»Hier bin ich! Gefunden!«, sie trat einen Schritt zurück, schaute Laura an, »hast du damit gerechnet?«

»Ich hatte es sehr gehofft«, gab Laura erleichtert zu und zog kurz ein ernstes Gesicht auf, »bella Fra, wir haben uns Sorgen gemacht!«

»Ehrlich?«, rief Fra, »Mario, okay, aber *du*? *Du* hast dir Sorgen gemacht?«, Fras Kulleraugen weiteten sich, »um mich? Ehrlich?«

Laura nickte ernst. »Oh ja!«

Fra strahlte. »Verrate bloß Samy nicht, wo ich bin! Oder diesem …«, ihr Gesicht verdunkelte sich, »na, du weißt schon, wem. Hast du ihn gestern im BluNight gesehen?«

»Woher weißt du, dass der Typ im BluNight war?«

Fra grinste schief, wiegte den bunten Kopf und wisperte: »Geheime Leitung zu Antoine.«

»Aber der hat nichts gesagt«, wunderte sich Laura.

»Eben«, entgegnete Fra, »er ist der Einzige, der zuverlässig die Klappe hält, und deshalb der Einzige, der meine neue Telefonnummer kennt. Mario hängt gerade zu viel mit unserem lustigen American Girl herum, und du – ich fand, du könntest mich ruhig mal vermissen, suchen – und finden natürlich.« Fra knuffte sie in die Seite. Laura guckte diesen bunten Wonneproppen an, der durch ihr Leben rollte und tanzte.

»So gut, dass ich dich gefunden habe.« Laura zog sie an sich. Der Boden wankte immer noch.

»Do I groove you – is it thrilling?«, sang Fra leise, und Laura summte mit. Sie mussten lachen.

»Wo ist eigentlich Edo?«, fragte Laura.

»Kommt gleich, keine Sorge«, schmunzelte Fra, »sein Esel war abgezischt, lief irgendwo mit der Herde rum.« Ihr Arm zog einen weiten Bogen den Berg hinauf und hinunter zum Meer. »Stell deine Tasche schon mal an die Seite, wir müssen noch anderen Kram mitnehmen, der mit dem Schiff kommen sollte.«

Sie ging zu den Männern, die Kisten von der Fähre luden und auf der Mole abstellten, und schob einige davon zur Seite.

»Edo hat Vorräte für den Oster-Blues bestellt. Wein, Gemüse, damit unsere gefräßige und trinkfeste Blueser-Bande nicht den Krämerladen leer frisst. Hier gibt's nur

Fisch, Fisch und Fisch, Thymian, Honig und Thymianhonig! Jeder Schnürsenkel und jede Kartoffel muss mit dem Schiff rangeschafft werden.«

Die Menschenmenge lichtete sich, all die Koffer und Kisten verschwanden, die Männer in Shorts und Flip-Flops schlenderten den Anleger hinunter zurück ins Dorf. Dann war Stille. Fra lehnte an der Hafenmauer und sonnte ihr Gesicht. Eine Möwe krächzte. Wieder Stille. Laura stellte sich neben Fra an die Mauer. Im Hafenbecken wiegten sich die Masten einiger Segelboote gemächlich von einer zur anderen Seite.

»Ich musste entgiften«, sagte Fra ohne die Augen zu öffnen, »war alles zu viel. Ich habe die Kontrolle verloren.«

»Habe ich mir gedacht«, sagte Laura leise. Auch Fra hatte ein Limit. Die langen Nächte, die Auftritte, die Kerle, dazu Whiskey, Junk Food.

»Wenn ich mir solche Burschen nicht mehr vom Hals halten kann, ist es Zeit abzutauchen, Kraft zu sammeln«, sie öffnete eines ihrer Puppenaugen, schielte zu Laura, »entschleunigen nennt man das wohl. Dafür gibt es keinen besseren Ort als diesen Berg im Meer«, sie schloss das Auge wieder.

Erst jetzt fiel Laura auf, dass Fra, abgesehen von ihren bunten Haaren, erstaunlich normal aussah, Jeans und geringeltes T-Shirt.

»Sieht nicht nach entschleunigen aus«, meinte Laura, »sondern nach Vollbremsung« und schloss ebenfalls die Augen. Sie schwiegen. Beide. Sogar Fra.

Das gemächliche »kalock, kalock, kalock« der Eselshufe

weckte sie. Aufgerichtete, flauschige Ohren, der Esel zog einen kleinen Karren, daneben schlenderte Edo, angezogen wie die anderen Männer auch, Shorts, weites T-Shirt, Flip-Flops, schalapp-schalapp-schalapp – war das der Rhythmus dieser Insel? Leicht gebräunt, er lächelte in seinen Dreitagebart – sah einfach gut aus. Gesund, kräftig, er war am richtigen Ort. »Willkommen auf meiner Insel.« Zurückhaltend, freundlich, gut so.

Sie beluden zusammen den Karren und zogen von der Mole auf die Piazza am Hafen. »Das vibrierende Zentrum meiner Insel«, präsentierte Edo, »ein paar Bars und Trattorien, Bäcker, Metzger, Krämerladen und Gemüsehändler – alles vorhanden. Sogar eine Bank mit Geldautomat sowie ein Pastor mit Kirche und dem einzigen Klavier auf der Insel. Vielleicht leiht er es uns für eine Bluesnight.«

Sie lachten, zogen weiter durch das lichte Dorf. Rosafarbene Hibiskus rankten aus Blumentöpfen die weißen Fassaden empor, aufgehäufte Fischernetze lagen neben den Haustüren. Ein zotteliger Hund döste in einem Sonnenfleck. Kinder kickten einen Ball über das Pflaster. Zwei Nachbarinnen in schwarzen Kleidern standen plaudernd an der Hausecke. Sonnige Gelassenheit – Laura blieb stehen, atmete erleichtert.

»Was ist das hier?«

Edo lächelte. »Totaler Entzug. Von allem. Kein Krach, keine Autos, kein Termine. Frische Luft, klares Licht. Dein eigenes Tempo.«

Sie gingen weiter. Kalock, kalock, kalock, schalapp, schalapp, schalapp, sehr lässig, dieser insulare Schlenderschritt. Laura musste ihre Schuhe wechseln, dringend. Sogar Fra trug Badelatschen.

Sie erreichten den kleinen Fischerhafen und eine Sandbucht, die sich an den Dorfrand schmiegte.

»Mein erster Arbeitsplatz«, sagte Edo, »ich wurde als Fischer geboren, wie jeder Insulaner.«

Laura schaute auf Edos Hände. Diese Pranken, die so erstaunlich anschmiegsam beim Tanzen an ihrem Rücken lagen. Also doch kein Maurer.

»Hast du dir diese kernigen Männer am Hafen nicht angeguckt?«, Fra blinzelte schon wieder kess, »alles Fischer mit ordentlich Muckis, die müssen im Wind stehen bleiben und Netze aus dem Meer ziehen. Keine Insel für Weicheier.«

»Was du dir so alles vorstellst.« Edo schüttelte den Kopf.

»Aber was tust du dann in Rom?«, fragte Laura, »außer Blues tanzen?« Sie wusste wirklich gar nichts.

»Art Director«, antwortete Edo knapp.

Laura stolperte. Der Boden wankte noch immer.

»Art Director?«, wiederholte sie ungläubig.

»Werbeagentur«, ergänzte der Mann mit den Pranken, der kein Maurer war, sondern Fischer hätte werden sollen, und nun ein Stückchen den Berg hinaufzeigte, auf ein weißes Türmchen, das über dem Dorf aus dem Grün der Macchia blinkte. »Wir müssen dort hoch.«

Fra grinste breit. »Dein Maurer malt übrigens auch, wenn er Zeit findet«, flüsterte sie, »ziemlich gut sogar.«

Edo klopfte dem Esel auf die Flanke. »Auf geht's, Toktok!«

Während des kurzen Anstiegs planten Fra und Edo das Abendessen, heute schlicht und schnell, morgen würde es aufwendiger werden, wenn das BluNight anlegte. Fra überließ Edo die Fischküche, sie würde sich um die Pasta kümmern. Mit Muscheln? Oder doch lieber ein leichtes Risotto mit Tintenfisch? Oder mit Spargel? War nicht Spargel in der Gemüsekiste?

Dann ging es um die Schlafplätze im Haus. Gab es genug Zimmer und vor allem Betten? »Dieses Jahr haben wir sogar warmes Wasser!«, jubelte Fra.

»Falls die Solaranlage endlich so funktioniert, wie sie soll«, wandte Edo ein, »aber Vorfreude ist ja die schönste Freude.«

Und schließlich kam Edo auf das Klavier zurück: »Im Falle einer Blues-Nacht im Gemeindehaus besteht der Padre auf ›Für Elise‹ – hat Jaco das drauf?«

»Keine Ahnung«, Fra kicherte ein bisschen schmutzig, »aber ich könnte dem Padre ein Ave Maria bluesen!«

»O yeah!«, lachte Edo.

Hatte Fra mit Edo auch eine ihrer Geschichten? Die beiden klangen gut eingespielt, es wäre erstaunlich, wenn nicht.

»Hepp hepp, Toto!« Der Esel war stehen geblieben und knabberte an einigen Grashalmen, Edo klatschte in die Hände: »Weiter geht's!« Der Weg endete an einem geöffneten Gartentor in einer Trockenmauer. Dahinter verbarg sich ein aromatisch duftender Garten. Zwischen Palmen,

Olivenbäumen und meterhohen Agaven leuchteten goldgelbe Ginsterbüsche und rote Hibiskus. Eine violette Bougainvillea kletterte meterhoch an dem weißen arabisch anmutenden Gebäude hinauf. Die untergehende Sonne blinkte in einem der Fenster im ersten Stock, garantiert Meerblick – fünf Sterne allein dafür.

»Gefällt es dir?«, fragte Edo. »Komm, ich zeige dir die Hütte.« Er wollte Lauras Hand nehmen. Sie zuckte zurück. Edo ließ ihre Hand los, schaute sie an. Der Boden unter ihren Füßen wankte.

»Okay, ich fange noch mal an.« Edo wartete einen Moment. »Möchtest du einen Schluck Wasser?« Er ging voran durch eine hohe lichte Eingangshalle in einen Patio, beschattet von einer Palme. Eine Galerie mit Bögen umlief den ersten Stock. »Dort oben sind die Gästezimmer, leider noch nicht fertig eingerichtet. Und hier geht es auf die Dachterrasse.« Edo nahm von einem bunt gekachelten Tisch ein Tablett mit Gläsern und Wasserkaraffe. »Kommst du?«

Laura folgte ihm wie betäubt, das Haus war riesig, luftig, lichtdurchflutet. Sie kamen auf die Dachterrasse, ein Flug ins Blau. Das Meer. Der Himmel. Aus dem kleinen Hafen glitt ein Fischerboot hinaus, zog das lange V einer seichten Welle hinter sich her.

Laura stand an der Brüstung der Terrasse, alles in ihr weitete sich, wollte atmen. »Es ist wundervoll hier!«, gab sie zu, »was tust du noch in Rom, Edo?«

»Noch ein bisschen Geld verdienen«, er zuckte mit den Schultern, »zumindest bis die Zimmer eingerichtet sind.«

Sie setzten sich in die Liegestühle, Möwen segelten über den Himmel. »Ist das Haus ein Erbstück deiner Familie?«

Edo schüttelte belustigt den Kopf. »O nein, das ist kein Fischerhaus.« Tatsächlich hatte es einem Schriftsteller aus Rom gehört, der in den 50er-Jahren einen Bestseller gelandet hatte und zufällig mit seiner Geliebten an diesem Berg im Meer gestrandet war. Inspiriert vom türkisklaren Meer, dem Leben der Fischer und von seiner Geliebten natürlich, begann er diese Villa zu bauen. Ein Hauch von Marokko sollte durch die Räume wehen, daher die Bögen in den Fenstern, die gedrehten Säulen, die Bordüren mit den bunten Kacheln, die er von seinen Reisen mitgebracht hatte. Seine Geliebte war Malerin, hinterließ einige Wandgemälde und legte den Garten an. Das Künstlerpaar verbrachte zwei, drei Sommer auf der Insel, sorgte für reichlich Gesprächsstoff im Dorf, doch die Villa wurde nie fertig. Ihm ging wohl das Geld aus, zu viel Alkohol oder sonstige Drogen, die Malerin verließ ihn – wie auch immer, er kam irgendwann nicht mehr, und das halb fertige Anwesen verfiel, verschwand mit den Jahren im wild wuchernden Grün.

»Der verwunschene Garten war mein Abenteuerspielplatz«, erinnerte sich Edo, »ich, der Fischersohn, träumte mich in die verwaschenen Wandbilder der Ex-Geliebten hinein. Sie waren meine erste Inspiration, hier begann ich zu zeichnen«, Edo lachte schüchtern, »heute komme ich kaum noch dazu, aber damals bemalte ich das Boot meines Vaters mit Seeungeheuern. War ziemlich bald klar, dass ich nicht der Richtige war, der mit ihm Nacht für Nacht aufs Meer fahren wollte. Auf dieser Insel hast du keine Chance. Du bist Fischer, oder du emigrierst. Ich hatte Glück, bekam einen Studienplatz für Grafikdesign in Mailand und gut bezahlte Jobs. Ich verdiente prächtig, viel mehr, als ich brauchte, arbeitete wie verrückt, hatte meine Erfolge, konnte mir die Jobs aussuchen, aber froh war ich nicht wirklich. Bis ich irgendwann kapierte, das ist Heimweh. Heimweh! Nach dieser verdammten Insel irgendwo im Meer. In Rom bekam ich den Job als Art Director in dieser Werbeagentur, und schließlich schenkte mir das Schicksal dieses Haus, von dem ich tatsächlich träumte. Ein Zufall, in Rom im Schaufenster eines Maklers entdeckt. Die Erben des Schriftstellers wollten diese Ruine am Ende der Welt loswerden.«

»Und nun?«, fragte Laura, »ziehst du mit deiner Großfamilie hier ein?«

Was sollte dieser Spott? Laura fand sich selbst doof.

»Es wird ein kleines Hotel«, antwortete Edo kurz, »aber kein Wellness- oder Boutique-Schnickschnack-Hotel. Ein schlichter Ort für, nennen wir es mal, überspannte Seelen.«

»Für Leute wie mich!«, rief Fra, die unter der Terrasse in einer Hängematte zwischen Olivenbäumen baumelte. »Die ganz krassen Fälle schickt Edo zu seinem Vater. Die dürfen mit dem knorrigen Fischer rausfahren, ihm die ganze Nacht auf die Nerven gehen und den Fang aus den Netzen fummeln.«

Edo entschuldigte sich, er wollte die Kisten auspacken, den Grill im Garten für den Abendfisch anfeuern.

Fra führte Laura derweil herum. Ein verwinkeltes, luftiges Haus mit den Augen zum Meer.

Die meisten Räume waren fast leer, hier eine antike Kommode, dort ein Schrank, in vielen Zimmern stand nur ein Bett und sonst nichts, aber dieses Haus brauchte keine Möbel, keine Dekoration, es lebte aus sich heraus.

»Fra, wie lange bleibst du hier?«, fragte Laura. Sie hatten sich mit einem Glas Wein in den Garten gesetzt. Es war, als könnte man das andere Leben vom Festland abstreifen wie eine zu enge Haut und wieder frei atmen.

»Ein paar Tage werden reichen. Wenn ich wieder in Form bin, wird sich kein Stalker mehr trauen, auch nur an mich zu denken«, scherzte Fra, »aber ich kann nicht lange ohne die Stadt sein. Es reicht, dass es diese Insel mit diesem verwunschenen Haus gibt und Edo, der ein großzügiger Mensch ist, aber überhaupt gar nichts von mir will.«

»Echt?«, rutschte es Laura heraus.

Fra platzte vor Lachen. »Echt, Baby blu. Und schwul ist er auch nicht.« Sie zwinkerte Laura zu: »Beruhigt?«

Sie hörten Edos Stimme: »Es ist angerichtet, darf ich die Signore zum Candle-Light-Dinner bitten!«

»Yeah!«, kreischte Fra und sprang auf. »Ich bin auf Totalentzug, seit drei Tagen keinen Kinderkram mehr, nur gesundes Zeug. Ich bin auf den Geschmack gekommen!«

Sie saßen auf der Terrasse unter dem Olivenbaum. Ein einfaches Essen. Thunfischfilets, kurz gegrillt, mit einer köstlichen Zitronensoße. Der Fisch zerfiel auf der

Zunge, dazu Fenchelsalat mit Orangen und schwarzen Oliven und das Saxofon von Wynton Marsalis aus kleinen Boxen, die im Olivenbaum hingen.

Lauras Telefon klingelte. Sie hätte es nicht mitnehmen sollen. Auf dem Display leuchtete »Tiziana«. Annehmen? Wegdrücken? Laura meldete sich.

»Bist du zu Hause?«

Laura erstarrte.

»Ich komme kurz mit einem Makler vorbei«, drohte ihre Fast-Schwiegermutter, »er will die Wohnung anschauen, ein erster Eindruck, um den Preis abzuschätzen.«

»Darf ich freundlicherweise noch meine Sachen packen?« Laura war aufgebracht. »Und nein, ich komme erst nach Ostern zurück.«

»Mach dir keine Sorgen, ich habe ja noch meinen Schlüssel ...«

»Untersteh dich!«, zischte Laura, »noch wohne *ich* dort!«

Stille, Laura hörte Tiziana atmen. »Schon gut«, lenkte sie schließlich ein, »melde dich, wenn du wieder in Rom bist.«

Laura knallte das Handy auf den Tisch, hätte es am liebsten in weitem Bogen ins Meer geschleudert.

»Was für ein Ausbruch, Teuerste«, scherzte Fra, »deine Schwiegermutter?«

Laura sprang auf, erzählte die Kurzfassung ihres letzten Sonntagsbesuchs ohne Mittagessen und stapfte durch den Garten.

»Du gehörst nicht mehr zur Heiligen Familie?«, Fra folgte ihr, »halleluja!«

»Mein Job ist nach dem Sommer auch weg«, setzte Laura drauf, »also werde ich nach Deutschland zurückgehen.«

»Spinnst du? Was willst du da denn?«, rief Fra aus, »in Rolfs offene Arme fallen?«

»Von Wollen kann keine Rede sein«, Laura schüttelte heftig den Kopf, »aber ohne Wohnung? Ohne Job? Was soll ich noch in Rom?«

Fra war vor Erstaunen stehen geblieben und tatsächlich sprachlos.

»Wer weiß, vielleicht ist das alles gar nicht schlecht«, Lauras Stimme klang ein wenig trotzig, »vielleicht kann ich leichter in Deutschland neu anfangen, ohne immer wieder an den Erinnerungen an Fabio hängen zu bleiben.«

»Blödsinn!« Fra wischte diese vernünftigen Überlegungen mit einer Handbewegung weg. Sie legte ihre Hände auf Lauras Schultern, schüttelte sie leicht. »Du bist nicht mehr diese zerknitterte, düstere Handvoll Frau, bei der ich vor ein paar Monaten eingefallen bin.«

Sie standen sich in der Dunkelheit gegenüber.

»Du hast doch längst neu angefangen!«, sagte Fra beschwörend, »schau dich doch mal an!«

Laura seufzte. Das Netz, das ihr Leben sicherte, löste sich auf. Deutschland, Buxtehude, vielleicht sogar Rolf – das alles war vertrautes Terrain, Laura wusste, was sie dort erwartete.

»Kopf hoch, Baby!« Fra boxte sie leicht auf den Arm. »Mario soll sich mit dem Bad beeilen, und dann ziehst du bei mir unten ein.« Laura schaute ungläubig in Fras munteres Gesicht, »du machst Barfrau im BluNight, und wenn du nachts nach Hause kommst, torkelst du erst mal nach oben, klingelst die neuen Besitzer aus dem Bett, wirfst dich auf ihr Sofa und bleibst dort liegen, bis sie dir das Gästezimmer anbieten. Und dann komme ich – guter Plan?«

Im Traum schlief Laura in einer Hängematte, aufgespannt zwischen den Masten eines Segelschiffes. Wellen wiegten sie, umfangen von sonnigem Blau, eine Möwe zeterte.

Es klopfte. Laura erwachte unter dem Himmel des Moskitonetzes über ihrem breiten Bett. Das große Zimmer war ansonsten leer bis auf einen Stuhl, auf dem ihre Kleider lagen. Frühes Sonnenlicht drang durch luftige orangefarbene Vorhänge vor der Balkontür.

Es war die erste Nacht, die sie nicht in Rom, nicht in ihrer Wohnung, nicht in ihrem eigenen Bett verbracht hatte. Laura hatte wunderbar geschlafen.

Die Zimmertür öffnete sich einen Spalt, Edo schob sein Gesicht hindurch. »Kommst du?«

Laura war noch benommen vom Schlaf. »Wohin?«

»Die ersten Fischer sind zurück.«

Ab sieben Uhr morgens verkauften sie den Fang der Nacht. Sie hatten sich abends doch noch mutig verabredet. Auf der Treppe, allerdings bevor Edo sie mit diesem Blick betrachtet hatte, der wie ein warmer Lufthauch herangeweht war. Bevor sein Kuss federleicht in ihrer Halsbeuge landete, so schnell und flüchtig, dass Laura gar nicht dazu kam, sich zu erschrecken. »Buona notte« hörte sie, und schon war Edo aus dem Patio in der Dunkelheit des duftenden Gartens verschwunden.

Edo lehnte am Gartentor, erwartete Laura.

»Fra kommt nicht mit?«

Er schüttelte lächelnd den Kopf. Öffnete das Gartentor. Begegnete ihr mit einem Blick, der so frisch war, als wäre Edo gerade aus dem Meer aufgetaucht. Seit wann hatte er diese funkelnden Bernsteinpünktchen in den Augen?

»Warst du heute Morgen schon draußen?«, fragte Laura, »auf dem Meer?«

»Woher weißt du?«

Sie trat nahe an ihn heran, roch an seiner Halsbeuge, küsste ihn leicht auf die stoppelige Wange. »Du schmeckst nach Salz.«

Er schaute sie an. Ein kleines freches Lächeln, er legte einen Arm um ihre Taille, zog sie leicht an sich heran, als wollte er mit ihr tanzen, flüsterte: »Mach das noch mal, bitte.«

Laura näherte sich seinen Bartstoppeln, legte ihre Lippen auf seine. Öffnete leicht ihren Mund und schmeckte den Atem des Meeres.

»Guuut!«, murmelte Edo, schloss das Gartentor und hob Laura hoch. »Gehen wir?« Er blickte in Richtung des Hauses.

»Das ist keine Frage, oder?«, flüsterte Laura, und dann sackte der Boden endgültig weg.

So begann Lauras erster Morgen auf Edos Insel.

24

Das wurde ja auch mal Zeit. Fra lehnte am Fenster und schaute gerührt in den Garten. Laura in Edos Armen, ein Seebär und seine Prinzessin aus dem Meer. Er trug sie wie einen fragilen Schatz ins Haus. Fra seufzte auf. Na bitte, ging doch.

Lautlos huschte sie aus dem Haus, sie sollte Edo seinem lang ersehnten Glück überlassen und sich um den Fisch für das Abendessen kümmern.

Von der Mole kamen ihr schon Frauen mit Plastiktüten, vollgestopft mit Fisch, entgegen. An der langen Pier des alten Hafens lagen die Boote, die von der Nacht auf dem Meer zurückgekehrt waren. Stille Geschäftigkeit summte auf dem Anleger. An Deck der Boote hockten wuchtige Männer und pulten den Fang aus den Netzen, warfen Fische in verschiedene Kisten voll schillernder Barsche, orange leuchtender Drachenfische oder glitschiger Tintenfische. Männer in gelben Gummihosen standen auf der Mole und rauchten, ließen Netze durch die Hände laufen. Wo ein Fisch herunterfiel, sprang sofort eine Katze hin, verschlang ihn, bevor eine der Möwen ihn wegschnappen konnte.

Auf einigen Kuttern wurde direkt verkauft. »Wer will?«, ein Fischer zeigte die gefüllte Waagschale der Runde der Wartenden. Schnell meldeten sich ein paar Frauen, »Hier!«, hielten ihre Tüten hin und bekamen sie gut gefüllt gegen ein paar Euro zurück. Genauso simpel wurden Langusten in Tüten gestopft und Thunfisch, der auf einem Holztisch in dicke, blutige Scheiben geschnitten wurde.

Fra konnte sich nicht entscheiden. Ging von einem Boot zum nächsten, bis schließlich ein Fischer einen einzigen dicken Fisch auf den Anleger hievte. »Signora, wie wär's? Ein Prachtstück! Sieben Kilo!«

Der sollte reichen für die Truppe, und Edo würde schon wissen, wie man das Teil zerlegte. Edo? Klar kannte der Fischer Edo, sie waren zusammen zur Schule gegangen, er lachte verhalten. »Ist er gerade in seiner Ruine? Gruß von Enzo, ich bring den Fisch hoch!«

»Perfetto!«, rief Fra zurück, »aber bitte erst am Nachmittag, va bene?« Kein Problem, er legte den Fisch auf Eis.

Fra schlenderte in die Bar am Fährhafen. Ihre Schritte waren nach wenigen Tagen wieder weich geworden, schwangen bluesig entspannt im Rhythmus der Insulaner. Die Sonne ging morgens auf und abends unter, und zwischendurch kamen die Fähren, brachten, was man so brauchte zum Leben auf der Insel und, wenn der Winter vorbei war, auch ein paar Feriengäste. Am Nachmittag legte die erste Reihe der Würfelhäuser ihren Schatten auf die Gasse am Hafen, Zeit für die Plaudereien des Tages, in einem Dialekt, den kein Tourist und auch Fra kaum verstand.

Die Insel war Fras Anker geworden, als ihre verkorkste Ehe zu einem Drama in Endlosschleife verkommen war. »Komm her! – Hau ab!« hieß das brutale Spiel, in dem die damals noch brave Francesca gefangen war. Marios Sofa war zum Rettungsboot geworden. Bevor es kenterte, war Edo aufgetaucht, hatte Fra aus ihrer Depression gefischt und sie kommentarlos aus Rom auf die Insel verschleppt.

Eine Woche Entzug: kein Telefon, kein Ehedrama. Kein Junkfood, kein Whiskey, keine schrillen Klamotten, keine Auftritte, keine Kerle. Leben mit der Sonne und zum Sound des Meeres. Edo war und blieb nur Begleiter.

Er hatte zur ersten Generation der Blues-Tänzer im Lagerhaus gehört. Blues war seine Musik, der echte, der aus dem Delta, der derb und doch auch sehnsüchtig war. Blues half ihm, sein Heimweh zu ertragen, nach seiner Insel, nach dem unfassbar klaren Meer, das in allen Blautönen des Universums leuchtete und voller bunter Fische war. Edo wusste, dass ein ganzes Leben auf der Insel für ihn zu eng geworden war. Aber ohne seine Insel konnte er auch nicht leben. Deshalb baute er am Haus seiner Träume weiter.

Fra hingegen ertrug die Insel genau eine Woche. System runterfahren und die Psyche durchputzen, von Panik befreien, die schwarzen Löcher wieder mit Licht füllen und die Seele glätten.

Wieder einmal hatte Fra zu spät kapiert, dass sie überreif für die Insel gewesen war. Edo hatte glücklicherweise einen guten Blick für psychische und sonstige Desaster, Fischer eben. Die betrachteten das Meer und den Horizont mit gesunder Ruhe und Langmut, hatten verstanden, dass Unwetter aufzog, lange bevor der Sturm die Küste erreichte. So hatte Edo schon auf Lauras Fest kapiert, dass Fra in Panik war, und ihr den Schlüssel für die Villa zugesteckt. Samys Kinderkram, die amerikanischen Tussis an der Haustür waren nur der Zündfunke gewesen.

Edo und Antoine waren, jeder auf seine Art, Fras Lebensretter. Und Mario natürlich. Frauen? Freundinnen? Schwierigeres Kapitel. Fra hätte sich Laura als Freundin gewünscht, zumindest seitdem Laura sich traute zu tanzen. Fra konnte in Lauras Körper, in ihren Bewegungen lesen. Konnte genießen, wie Laura weicher und raumgreifender wurde, ihr Zentrum fand, sich für einen Moment hingeben konnte, dem Blues und ihren Tanzpartnern, vor allem Edo, auch wenn Laura das nicht weiter aufgefallen war.

Im Dorf war das Leben längst erwacht. Aus der Bar am Hafen wehte der Duft nach caffè. Ein Cappuccino am Tresen und ein frisch gepresster Orangensaft für den Vitaminhaushalt, auch der wurde in dieser Inselwoche reguliert. Fra kaufte noch einige Ericci in der Bäckerei, Mürbeteigküchlein, die mit süßer Ricottacreme gefüllt waren. Nichts für Kalorienzähler, aber für Liebende, die sich gerade aus den Laken gerollt hatten. Langsam sollte Fra in Edos Haus der Träume zurückkehren. Abends kam die Truppe aus dem BluNight, der alljährliche

Oster-Blues, die Auferstehung, die den Frühling manifestierte.

Diesen Oster-Blues hätte Hollywood nicht glücklicher inszenieren können. Edo, der ewige Single, und Laura, die trauernde Deutschlehrerin, die einige Wochen zuvor in seine Arme gestolpert war, waren der Knaller, die pralle Glückseligkeit. Der kernige Edo, der in seinem Job als Art Director einer nicht gerade unbedeutenden Werbeagentur den coolen Entscheider machte, strahlte unentwegt, schien seine Liebe permanent auf Armen zu tragen. Und Laura, diese zarte, hübsche Frau, blühte auf und genoss. Fra konnte sich nicht sattsehen und lieferte mit Billie Holidays »Comes love, nothing can be done« den Soundtrack. Liebe kannte kein Alter.

Nein, sie war nicht neidisch. Fra kannte sich. Sie sollte sich fernhalten von solchen Liebhabereien, die möglicherweise in etwas Ernsthaftes münden konnten.

»Kein schlechtes Gewissen?« Fra saß mit Laura in der Kiesbucht zwischen den Felsen. Grün glitzernde Wellen schlugen an den Kiesstrand und zogen sich mit einem kollernden Raunen wieder zurück. Die Blues-Truppe war am Nachmittag eingefallen, hatte Badehosen ausgepackt, Schuhe gegen Flip-Flops getauscht und war mit Gitarre, Mundharmonika und Handtüchern zum Strand geschlappt. Nun lagen die blassen und teils tätowierten Körper müde auf flachen

Felsen und am Kiesstrand und wärmten sich in der Frühlingssonne. Aus der Großstadt hingeworfen ans tintenblaue Meer.

»Alles gut. Keine Wolke, ganz großer Glückskeks«, lächelte Laura, »warum hast du mir vorher nichts von ihm erzählt?«

»Bella! Er war die ganze Zeit um dich herum, du bist wirklich unfassbar blind, meine Liebe.«

Laura rutschte näher an Fra heran und kicherte wie ein Teenager. »Wusstest du, dass er zwei Tattoos hat? Eins auf der Schulter und eins hier so ...«, sie fuhr mit der Hand zwischen Oberschenkel und Hüftknochen entlang, »erinnern ihn täglich an seine Insel.«

»Ach!«, sagte Fra möglichst erstaunt, »den Fisch an der Schulter, ja klar. Das andere, nein«, sie grinste, »woher sollte ich?«

Drei Tage und Nächte, die zeitlos ineinanderflossen, drei schwerelose, sonnige Tage, verloren im Blau. Sie sonnten, aßen und tanzten, sangen, tanzten, schliefen. Erwachten, sonnten, aßen, tanzten, lachten, sangen, tanzten, schliefen.

Nur einer fehlte, wie jedes Jahr. Antoine. Fra gehörte zu den wenigen Eingeweihten, die von seinem Doppelleben wussten. Antoine würde seine Frau morgens nicht allein erwachen lassen. Sie hatten ein Agreement.

Am Ostermontag verließen sie nachmittags Edos Haus der Träume, schlenderten tiefenentspannt vom Berg hinunter ins Dorf und in den Fährhafen. Eine kleine

Prozession, Esel Toktok, vor den Gepäckkarren gespannt, schritt mit Edo gemächlich voraus.

Die Fähre zurück in die Zivilisation. Fra entdeckte ein neues Glitzern in Lauras Augen – und einen leichten Schatten. Edo hatte sie also noch gefragt, bevor er sie am Anleger verabschiedete, weil er selbst noch einige Tage auf der Insel blieb.

Fra verstand nicht, warum er es plötzlich so eilig hatte. Edo hatte sich schon in Laura verliebt, als Antoine sie ihm bei ihrem ersten Auftritt im BluNight ungefragt in die Arme geschoben hatte, sie in Tränen ausgebrochen und geflüchtet war. Er hatte sie wochenlang geduldig betrachtet, freundlich mit ihr getanzt, sich gehütet, aufdringlich zu wirken. Er hatte bemerkt, wie sie aus ihrer Trauerblase erwacht und eine charmante, schöne Frau geworden war. Er hatte lange gewartet. Warum hatte er es nun so eilig, der geduldige Fischer? Weil Laura nach Deutschland wollte? Vielleicht.

»Alles okay?« Fra stellte sich neben Laura an die Reling. Das Meer weitete sich seidig glänzend, der Berg im Blau wurde langsam kleiner.

Laura sagte eine Weile nichts. Schaute nachdenklich in den Himmel. »Er wird das Hotel bald eröffnen. Wünscht sich, dass ich dann im Sommer zu ihm auf die Insel komme. Und bei ihm bleibe. Sommer auf der Insel, Winter in Rom.«

Fra hatte es geahnt. »Himmel, das klingt super romantisch, Baby!«

»Da jubelt die Richtige«, frotzelte Laura, »du wärst umgehend einem Herzinfarkt erlegen.«

»Bei einem Kerl wie Edo?«, Fra schmunzelte vielsagend, »hm hm, wer weiß?«

Lauras kleine Faust boxte sie auf den Oberarm. »Komm nicht auf dumme Ideen, Francesca!«

Keine Frage, Edos Antrag war ein starkes Stück. Sie selbst hätte sich sofort ins Meer gestürzt und wäre nicht wieder aufgetaucht. Bei aller Geduld, er war ein Mann klarer Worte.

»Bisschen schnell, bisschen viel, findest du nicht?«, fragte Laura.

»Für dich, nicht für ihn. Er hat dich seit Monaten auf dem Schirm.«

»Aber ich bin dabei, mich gerade aus Italien zu verabschieden.«

»Das ist ja ohnehin eine doofe Idee«, warf Fra ein. Sie wusste, dass Edo keine halben Sachen machte. Wenn Laura ihn wollte, gab es keine Wochenendbeziehung. Laura bekam Edo nur mit der Insel zusammen.

»Komm, ich erzähle dir jetzt eine andere Liebesgeschichte«, Fra legte ihren Arm um Lauras Schultern, »hat mir Signora Mattarella erzählt.«

Als die Fähre in Trapani anlegte, wusste Laura, warum Tiziana verkaufen wollte. »Guendalina ist unsterblich.«

»Ich ziehe aus«, beschloss Fra, »dann ist Schluss mit dem moralisch fragwürdigen Leben in der Wohnung, du kannst bleiben, und alles ist wieder gut.«

»Nichts ist dann gut! Du bleibst!«, widersprach Laura heftig, »du gehörst in die Wohnung. Guenda hätte es so gewollt!«, und nach einer kurzen Pause fügte sie hinzu, »Fabio hätte es vielleicht auch gewollt. Wenn wir die Wohnung verlassen müssen, dann zusammen.«

25

»Kommen Sie doch bitte einen Moment her, Signorina!«, Samy drehte sich um, war sie gemeint? Sie war auf dem Heimweg an diesem Zeitungs- und Zigarettenladen vorbeigejoggt, vor dem fast immer jemand stand und rauchte und die Schlagzeilen im Zeitungsständer las. Manchmal qualmten auch mehrere wild palavernde Leute in einer Rauchwolke, Samy erstickte bereits, wenn sie zu dicht am Laden vorbeilief. Dass es so etwas überhaupt noch gab.

»Signorina! Warten Sie!« Die raue Frauenstimme wurde energischer. War diese kleine, wacklige Signora mit dem Zigarillo im Mundwinkel nicht auf dem Fest für Laura gewesen?

»Signorina, Sie wohnen doch bei Francesca und dieser Deutschen, nicht wahr?«

Verschwitzt und außer Atem stand Samy in der Wolke des Zigarillos und nickte.

»Sind die beiden nicht zu Hause?«, fragte die Signora und pustete in die Luft.

Samy schüttelte den Kopf, kontrollierte ihre Pulsuhr, Zwischenzeiten und Kilometer, die Werte waren schon mal besser gewesen. Sie wollte schnell unter die Dusche, danach war sie sowieso zurück auf der Piazza, um ihren Job zu erledigen. Sie hatte es Laura versprochen. Es war Ostermontag und Rom voller Touristen, darunter auch einige Tausend ihrer Ex-Follower.

Samy hatte schweren Herzens alles gelöscht, zumindest ihre eigenen Posts, der Andrang war deutlich zurückgegangen, aber auf all die Fotos und Hashtags ihrer Follower hatte sie keinen Einfluss. Über Ostern hatte sich Samy häuslich vor der schmuddeligen Bar eingerichtet, Cola light getrunken und die Piazza im Blick gehabt. Sie hatte einige ihrer Follower kennengelernt, interaktiv im besten Sinn, ihnen verraten, wo sie morgens joggte und mittags den besten Sandwich der Stadt aß. Wann man ungestört im Trevi-Brunnen die Füße kühlen und in welchem Club man mit den Einheimischen Swing tanzen konnte – ihre allerneueste Entdeckung. Mario, ihr Super-Italiener, hatte sie mitgeschleppt.

Es war als Versöhnung gedacht, tatsächlich fand Samy es megacool. Mario war zwar kein tänzerisches Naturtalent, aber Samy auch nicht. Tanzlehrer war dieser Antoine, Mario fand den doch vor Kurzem noch absolut unakzeptabel? Wie auch immer, Fra hatte mal gesagt, man sollte bloß nicht versuchen, Männer zu verstehen. Man sollte sie einfach lieben, wenn es sich ergab. Dem konnte Samy nur zustimmen.

»Signorina! Per favore – hören Sie mir zu!«, zeterte die

rauchende Signora, »ich muss dringend Francesca und diese Deutsche sprechen.« So viel verstand Samy, aber dann nahm die Signora Fahrt auf, »Sie ahnen nicht, was ich erlebt habe, ein Déjà-vu, von dem *Sie* nicht mal träumen können, zumindest nicht in Ihrem Alter, dazu muss man ja erst mal das Leben gesehen haben.« Der Zeitungshändler war aus seinem Laden hinter die Signora getreten, legte ihr seine Hände auf die Schultern: »Rosi, die Signorina ist Amerikanerin, sprich nicht so schnell, sie versteht doch gar nichts.«

»Virgilio, bitte, unterbrich mich nicht immer!« Rosi war herumgefahren und drehte sich zurück zu Samy. »Sie verstehen mich doch, oder?«, fuhr sie nun doppelt so laut, aber nicht langsamer fort und begann etwas von einem Amerikaner zu erzählen.

»Cara, langsamer! Nicht lauter!«, versuchte Virgilio erneut die Signora zu bändigen.

»Virgilio, bitte!«

»Sprich doch Englisch, du hast immer behauptet, dass du das damals fantastisch konntest.«

»Wer soll sich denn daran noch erinnern?«, empörte sie sich, »das war vor sechzig oder siebzig Jahren!«

»Aber an diesen Ami erinnerst du dich noch prächtig, ja? In allen Details, ja? Ah, diese Augen …!«, schwärmte Virgilio und warf seinen Seidenschal theatralisch über die Schulter, »und dieses Lächeln!«

»Das ist etwas vollkommen anderes!«

Samy verstand nun gar nichts mehr.

»Vielleicht ist es am einfachsten«, lenkte Virgilio ein,

»wenn Signora Roseana Ihnen diesen Amerikaner vorstellt, falls er hier noch einmal vorbeikommt. Der kann Ihnen alles Übrige erklären«, endete Virgilio, und Signora Roseana nickte ungeduldig. »Wollte ich doch gerade sagen, musst du mich immer unterbrechen?«

Kaum hatte Samy geduscht, klingelte es. Sie zog sich noch einen Sweater über, rubbelte ihre Haare trocken, hörte ungeduldiges Klopfen an der Wohnungstür. Sie öffnete. Vor ihr standen die kleine Signora Mattarella und hinter ihr ein schwarzer Amerikaner.

»Eccolo!«, rief die kleine alte Frau, strahlte wie ein junges Mädchen und schaute zu dem Mann auf, »das ist Gordon!«

»Hi!«, sagte Gordon und reichte Samy seine Hand. »Ich hoffe, ich störe nicht wieder. Aber wenn Sie erlauben, ich würde sehr gerne den Ort sehen, an dem mein Vater die glücklichsten Stunden seines Lebens verbracht hat.«

Fra strotzte vor Energie. Noch bevor sie zu Hause ankamen, hatte sie ein paar Freunde zusammentelefoniert und war bereit zum »Fastenbrechen!« nach ihrer Auszeit auf der Insel. Sie wollte sich ins Getümmel werfen, mal wieder richtig um die Häuser tanzen. Laura winkte ab, auf keinen Fall. Die traumhaften Tage auf der Insel, zeitlos, erfüllt mit Liebe und Blues, alles summte noch. Sie freute sich auf ihre Wohnung, die bald nicht mehr ihre Wohnung sein würde. Am nächsten Morgen hatte sie Schule, die letzten Monate würde sie nun durchziehen.

Samy hatte eine Nachricht hinterlassen, »Welcome!« mit Smiley, sie war unterwegs, aber: »Die Luft ist rein! Alles gelöscht! Umarmung, S.« Und noch ein PS, das bei Fra ein überraschtes Kreischen ausgelöst hatte: »Bin Swing tanzen.«

Laura legte sich in die Badewanne. Dachte über ihren »Maurer« nach, der seinen Job in der Werbeagentur schon gekündigt hatte. Er wollte zurück auf die Insel, sein schlichtes, kleines »Hotel der Träume« eröffnen und wieder Zeit zum Malen finden. Es sollte eine »Sala Blues« mit erstklassiger Akustik und Parkettboden geben, auf dem getanzt werden konnte. Vielleicht würde er im Winter noch als freier Berater für die Agentur arbeiten. Wenn Laura ihm die Zeit lassen würde.

Edo hatte kein Netz unter seine Entscheidung gespannt, wie es Laura getan hätte. Hatte er nie. Er wusste, wann sich eine Entscheidung richtig anfühlte, und dann legte er los.

Gut, Edo hatte jahrelang viel zu viel Geld verdient, ohne dass der Fischersohn so recht gewusst hätte, was er damit anfangen sollte. Im BluNight steckte sein Geld, und er hatte die Ruine auf der Insel gekauft, zunächst aus purer Nostalgie. Edo hatte die Insel nie endgültig verlassen.

Laura schauderte vor Glück, wenn sie an Edo dachte. Aber sein Wunsch, seine Bitte, wie auch immer, es auf der Insel zu probieren – das war doch alles zu viel, zu schnell. Nach drei Tagen! Er fand das gar nicht übereilt, er hatte alles lange vorher gesehen. Für ihn war es ein Traum, der Wirklichkeit werden sollte.

Laura fiel ins Bett und schlief sofort ein.

Der Knall der Haustür jagte sie hoch. Mitten in der Nacht. »I live the life I love and I ...« Der Rest ging in gackerndem Kreischen und Juchzen unter. Fra polterte den Flur hinunter, sturzbetrunken. Laura sprang aus dem Bett, öffnete die Zimmertür und folgte dem Gesang und Gekicher in den dunklen Salon. Sie knipste das Licht an, Fra und irgendein Kerl knutschten wild auf dem Sofa, rutschten gerade auf den Teppich hinunter, Fra blickte hoch, traf Lauras Blick.

»Oh Sweety! Keine Sorge, alles im Griff!«, lallte sie, »das ist Raffo, die Revolution meines Lebens!«, dann lachte sie ihr röhrend dreckiges Lachen.

Laura erstarrte, einen Moment nur, dann brüllte sie: »Hast du noch alle Tassen im Schrank? Schmeiß den Typ hier raus!«

Ging das schon wieder los, sollte das der Nächste sein, den Mario dann irgendwann entsorgen musste? Laura hatte die Faxen dicke.

Sie packte den Kerl am Arm. »Los, los, los – raus hier!«

»Hey, hey!«, lachte Fra erstaunt, sie war dermaßen zugedröhnt, dass sie kaum noch auf die Beine kam. Der Typ stand wankend und grinste, »aaah, la mamma!« – und hatte eine Ohrfeige kassiert. Laura war über sich selbst erstaunt.

»Raus! Sofort!«, zischte sie und schubste den revolutionären Raffo den Flur hinunter und aus der Wohnung.

Fra saß staunend auf dem Teppich.

»Diese ewigen Mistkerle«, fluchte Laura, »immer wieder, voll gegen die Wand, wann checkst du das endlich?« Sie hatte diese nächtlichen Aktionen so was von satt. Sie würde dieser Selbstzerstörung nicht länger assistieren. Basta, es reichte.

Und Edo? Warum hatte der sich eigentlich am Abend gar nicht mehr gemeldet? War nicht erreichbar gewesen? Zurück ins Leben, Laura. Es war ein schöner kleiner Traum. Aber ab morgen würde sie sich auf die Suche nach einer Stelle in Deutschland machen.

Trotz der nächtlichen Turbulenzen fühlte sich Laura morgens klar und frisch. Sie ging direkt ins Büro des Direktors, er sollte zügig ihre Beurteilung schreiben, vielleicht wusste er auch von offenen Stellen und konnte sie – trotz allem – empfehlen.

»Buongiorno!«, Dr. Rath begrüßte sie mit festem Händedruck, »gut, dass Sie kommen. Nehmen Sie Platz.«

Laura setzte sich zögernd auf den berüchtigten Stuhl vor dem mächtigen Schreibtisch. Dienstaufsichtsbeschwerde? War sie mal wieder krankgeschrieben irgendwo gesehen worden?

»Kaffee?«, fragte Dr. Rath. Laura nickte perplex.

Der Direktor knetete seine Hände. »Wir haben über Ostern noch einmal Ihre Situation reflektiert. Es ist, ich gebe zu, kompliziert mit Ihnen. Andererseits sind Sie eine erfahrene Lehrerin.«

Die Sekretärin kam mit dem Kaffee. Blieb im Raum

stehen. »Danke!«, sagte Dr. Rath und winkte sie aus dem Zimmer.

»Was sagte ich?«

»Erfahrene Lehrerin«, half Laura aus.

»Genau. Das scheinen sogar die Schüler so zu sehen. Es ist durchgesickert, dass Ihr Vertrag nicht verlängert wird. Ihre Schüler haben Unterschriften gesammelt, auch einige Eltern – ich betone, einige, nicht alle – haben unterschrieben. Ein Aufruf, dass Sie bleiben sollen. Hat mir die Ostertage nicht gerade versüßt.«

Der Direktor drehte den Bildschirm seines Computers zu ihr. Laura beugte sich vor, las den Aufruf. »Gegen Willkür und selbst ernannte Moralisten. Laura Sommer muss bleiben.«

»Tja, ja. Also, ich mache es kurz: Ich darf Sie weitere drei Jahre zu unserem Kollegium zählen«, fügte Direktor Doktor Rath hinzu.

Laura verließ benommen das Büro. Sie hatte ihren Job zurück. Sie konnte sich freuen, stolz sein auf ihre Schüler, die die Dinge nicht einfach hinnahmen, wie sie ihnen vorgesetzt wurden und ja, auch etwas riskierten. Wer sich aus dem Fenster hängt, kann rausfallen. Laura ging den Flur hinunter, die Tür der 11. Klasse, die den Protest angezettelt hatte, war noch offen.

Ihr Handy vibrierte. Nachricht von Edo. Nur eine Zeile Text: »Entschuldige, amore, konnte gestern nicht mehr mit dir sprechen«, dazu ein Foto, aufgenommen während ihrer Bootstour um die Insel. Plötzlich waren in einiger Entfernung Delfine aufgetaucht, Buckel, die sich im kobaltblauen Wasser hoben und senkten, bis plötzlich einer wie Flipper pfeilgerade aus dem Meer hochschnellte, sich wie eine Spirale in den Himmel drehte, bevor er in hohem Bogen wieder eintauchte. Pure Lebenslust, ein glitzernder Moment des Glücks und, natürlich, Edo hatte ihn erwischt.

Laura betrachtete das Bild. Sie hatte aufgejuchzt vor Glück, überrascht von dem unerwarteten Luftsprung des Delfins. Nicht vergessen, hatte sie sich in diesem Moment geschworen.

Laura betrat das Klassenzimmer, zog die Tür hinter sich zu. Sofort verstummten die Gespräche. Sie stellte sich an ihren Tisch, legte ihre rechte Hand aufs Herz und sagte: »Ragazzi, ich danke euch.«

Oh shit, Fra erwachte auf dem Divan im Salon. Die Wolldecke über sich gezogen, sie war vollständig bekleidet – wenigstens etwas. Und kein Kerl in unmittelbarer Nähe, auch gut. Was war nur in sie gefahren? Sie hatte mal gelesen, dass buddhistische Mönche hin und wieder einen freien Tag bekamen, Auslauf aus dem Kloster, und angeblich ließen es die Jungs dann richtig krachen, Scheiß auf Erleuchtung.

Fra erinnerte nicht mehr viel, aber diesen Typ vom Tresen ihrer früheren Stammbar, und dass Laura ihm eine Ohrfeige verpasst hatte für einen dummen Spruch. Laura war definitiv aus ihrer Depression erwacht.

Vermutlich hatte Fra auch wieder gesungen. Mal wieder den Alkoholpegel nicht unter Kontrolle gehalten. Sie hievte sich aus den weichen Polstern, justierte ihr Gleichgewicht und tappte ins Bad, erst mal duschen.

Was machten eigentlich Mario, sein Klempnerkumpel und das neue Badezimmer? War das noch sein Thema? Wenn diese Quasischwiegermutter ernst machte, mussten sie bald umziehen. Laura hatte Fras Angebot, in ihrer Wohnung unterzukriechen, für einen Scherz gehalten, aber Fra meinte es durchaus ernst. Falls Laura überhaupt noch mit ihr redete nach dem nächtlichen Ausfall.

Fra blieb lange unter der Dusche stehen, irgendwann klappte die Haustür, und sie hörte ein »Hellooo! Jemand zu Hause?«. Das American Girl in bester Laune und viel zu spät für die Morgenroutine – was hatte das zu bedeuten?

Samy saß in der Küche, surfte auf ihrem Tablet, wischte durch Fotos. »Alles clean!«, strahlte sie, »Experiment abgeschlossen. Nun kann ich meine Hausarbeit darüber schreiben.« Sie lachte vergnügt. »Habe übrigens schon ein Thema für das nächste Semester.«

»Oh nein, bitte nicht«, stöhnte Fra.

»›Wie verändert Tanzen die Kommunikation‹ oder so ähnlich«, sinnierte Samy, »wir amüsieren uns prächtig beim Swing!«

Fra musste sich setzen. War sie im Delirium? Wahrheit oder Fata Morgana? Mario, Mario, Mario, grummelte Fra, du hast keine Chance, aber du nutzt sie. Fra brauchte einen doppelten caffè.

Samy summte, wischte wild auf ihrem Tablet herum,

schaute auf die Uhr, ein Flitzebogen war dagegen tiefenentspannt.

»Samy, kannst du vielleicht …«

»Du ahnst nicht, wer gleich kommt.«

»Dein dreimillionster Follower«, sagte Fra genervt. Sie brauchte eine Kopfschmerztablette.

»Hihihi«, kicherte Samy, »das wäre super, aber es ist viel besser«, sie summte, schaute auf die Uhr, »ich habe Signora Roseana kennengelernt.«

»Und?« Der caffè blubberte im Kännchen, hatte sie noch irgendwo eine Schachtel Kinder-Crisp … – Stopp. Wo sind Joghurt, Apfel, Nüsse?, hieß die richtige Frage. Fra seufzte. Warum war es so schwer, wenigstens ein kleines bisschen vernünftig zu leben? Auf der Insel hatte es doch auch geklappt.

Es klingelte an der Haustür. Samy sprang auf. Nun bin ich aber gespannt, dachte Fra und öffnete den Kühlschrank. Ziemlich übersichtlich, Mist. Sie sollte beim Inder schnell ein paar Kleinigkeiten einkaufen. Vielleicht sogar einen Topf Pasta kochen, um Laura zu versöhnen. Gefiel ihr bestimmt, wenn sie müde aus der Schule kam.

Fra hörte die unverwechselbare Stimme von Rosi Mattarella im Salon und Samy schon wieder kichern. Madonna, lass dieses Girl erwachsen werden.

Dann standen sie in der Küche: Samy, Rosi und – vor dem Typ hatte Fra doch letzte Woche die Tür zugeknallt.

»Hi, I'm Gordon Freeman«, sagte der Typ mit einem Augenaufschlag, der Fra erschütterte. Typ Barack Obama, nur etwas breiter gebaut und ohne hochgekrempelte

Ärmel. Der Name hallte nach, Moment. »Gordon Freeman? *Der* Gordon Freeman?«, fragte Fra, »der Musiker? Sänger? Pianist? Jazz und Blues?«

Er zog die Augenbrauen anerkennend hoch, nickte und ließ ein kurzes molliges Lachen hören. Zum Niederknien. Der begnadete Gordon Freeman. In ihrer Küche. Sie kannte alle seine CDs, und sie hatte ihm die Tür ... Herrgott!

»Du kennst ihn?«, fragte Samy erstaunt. Das junge Häschen wusste natürlich nicht, wer Gordon Freeman war. Wer Britney Spears hörte und Swing hopste, kannte nicht diesen kongenialen Blues-Musiker.

Es entstand eine unangenehme Pause. Fra hätte nun fragen müssen: »Was will er hier?«, aber so etwas Profanes fragte man Gordon Freeman nicht.

Rosi Mattarella stand die ganze Zeit stumm neben dem Amerikaner und strahlte ihn an, als sei er das Christkind.

»Aber«, sagte sie auf Italienisch in die Stille und hob ihren Zeigefinger, »du weißt nicht, wer er *noch* ist!«

Fra schüttelte den Kopf, nein, das wusste sie nicht, Gordon Freeman war mehr als genug. Aber Rosi hatte sich gefangen. »Also ich, ich habe es sofort gesehen! Sofort! Diese Ähnlichkeit«, ratterte sie in gewohnter Manie. »Grundgütiger, eine Erscheinung!, habe ich gedacht. Bin ich nun tatsächlich verrückt geworden? Oder ist Lesley doch noch zurückgekommen, aber nein, kann er ja nicht, Gott hab ihn selig, aber«, rief sie mit Trommelwirbel in der Stimme, »er hat seinen Sohn geschickt!« und warf die Hände hoch zu ihm.

Gordon verstand offensichtlich kein Wort, lächelte freundlich. »Well«, sagte er dann mit seiner wunderbar sonoren Stimme, »mein Vater hat mir die Geschichte von seiner Jugendliebe erzählt. Er wäre selbst gerne gekommen, aber er war schon Jahre vor seinem Tod zu krank. Nun bin wenigstens ich hier in dieser wunderschönen Wohnung«, er schaute sich beeindruckt um, »ist eigentlich kein Brief von meinem Anwalt angekommen?«

Gordon Freeman war Amerikaner, Musiker und Sänger mit einer wahnsinnigen Blues-Stimme, und wenn er seinem Vater wirklich so ähnlich sah, verstand Fra sofort, warum Guenda bei seinem Anblick dahingesunken war. Aber an diesem Vormittag in der Küche war er vor allem eins: der Erbe dieser Wohnung.

Als Laura mit ihrer frischen Entscheidung aus der Schule nach Hause kam, duftete es schon wieder köstlich in der Wohnung. Fra hat ein schlechtes Gewissen, dachte Laura belustigt.

Sie wollte direkt in die Küche gehen, ihre Entscheidung verkünden – Moment. Laura musste einen letzten weißen Fleck löschen. Sie huschte durch den Salon, vorbei an der Küche und zu der Treppe, die sie vor genau einem Jahr zum letzten Mal hochgegangen war. Tatsächlich, genau ein Trauerjahr war vergangen. Ein tiefer Atemzug, dann stieg sie Stufe um Stufe hinauf, öffnete die Tür und betrat die Dachterrasse. Sie hatte sich gefürchtet vor den vertrockneten Pflanzen, dem wuchernden Unkraut – stattdessen: eine gepflegte, blühende Oase zwischen den Dächern von Trastevere. Als ob Fabio eben noch die Pflanzen gewässert hätte, da und dort ein Unkraut, eine vertrocknete Blüte aus den Blumenkästen am Geländer und den Terrakottatöpfen am Boden herausgezupft hätte. Sogar der Rosenstrauch kletterte weiter und hatte Knospen. Nichts war vertrocknet.

Laura hockte sich noch einmal dorthin, wo Fabio gelegen hatte. Fühlte. Es war gut. Einfach okay.

Sie stellte sich ans Geländer, und dort, genau zwischen den Dächern, blinkte das kleine Stück vom Tiber. Schön war das, immer noch.

»Wer war das?« Laura stellte sich in die Küchentür und zeigte nach oben.

»Die Dachterrasse?«, fragte Samy und stand auf, »das war ich«, sie schaute unsicher, »ist es nicht okay? Ich brauchte für die Fotos und die Yoga-Bilder ein romantisches Setting, aber falls du …«

»Wunderschön!«, beruhigte Laura sie und nahm das American Girl zum ersten Mal in den Arm, »aber warum habe ich davon nichts …«

»Frag nicht!«, rief Fra vom Herd, »nimm einfach hin, dass du mal wieder die besten Dinge vor deiner Nase nicht gecheckt hast, und gelobe Besserung.« Sie schüttete eine Kelle Brühe in einen Topf, rührte und rührte. »Wir verzeihen dir! Und haben Wichtigeres zu besprechen. Setz dich.«

Während Fra das Risotto zu Ende rührte, stellte Gordon sich vor, und Signora Mattarella versuchte aufgeregt, die wahre Bedeutung seines Besuches zu erklären. Langsam drang zu Laura durch, dass Tizianas Millionen, die sie sich mit dem Verkauf der Wohnung erhoffte, gerade verpufft waren. Zumal Gordon ein ziemlich entspannter Kerl war. Später, als sie sich zum Aperitivo auf der Dachterrasse trafen, erklärte der Amerikaner, er wolle keine Aufregung verbreiten. Eine Wohnung in Rom, und noch dazu diese Wohnung, sei natürlich ein Lottogewinn, sehr cool. Aber es sollten doch bitte alle so wohnen bleiben, wie sie wohnten. Er hatte nicht vor, die Wohnung zu verkaufen. Sie konnte keine passenderen Bewohner haben.

Laura registrierte nicht nur das Siegerlächeln in Fras Gesicht, sondern auch die Art, mit der sie Gordon betrachtete, mit ihm sprach – das war anders, neu.

Nach dem ersten Schock über den Auftritt von Gordon Freeman hatte sich Fra eine halbe Stunde zurückgezogen. Wie sah sie überhaupt aus? Sie hatte ihr Gesicht halbwegs aufgemöbelt und ein ansehnliches Outfit angezogen. Nicht offensichtlich verführerisch, aber zur Jeans eine Bluse, die durchaus ihre Vorzüge aufrundete.

Dann hatte sie sich an den Kochtopf gestellt. »Essen ist Liebe, bella. Merk dir das!«, erklärte sie Laura später, »wir Italiener haben eine Ahnung davon! Frag Rosi Mattarella. Guenda wusste, warum sie sie für ihre Salonabende kochen ließ.«

Rosi Mattarella saß in der Küche in ihrem Korbstuhl an der Balkontür und betrachtete wohlwollend die Szenerie. Fra fuhr das große Besteck auf. Kochte, wie nur eine Italienerin kochen konnte, trällerte nebenbei einen Blues-Song und rührte und rührte. Gordon Freeman war beeindruckt von Fras Stimme. Und nicht nur davon.

Den Brief von Gordons Anwalt, der den Besuch ankündigte, fand Laura in einem Stapel auf Fabios Schreibtisch. Und nicht nur diesen einen Brief, sondern mehrere. Der Anwalt hatte schon länger Kontakt gesucht. Lesley, der Erbe der Wohnung, war doch noch gefunden worden, und er wiederum hatte sie seinem Sohn vermacht. Auch davon hatte Fabio ihr nichts erzählt.

Laura ging durch Fabios Zimmer. Betrachtete die Regale mit den Büchern und seinen kunsthistorischen Veröffentlichungen, erinnerte die Liebe und Präzision, mit der er die Details aus Michelangelos Fresken erklären konnte. Aber niemand ist perfekt.

Sie legte die Röntgenaufnahmen zurück in das Geheimfach und auch die Schachtel mit den Disketten von Fabios wissenschaftlichen Arbeiten. Die kleine Holzkiste aus dem Fach war von allein aufgesprungen, drinnen lagen die Briefe von Lesley und der letzte von Guenda, der nie angekommen und nie geöffnet worden war. Laura überlegte eine Weile. Dann legte sie alles zurück und schloss das Geheimfach von Fabio und Guenda. Sie schob das Brett darüber und stellte die Einführung in die Kunstgeschichte zurück.

Aus dem Salon hörte sie Gordon Klavier spielen und Fra singen. Konnte diese Geschichte gut ausgehen?

Es war Zeit, Edo anzurufen. Immerhin wussten Lauras Schüler es schon seit dem Morgen.

Laura wollte springen. Ohne Netz.

Comes love – nothing can be done …

EPILOG

Nach Sergios Tod zog Guenda endlich offiziell in ihren Palazzo in Trastevere. Sie blieb zeitlebens eine freie Frau. Zu ihrer Familie hatte sie nur noch wenig Kontakt, mit Tiziana hat sie sich nie versöhnt. Glücklicherweise brauchte sie sich über Geld keine Sorgen zu machen. Sergio hatte sein Testament nicht geändert, sie war eine reiche Witwe. Hatte es nicht nötig, sich von irgendeinem Mann aushalten zu lassen. Sie begann wieder zu tun, wonach ihr war. Tanzte, begann zu singen, und das gar nicht mal schlecht. Ihre Stimme sackte mit dem Alter noch weiter in sinnliche Tiefen, ihr ganzer Körper vibrierte – sie war einfach Blues.

Eine Zeit lang begleitete Tom sie am Klavier und schöpfte noch ein letztes Mal Hoffnung. Bis irgendwann ein letzter Brief von Lesley kam. Er hatte geheiratet, war Vater geworden und Musiker geblieben. Er fragte nach Tom, und das war für den alten Freund ein Zeichen. Tom schiffte sich ein und kehrte zurück in die USA.

Ich kam darüber hinweg. Tom und ich hatten irgendwann tatsächlich noch eine kleine, enttäuschende Geschichte miteinander gehabt. Tom hatte sich mit mir über Guenda hinweggetröstet, und ich bemerkte erst, als wir zusammen ins Bett gingen, dass er *ein guter Kerl war, aber zu alt für mich und tatsächlich nichts für Guenda.*

Nach einigen amüsanten Affären heiratete ich in einem Anfall von Vernunft – und gegen Guendas Rat – einen Lehrer, der gerne ein wichtiger Filmregisseur geworden wäre. So etwas kann nur danebengehen, also blieb er Lehrer in gesicherter Position. In mir hatte er seine Muse und fantasievolle Köchin gesucht. Auch das musste schiefgehen. Dummerweise war ich schwanger, als ich meinen Fehler bemerkte. Trotzdem kehrte ich mit meinem kleinen Sohn zurück in die Wohnung in Trastevere und zurück zu Guenda. Meine Eltern waren ausgezogen, Guenda schenkte mir die Wohnung: »Es ist einfacher so«, sagte sie lapidar. Wir blieben Verbündete bis zum Schluss.

Guendas Salonabende erlebten ein Revival. Nicht mehr so schrill wie vor Sergios Tod, aber immer ein wenig verrucht. Viel Blues, ein wenig Vintage, manchmal Burlesque – nie ordinär, immer sinnlich.

Guenda pflegte großzügig ihre Freundschaften. Hatte Liebhaber bis ins hohe Alter, aber blieb eine freie Frau. Sie liebte die Freiheit, die Sergio ihr mit dem Erbe geschenkt hatte. Der Mann, der in seinem ganzen Leben nicht getanzt hatte, sicherte seiner geliebten Tänzerin auch nach seinem Tod die Bodenhaftung.

Wenn ich Guenda auf Lesley ansprach, lachte sie mädchenhaft. »Meine Jugendliebe«, pflegte sie zu sagen, »sobald er frei ist, weiß er, wo er mich finden kann.«

Ich glaube, ihre Hoffnung ist tatsächlich nie gestorben.

Die Mauern unseres Palazzos erinnern das alles. Als ich Fra das erste Mal gesehen habe, ihren Blick, der nach oben in Guendas

Wohnung ging, ihr Tattoo, ihr furchtloser Auftritt, meinte ich, der Geist von Guenda hätte sie gerufen.

Die Schönheit des Blues strahlt nicht in der Perfektion, sondern schimmert in den verrutschten, improvisierten Tönen. Eine Musik, die wie das Leben spielt.

Comes love – nothing can be done.

DANK

Oft ist es ein Satz, der hängen bleibt. Ein Samen, der keimt und die Geschichte wachsen lässt, bis irgendwann, vielleicht, daraus ein Buch entsteht. In diesem Fall verhakte sich Margheritas Satz in meinem Kopf: »... und dann bin ich zurück ins Leben getanzt.« Ohne diesen Satz und seine Vorgeschichte hätte es dieses Buch nicht gegeben. Margherita und auch Jana von Herzen Dank für ihre Offenheit, für ihr Vertrauen, ihre Geschichte zu teilen. So viel Lebensmut ist ansteckend!

Und ist das Buch dann geschrieben, braucht es einen Titel. Der fällt manchmal spontan aus dem Himmel, aber wenn er das nicht tut ...? Glücklicherweise (in jeder Hinsicht!) gibt es Tani in meinem Leben, und für die SMS »Frau ... tanzt den Blues« ist noch ein Prosecco fällig, mindestens!

Meine Affäre mit dem Blues begann vor einigen Jahren mit einem Video auf YouTube. Zora hatte es geschickt – drei Minuten reichten. Keine Frage, *das* wollte ich auch tanzen. Danke, cara!

Blues macht süchtig, Tanzen macht glücklich – eine wundervolle Kombination. Noch dazu, weil ich diese Leidenschaft mit Roman teile.

Man möge sich nicht täuschen: Mit dem Partner zu tanzen ist nicht unkompliziert – wer führt hier eigentlich? –, aber ungemein belebend. Danke, Liebster, für dieses – und viele andere – gemeinsame Abenteuer! Und danke, Kolya und Luca, dass ihr die Kapriolen eurer Eltern nur mit leichtestem Stirnrunzeln kommentiert.

Genua im November 2019

Verlag Kiepenheuer & Witsch, FSC-N001512

2. Auflage 2020

© 2020, Verlag Kiepenheuer & Witsch, Köln
Alle Rechte vorbehalten. Kein Teil des Werkes darf in irgendeiner
Form (durch Fotografie, Mikrofilm oder ein anderes Verfahren)
ohne schriftliche Genehmigung des Verlages reproduziert oder
unter Verwendung elektronischer Systeme verarbeitet, vervielfältigt oder verbreitet werden.
Umschlaggestaltung: Barbara Thoben, Köln
Umschlagmotiv: © Rüdiger Trebels
Gesetzt aus der Albertina und der Acorn Smooth
Satz: Wilhelm Vornehm, München
Druck und Bindung: CPI books GmbH
ISBN 978-3-462-05136-0

Weitere Titel von Kirsten Wulf bei Kiepenheuer & Witsch

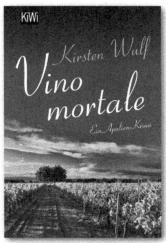

Leseproben und mehr unter www.kiwi-verlag.de

Miriam, Hanne und Claude lernen sich zufällig auf einer Reise nach Portugal kennen. Sie sind 25 Jahre alt und verbringen an einem Atlantikstrand den Sommer ihres Lebens. Am letzten Abend versprechen sie sich: »Egal, was passiert – zum 50. Geburtstag sind wir wieder hier.« Und plötzlich ist es so weit. Werden sie ihr Versprechen halten?

Leseproben und mehr unter www.kiwi-verlag.de

Zwei Frauen, zwei Generationen – und das Ringen um ein selbstbestimmtes Leben.

Ruths Ehe steht nach fünfundsechzig Jahren vor dem Aus, während ihre Enkelin Sara um eine Entscheidung ringt, die als junge Mutter nicht nur ihr Leben bestimmen wird. Humorvoll und feinfühlig erzählt Anne Gesthuysen das Schicksal zweier starker Frauen vom Niederrhein.